Livres déjà publiés par l'auteur :

Jalousie ombre rageuse, 2001 : (Les éditions La plume d'oie)
Le piège diabolique de Zébrina, 2006 : (Merlin Éditeur)
Les 7 portes condamnées, 2011 : Lulu

Le Sanctuaire des Ogres
ISBN : 978-2-9812306-1-4
© 2014 André Deschamps

Dépôt légal : Bibliothèque Nationale de Québec 2014

Dépôt légal : Bibliothèque Nationale du Canada 2014

Graphiste : André Deschamps

Révision : Jocelyne Vézina

Pour contacter l'auteur : penseur.3@hotmail.com

Le Sanctuaire des Ogres et *Les 7 portes condamnées* sont disponibles sur le site de lulu.com

Il n'y a pas d'âge pour retrouver son cœur d'enfant.

AD

Merci à tous ceux qui cheminent avec moi dans le monde fantastique et fabuleux. Ce monde est un univers de rêves et d'évasions grâce auquel chacun peut replonger dans sa jeunesse. Bonne lecture à tous. Mais notre aventure ne se termine pas là…

Le sanctuaire des Ogres

Cette extraordinaire aventure débute par une simple excursion en forêt. Voici donc cinq adolescents ayant entre 13 et 14 ans. L'aîné de la troupe s'appelle Éthan Rousselot. Il a de grands yeux marron, de jolies fossettes, une chevelure bouclée et une forte carrure pour un garçon de son âge. Il est peu bavard mais bien courageux. Les quatre autres sont tous âgés de 13 ans. Il y a Célia, la sœur d'Éthan, qui est très jolie, blonde aux yeux verts, souriante, menue mais pas trop farouche. Irina et Nicolas Lecompte sont jumeaux et ils se ressemblent comme deux gouttes d'eau. La première, rondouillarde, présente un caractère jaloux et colérique tandis que son frère est conciliant, mais très curieux et plutôt téméraire. Le dernier, mais non le moindre, c'est Lucas Chevalier, le chasseur.

En période de vacances scolaires, la bande des cinq adore se retrouver dans la nature pour mille et une raisons. Ce que Célia affectionne par-dessus tout, c'est attraper des papillons. D'ailleurs, elle commence à en avoir une impressionnante collection aux murs de sa chambre. Après avoir capturé un papillon dans un filet, la fillette l'enferme dans un bocal qu'elle vaporise ensuite d'un insecticide. Quand la bestiole a rendu son dernier souffle, Célia l'épingle tout simplement sur un morceau de liège recouvert de velours, dans un encadrement vitré. Irina trouve cette pratique tout à fait cruelle et ne manque pas de le souligner à son amie.

« Et toi, tu crois que tu es moins pire que moi en attrapant toutes ces petites truites que tu gobes par la suite comme une ourse affamée? » lui rétorque Célia.

Quant à lui, Éthan affectionne la flore, la nature dans son ensemble et surtout les petits fruits sauvages. Il passe le plus clair de son temps à les chercher dans les herbes, autant les fraises, les mûres, les framboises que les bleuets. Il les avale tous. C'est aussi l'herboriste en herbe. Contrairement à ce dernier, Lucas, n'a pas de temps à perdre à ramasser quelque baie que ce soit. Non, il préfère se construire des abris, des caches dans lesquelles il vient parfois dormir la nuit, et même, le plus souvent seul. Ou bien encore, ces abris de fortune servent, à son père et à lui, de repaire pour traquer le gibier à l'automne.

De son côté, Nicolas voit plus loin qu'eux. Intrépide au possible, celui-ci essaie toujours d'entraîner les autres dans des lieux jusque-là inexplorés et c'est précisément ce qui arriva, en ce jour fatidique...

- Suivez-moi, leur proposa-t-il en s'élançant à la course dans une immense clairière.

Les quatre autres hésitent à le suivre, car leurs parents ne veulent pas qu'ils s'aventurent au-delà de cette clairière. L'après-midi tire à sa fin.

- On devrait plutôt songer à rebrousser chemin, formule Célia debout dans ses habits bleus, un filet à papillons à la main.

Nicolas stoppe sa course et, en se retournant, il argumente :

- Ne soyez pas si froussards, on va juste se rendre au bout de la clairière pour contempler la rivière et les chutes tout en bas.

- Maman ne veut pas qu'on aille si loin, intervient Irina frileuse. Elle dit qu'à cet endroit, il y a des ours qui se regroupent pour capturer des saumons.

- Irina a raison, renchérit Célia. Mon père a failli être attaqué par un ours près des chutes. Il ne faut pas aller là-bas. Venez, on repart!

Éthan et Lucas aimeraient bien suivre Nicolas. Célia prie son frère de repartir avec elle en soulignant qu'il est presque quatre heures de l'après-midi.

- Ça ne prendra que quelques minutes, ajoute Nicolas avec insistance.

Il rassure ses amis en leur disant que les saumons ne fraient qu'au printemps et qu'en été, les ours chassent plutôt le lièvre.

- Moi, j'y vais! lance subitement Éthan en marchant vers Nicolas.

- Maman ne sera pas contente de l'apprendre, Éthan! le gronde Célia.

- Elle n'est pas obligée de le savoir.

- Moi aussi, j'y vais, vient de décider Lucas en s'approchant de ses deux amis.

Les filles se regardent en s'interrogeant, puis, dans un soupir, elles consentent à les suivre.

Tout en marchant en direction du bout de la clairière, Célia leur précise qu'il est maintenant quatre heures et qu'il ne faut pas traîner, car ils ont encore une bonne demi-heure de marche à faire pour retourner chez eux.

Ils atteignent finalement leur but et s'approchent de l'escarpement pour admirer la chute et la rivière juste en bas.

- Je ne sais pas ce que je donnerais pour me baigner au pied de cette chute, de s'émerveiller Nicolas complètement fasciné par ce qu'il voit.

- Pas question! rétorque aussitôt Célia. Maintenant qu'on a vu ce qu'on voulait voir, on s'en va!

Déjà, celle-ci entraîne Irina avec elle pour repartir. Mais soudain, Lucas annonce en pointant la rivière :

- Regardez! Il y a une bouteille sur l'eau!

Tous les quatre se penchent pour mieux voir. En effet, une bouteille de verre miroite sur les flots. Tout excité, Lucas se met à dévaler la côte abrupte pour aller à la cueillette de cette trouvaille. Les deux autres gars le suivent aussitôt et, n'osant plus formuler un seul mot, les filles leur emboîtent le pas.

Une sorte de frénésie s'est emparée de la bande au complet et d'un seul coup, toutes leurs craintes et leurs interdits semblent avoir été relégués aux oubliettes.

Arrivé en bas, Lucas entre dans l'eau pour s'emparer de la bouteille qui est emprisonnée dans les branches.

- Je le savais! s'exclame le gamin en leur montrant la bouteille. Regardez, il y a un message à l'intérieur!

Tous ont les yeux brillants d'excitation.

- Reviens vite qu'on l'ouvre! l'incite Nicolas très heureux d'avoir eu cette idée géniale de les avoir entraînés jusqu'à cette rivière.

Sur la berge, Lucas retire le bouchon de liège et secoue la bouteille afin d'y faire sortir un morceau d'écorce de bouleau blanc enroulé à l'intérieur.

- Après tout, il n'y a peut-être rien d'écrit sur ce simple morceau d'écorce, ose avancer Irina qui n'aime pas tellement se faire mener en bateau.

- Attends, on verra bien, reprend Célia qui souhaite ne pas avoir perdu tout ce temps pour rien.

Le rouleau d'écorce consent enfin à quitter le vaisseau de verre.

- Je suis le plus âgé, intervient Éthan en tendant la main. C'est à moi de prendre connaissance de ce message s'il y en a un.

Lucas lui obéit. Les yeux marron d'Éthan se plissent quand il lit à haute voix :

« Le plus fabuleux trésor vous attend à l'issue de ce périple. Suivez le plan et la fortune sera à vous. »

Tous se regardent avec étonnement et ravissement. En s'adressant à Éthan, Nicolas s'exclame :

- Vite, montre-nous ce plan qu'on le suive!

Tout le monde s'attroupe autour du fameux message en essayant d'en comprendre le sens. En fait, il s'agit d'un tracé montrant une direction à prendre, soit celle menant d'abord à un arbre gigantesque. Un chêne, apparemment.

- Y'a-t-il un chêne dans les environs? interroge Nicolas.

Lucas, connaît bien la forêt, les arbres qu'elle abrite, lui qui passe le plus clair de son temps à fabriquer des abris et des caches.

- Je sais qu'il y en a plusieurs de l'autre côté de la rivière, annonce-t-il.

- On ne peut pas traverser la rivière, s'empresse de formuler Célia. Il est déjà très tard.

- Très tard... répète Lucas en haussant les sourcils. Nous avons en main un plan qui nous conduit à un trésor fabuleux et tu songes à partir?

Célia ne réplique pas. Éthan entreprend la traversée de la rivière sans dire un mot. Comme des moutons, les autres lui emboîtent le pas. Célia est la dernière à s'exécuter. Que vont penser leurs parents lorsqu'ils rentreront?

Arrivés sur l'autre rive, Irina ne manque pas de se plaindre du fait qu'elle s'est mouillée. Nicolas, son frère, lui dit de se taire et de cesser de maugréer. Irina se défend et le bouscule.

- Arrêtez vos enfantillages! intervient Célia à la fois irritée et honteuse de désobéir ainsi à ses parents.

- On va être privés de sorties pour le reste de l'été… marmonne-t-elle en tordant le pan de son pantalon court pour l'essorer.

Les garçons cherchent à localiser les chênes.

Lucas prend les devants en leur demandant de le suivre. Il prétend que son père et lui sont déjà venus en ces lieux pour chasser l'orignal et qu'ils ont construit une cache dans un arbre majestueux.

- Je sais qu'il s'agissait d'un chêne, soutient-il en progressant à grands pas dans la cédrière.

- C'est encore loin? interroge Irina qui agite une branche de sureau au-dessus de sa tête pour chasser les moustiques.

- Sois patiente, lui répond son frère qui marche devant elle, on vient à peine de traverser la rivière.

- Je commence à avoir les jambes fatiguées, déclare Irina en respirant bruyamment sous l'effort.

- Tu aurais dû rester à la maison, réplique Nicolas.

Sa sœur se défend vivement :

- Toi, tu n'aurais jamais dû nous entraîner dans ce bourbier! On va se perdre, c'est ça qui va nous arriver. Et comme l'a dit Célia, nos parents ne voudront plus qu'on parte en excursion pour le reste de l'été. Belle perspective hein? Belles vacances d'été!

Pour toute réplique, Lucas s'écrie :

- Ils sont là! Je le savais, je l'aurais juré! Regardez, ce sont des chênes! proclame-t-il en s'élançant hors de la cédrière.

Tous les autres arrivent à la course pour constater l'évidence : trois superbes chênes trônent aux abords d'un ruisseau.

Célia s'avance, ses beaux yeux verts écarquillés.

- Cet endroit est magique, déclare-t-elle.

Elle a raison. La présence de ces trois arbres gigantesques et de ce merveilleux ruisseau a de quoi enchanter même les fées.

Irina n'ose plus proférer un son. Elle ne peut qu'abonder dans le même sens que Célia.

Lucas s'approche d'Éthan pour consulter à nouveau le plan. Un très grand arbre y est dessiné ainsi qu'un corbeau en vol.

- Quel est le plus grand des trois? interroge-t-il en désignant les chênes.

Tous s'accordent à dire que celui du centre est le plus imposant.

- Il est plus haut que les autres, fait remarquer Éthan en marchant sous les ramures tombantes du fameux spécimen végétal.

Célia consulte sa montre. Il est plus de quatre heures trente.

- Que doit-on faire maintenant? demande-t-elle impatiente.

En passant sous l'arbre, Éthan fait s'envoler une nuée d'oiseaux. Parmi eux, un corbeau prend son vol en croassant.

- Le voilà! s'exclame Lucas. C'est le corbeau qu'il y a sur le plan. Suivons-le!

Le jeune garçon part à la course. Même s'ils n'y comprennent rien, les quatre autres n'ont d'autre choix que de l'imiter.

L'oiseau les entraîne dans la forêt, virevoltant au-dessus de la cime des arbres, se déplaçant lentement comme pour leur laisser le temps de le suivre.

Finalement, après avoir parcouru une bonne distance dans une forêt qui est inconnue aux enfants, le corbeau va se percher à la cime d'une épinette séchée qui se dresse aux abords d'une falaise.

- Le corbeau nous a conduits jusqu'ici, leur déclare Lucas en pointant l'oiseau dans l'arbre. Maintenant, c'est à nous de savoir ce que sera la suite.

Ils regardent à nouveau le plan. La rivière, le chêne et le corbeau semblent être reliés par un fil très ténu, à peine visible à l'œil.

Sur le schéma, chacun des éléments est placé à intervalle régulier comme une suite logique.

- Que voit-on ici? interroge Irina en pointant une forme arrondie dessinée sur le plan.

Les autres scrutent ce curieux dessin qu'ils ont peine à identifier. En fait, il pourrait s'agir de bien des choses : un ballon, un astre, une boule, un fruit même... Soudain, un bruit inattendu les fait tous relever la tête. Quelque chose vient de tomber de l'escarpement.

Ils s'approchent du haut sommet et voient une grosse pierre ronde dévaler lentement la pente. Ils se jettent des regards entendus puis, d'un même souffle, ils annoncent :

- Allons-y!

Célia dépose son filet à papillons sur le bord de la falaise en pensant le récupérer au retour.

Puis, prudemment, tout le monde se met à descendre la falaise en suivant le tracé le moins escarpé, le moins périlleux.

La grosse roche a cessé de rouler depuis un moment, mais les garçons qui mènent la marche savent à peu près où elle s'est arrêtée.

Irina rechigne et maudit cette falaise qui lui demande des efforts surhumains pour ne pas s'écrouler sur ses pauvres jambes déjà affaiblies.

Quant à Célia, elle a lâché prise sur l'idée de rentrer chez elle à une heure raisonnable. De toute évidence, ils allaient accuser un retard considérable sur l'horaire prévu et la vive réaction de leurs parents ne serait que le lot de leurs frasques. À moins que l'existence du plan plaide en leur faveur…

Enfin, les garçons touchent la terre ferme. Les filles arrivent par derrière.

- Elle doit être dans cette direction, suppose Éthan en bifurquant sur sa gauche, cherchant la pierre. Les deux autres gars qui avaient eux aussi suivi la grosse roche des yeux, semblent abonder dans le même sens que l'aîné de la bande.

Ils farfouillent quelques instants entre les petits sapins et les massifs d'ifs quand tout à coup un renard émerge de l'endroit en les faisant tous sursauter.

« Suivons-le! » s'écrient-ils sans même consulter le plan.

La petite bête à la fourrure rousse se met à gambader tranquillement dans les massifs d'ifs. Elle garde la queue levée bien haut comme pour s'assurer que ses poursuivants l'ont bien en vue.

Poussés par une forte montée d'adrénaline, tous les cinq déchirent la quiétude de la forêt par leur course effrénée, débusquant en chemin écureuils, perdrix, putois et sittelles qui ponctuent le tout par leurs cris éperdus.

Essoufflés, éreintés, animés d'un sentiment de conquête, la troupe tout entière s'arrête enfin quand le renard disparaît en se dissimulant sous terre dans un terrier.

- Qu'est-ce qu'on fait maintenant? interroge Célia qui reprend tranquillement son souffle. Irina, elle, se laisse choir mollement sur le sol.

Éthan déroule le morceau d'écorce. Nicolas s'approche de lui et constate en montrant un point sur le plan :

- Le renard est juste là.

Le dessin de l'animal est très petit mais, effectivement, il s'agit bien d'un renard. Puis ils remarquent un chapelet de points sur la carte. Ils s'interrogent à nouveau. C'est à ce moment qu'Irina pousse un cri d'effroi. Elle se lève précipitamment en sautillant, se frottant les jambes comme quelqu'un qui a la danse de saint-guy.

- Des fourmis! hurle la malheureuse en s'éloignant de la fourmilière sur laquelle elle s'était laissée tomber. Les autres rient un bon coup. Son frère l'aide à se débarrasser des insectes et l'histoire prend fin très rapidement. Mais voilà qu'une chose étonnante survient. Célia, qui a aussi les fourmis en horreur, aperçoit ces dernières à la file indienne en train de monter dans un arbre.

- Regardez! un chapelet de fourmis! affirme la jolie demoiselle en montrant la scène.

En effet, cela ressemble à ce qu'ils ont vu sur le plan, mais où cela peut-il mener?

Ils observent le manège auquel se livrent les bestioles jusqu'à ce qu'elles disparaissent derrière les feuilles de l'arbre.

Un court silence, puis Lucas demande :

- Cela rime à quoi?

Nicolas plisse les yeux. Il croit avoir aperçu quelque chose dans le haut de l'arbre.

- Faites-moi la courte échelle, lance-t-il subitement à ses copains.

Éthan et Lucas s'exécutent sur-le-champ.

Nicolas se hisse sur la première branche et Éthan lui demande ce qu'il veut faire. Nicolas lui répond qu'il a vu quelque chose à travers les feuilles.

- Attention! le prévient Lucas. Il pourrait s'agir d'un ours. Mon père et moi, on en a vu souvent dans des arbres. Si tu arrives face à face avec lui, il va te défigurer.

- Descends de là, Nicolas! Tu m'entends? se met à paniquer sa sœur jumelle qui ne tient plus en place.

- Calme-toi, Irina, de la rassurer Célia en lui prenant la main. Nicolas va revenir dans quelques secondes.

En montant plus haut dans l'arbre feuillu, le jeune garçon disparaît complètement de la vue de ses amis. On lui recommande d'être prudent et de redescendre le plus vite possible.

Nicolas est certain d'avoir vu quelque chose bouger dans l'arbre un peu plus tôt. Il espère juste que ce ne soit pas un ours comme le pressent Lucas. Donc, il progresse vers le haut en s'agrippant solidement aux branches jusqu'à ce qu'il distingue une forme noire et arrondie tout en haut dans la cime de l'arbre. Il reconnaît immédiatement cet animal. Il s'agit d'un porc-épic. Le jeune garçon se met à rigoler.

- Ça y est! J'ai trouvé! leur crie-t-il. C'est un porc-épic!

Tout le monde est soulagé. Nicolas s'apprête à rebrousser chemin quand tout à coup, son regard est happé par un éclat de lumière traversant les feuillages si intensément qu'il l'oblige à fermer les yeux. Piqué de curiosité, le garçon repousse les feuilles et plonge son regard dans le vide. Au loin, il voit un arc-en-ciel qui a l'air d'être accroché au pied d'une chute. Cette vision de l'éden l'étourdit et le ravit à la fois. Serait-ce la dernière étape du fameux parcours pour atteindre le trésor? Pas de temps pour les questionnements. Il redescend à toute vitesse et lorsqu'il se laisse tomber au sol et qu'il retrouve les autres, il leur indique la direction nord.

- La fin du trajet est par là.

Il a l'air étrange.

- Qu'as-tu vu? l'interroge Éthan.

- Un arc-en-ciel.

- Un arc-en-ciel? reprend Irina sceptique. Il ne pleut pas.

Les autres lèvent les yeux au ciel pour chercher le fameux arc-en-ciel.

- Ne discutez pas, suivez-moi! tranche Nicolas en les entraînant dans sa fuite.

Le meneur guide ses amis dans un sentier qui a l'air d'avoir été tracé tout spécialement pour eux afin de les conduire jusqu'à ce soi-disant arc-en-ciel.

Cependant, la route est longue, elle n'en finit plus de s'étendre. Les filles sont fatiguées de courir et ce sentier interminable semble mener nulle part. Célia commence à paniquer. Soudain, elle s'arrête net et décrète :

- C'est fini! Tant pis pour le trésor, aussi fabuleux soit-il! On rentre à la maison!

- Comment fait-on pour retrouver notre chemin? demande Irina en toute lucidité.

Célia lève les yeux, tournoie sur elle-même et prend conscience qu'ils sont perdus.

Les garçons ont aussi arrêté leur course, mais Nicolas les presse de poursuivre la route en répétant qu'il y a vraiment un trésor qui les attend.

- Je vous le jure, soutient-il, j'ai vu un arc-en-ciel accroché au pied d'une chute et je sais que l'issue du parcours s'y trouve.

- Tu crois qu'on va mettre la main sur un coffre rempli de pièces d'or? C'est ça? lui demande Célia qui en a assez de toutes ces chimères.

- Je crois qu'on n'a pas le droit de s'arrêter ici, soutient Nicolas. On en a trop fait pour rebrousser chemin maintenant.

- Il est plus de cinq heures. Nos parents doivent déjà s'inquiéter de notre retard, leur fait réaliser Célia frissonnante dans sa tenue estivale.

Irina ajoute qu'elle est épuisée et qu'elle aura beaucoup de mal à refaire le chemin à l'envers.

Pendant qu'ils discutent, Éthan pousse la curiosité jusqu'à aller voir si le bout du sentier est encore loin. Il marche à peine quelques mètres avant d'émerger sur les berges d'une rivière. Il crie à ses amis de venir le rejoindre.

Les garçons sont les premiers à accourir, suivis des filles qui n'ont d'autre choix que d'obtempérer.

Près de la rivière, Éthan déplie le plan une fois de plus. Cette fois, il remarque immédiatement l'ébauche d'un cours d'eau et un simple trait noir.

- C'est quoi ce trait? s'interroge-t-il.

Au même moment, un coup de vent subit passe sur la forêt en jetant un arbre séché dans la rivière. L'arbre se brise en plusieurs sections et un immense tronc se met à dériver sur l'eau. La bande des cinq voit le tronc flotter jusqu'à leur hauteur, heurter un rocher faisant saillie et stopper sa course juste à côté des jeunes.

Les garçons jettent un œil complice aux filles.

- Ah non! s'empresse d'affirmer Irina. Je ne monte pas là-dessus!

- Moi non plus! de renchérir Célia.

- Il le faut, argumente Éthan en leur montrant le plan.

- Et si on tombe? proteste Irina. Vous savez que je ne sais pas nager!

- Moi non plus, je ne sais pas nager, renforce Célia.

- Il ne nous arrivera rien, les rassure Nicolas. Je sais qu'il faut enfourcher ce tronc pour accéder enfin à cet arc-en-ciel.

- Parlons-en de ton arc-en-ciel! de l'attaquer vertement Irina. Il est où au juste? On ne le voit pas nulle part!

Nicolas se fâche et répète à ses complices que lui, il l'a vu, et qu'ils devraient lui faire confiance. Il précise que les fourmis l'avaient mené dans le haut de l'arbre pour que justement il puisse voir l'arc-en-ciel.

- Tout est dessiné sur le plan! conclut-il. Voyez par vous-mêmes.

Le sentant très offusqué, les filles consentent finalement à monter sur le tronc de l'arbre.

- Je vous préviens, les avertit Célia, Irina et moi, c'est la dernière chose qu'on fait. Après ça, on rentre chez nous.

D'un signe de la tête, Irina répond par l'affirmative.

Finalement, tout le monde s'est hissé sur l'immense tronc d'arbre. Ils voguent doucement sur les flots sans que quoi que ce soit puisse supposer qu'il y ait un danger à s'adonner à ce loisir. Évidemment, Irina se plaint d'avoir les pieds mouillés tandis que Célia trouve la selle impitoyable pour les fesses.

Ils dérivent de la sorte pendant une bonne dizaine de minutes jusqu'à ce que, au tournant de la rivière... wow! Nicolas disait vrai! Un arc-en-ciel est là au-devant d'eux, au pied d'une chute que personne n'avait pas vue auparavant. Tout leur paraît si irréel qu'ils en sont abasourdis. L'immense tronc d'arbre file toujours de l'avant en se rapprochant de plus en plus du phénomène naturel aux couleurs irisées.

- Le trésor est de l'autre côté? demande Irina tout excitée.

- Oui, il est de l'autre côté de l'arc-en-ciel, affirme Éthan, car il suppose que c'est ce qui est représenté sur le plan.

- Doit-on le traverser? interroge Célia.

- Je suppose que oui, ose formuler Lucas le chasseur, lui qui n'a jamais peur de rien.

Sans que personne ne souffle mot, alourdie de ses cinq passagers, l'embarcation de fortune pique le nez tout doucement dans l'arc-en-ciel en entraînant toute la joyeuse bande.

Aucun mal si ce n'est une légère sensation de picotement au moment d'émerger de l'autre côté.

Bizarre... la chute a disparu. À la place, la rivière poursuit sa course en un mouvement continu. Les enfants sont tous déconcertés. Tout autour, la forêt n'a plus la même allure. Les arbres sont gigantesques, les fleurs qui bordent la rive et les papillons qui voltigent au-dessus d'eux leurs sont inconnus... Célia s'émerveille au passage d'un fabuleux spécimen volant de couleur carmin :

- Vous avez vu ce papillon rouge? C'est la première fois que je le vois. Il est magnifique! Il faudrait que je l'ajoute à ma collection. Dommage que je n'aie pas mon filet avec moi! Descendons vite de ce tronc d'arbre.

Au moment où Célia formule sa requête, le morceau de bois se bute à une grosse pierre, invitant précisément les passagers à descendre.

Arrivés sur la terre ferme, les cinq s'appliquent à dépeindre le décor. Rien ne leur semble familier; même l'arc-en-ciel a disparu.

Éthan aperçoit un arbrisseau croulant sous une profusion de baies de couleur noirâtre.

- Qu'est-ce que c'est que ce fruit? s'étonne-t-il en se penchant pour en cueillir.

- Attention, intervient Célia, ils sont peut-être vénéneux.

- Je ne les ai jamais vus auparavant.

- C'est comme ce papillon, fait constater Célia en pointant l'insecte qui voltige toujours autour d'eux.

- Et ces arbres… observe Lucas. Ils sont étranges, géants…

Irina n'a pas assez de ses deux yeux pour contempler tout ce qui l'entoure.

- Où sommes-nous? laisse-t-elle tomber lourdement, comme une question à cent mille dollars.

Tout le monde reste sans réponse. Ils prennent subitement conscience qu'une chose extraordinaire vient de se produire, mais laquelle?

- On dirait qu'on vient de traverser un miroir… laisse tomber sentencieusement Nicolas à la fois enchanté et inquiet d'une telle chose.

- J'ai senti un petit courant électrique me traverser quand on est passé à travers l'arc-en-ciel, leur confie Célia. Irina soutient qu'elle a eu la même sensation. Finalement, tout le monde a éprouvé la même chose.

- On est à cent lieues de chez nous alors? constate Éthan avec prudence.

Célia se met à trembloter.

- Comment va-t-on faire pour rentrer à la maison? s'enquiert-elle.

Irina la regarde bêtement et annonce le plus égoïstement du monde :

- J'ai faim, moi.

- Tu penses à manger dans de telles circonstances? la réprimande son frère.

Irina éclate en sanglots et soutient qu'elle meurt de faim. Sur un ton péremptoire, elle ajoute qu'elle veut rentrer chez elle.

Les garçons tentent de trouver une direction pouvant les mener au bercail.

- Et si on refaisait le chemin à l'envers dans la rivière? propose Lucas.

C'est une excellente idée. Tout le monde repart en longeant les berges.

Pourquoi la chute et l'arc-en-ciel ont-ils disparu subitement? Les jeunes aiment mieux ne pas y songer et continuer à marcher en souhaitant retrouver des lieux qui leur sont familiers.

Ils avancent depuis un bon moment parmi les hautes fougères aux couleurs irisées et les arbres en apparence ouatés qui peuplent la rive sans jamais reconnaître quoi que ce soit leur indiquant qu'ils se rapprochent des lieux familiers. C'est Irina qui brise le silence :

- J'en ai assez de suivre cette rivière! grogne-t-elle en s'arrêtant.
- Moi aussi! l'imite Célia.

Les gars font de même. De toute évidence, cette rivière ne les mènerait nulle part. Ils prennent le temps de s'asseoir sur de gros cailloux pour mieux réfléchir à ce qu'ils doivent faire. Irina, qui est toujours la plus pointilleuse, s'avère aussi être la plus perspicace.

- Il est où ce fabuleux trésor? lance-t-elle sur un ton offensif.

Éthan, qui se sent interpellé, regarde à nouveau sur le plan. Il constate assez vite qu'il n'y a plus aucune indication concernant le trésor. Auraient-ils imaginé tout ce scénario? Pourtant, la chute, l'arc-en-ciel... tout ça était réel.

- Vous avez vu comme moi que la chute avait disparu? leur demande-t-il. Et Nicolas nous a dit vrai, il y avait bel et bien un arc-en-ciel. Tout ça n'était pas du domaine du rêve. On a vécu ces choses. Le plan nous a conduits ici, dans cette étrange forêt et, oui, je crois qu'il existe un trésor, mais il va falloir le chercher.

- Quelle direction doit-on prendre pour le trouver? l'interroge Lucas.

En guise de réponse, Éthan hausse les épaules.

- Où va-t-on dormir ce soir et que va-t-on manger? s'enquiert Célia soutenue par le regard anxieux d'Irina.

- Il doit bien y avoir des fruits sauvages, répond Éthan, lui qui est passé maître dans cette spécialité.

- Manger des baies noires dont on ne connaît pas la teneur? Jamais! s'oppose Célia en croisant les bras, furieuse de s'être laissé entraîner dans cette folle poursuite.

- Pour ce qui est de dormir, reprend Lucas, il n'y a pas à s'en faire. Je vais construire un abri pour la nuit. J'ai des allumettes sur moi et je suis sûr que cette rivière regorge de belles truites frétillantes. N'est-ce pas, Irina, que tu y avais songé?

Cette dernière se contente à peine d'opiner de la tête.

- Comment va-t-on les capturer? On n'a pas de canne à pêche, fait observer Célia.

- C'est juste, déplore Lucas qui se met à ramasser des brindilles sèches.

- Tu veux faire un feu? l'interroge Éthan.

- Oui, après on s'occupera des truites à pêcher.

Éthan l'aide à rassembler du bois mort, des brindilles séchées et tout ce qui peut contribuer à alimenter correctement un feu de camp.

L'aîné tire sur des petits chicots secs plantés aux abords de la forêt quand subitement l'un d'eux lui est littéralement arraché des mains. À sa grande stupéfaction, il déclare :

- Mais qu'est-ce que ça veut dire?

- Quoi?

Lucas l'interroge du regard.

- Tu ne me croiras pas, Lucas, répond Éthan le regard fou. Ce chicot sec est vivant.

Tous les autres s'approchent. Irina s'empresse de dire, sarcastique :

- Tu as perdu la tête? Une branche qui vit maintenant! Quoi encore? Une roche qui parle?

- Je ne plaisante pas; cette branche morte s'est tordue entre mes mains.

Éthan leur montre le chicot qui est resté à deux pas de lui.

Puis l'incroyable survient. La branche sèche se met à bouger, comme si elle marchait avec ses deux racines biscornues qui forment sa base. Les jeunes restent interloqués. Maintenant, ce sont toutes les brindilles cassantes que les garçons ont cueillies qui se relèvent et se mettent à bouger.

Telle une farandole, le bois mort et séché tournoie autour d'eux pareil à des combattants prêts à l'attaque. Les gamins sont vite encerclés, coincés dans les griffes de leurs assaillants. Épouvantées, les filles crient à fendre l'âme.

Là, les bois séchés desserrent leur étreinte et reculent, laissant plus de place aux adolescents. Ceux-ci se regardent médusés. Puis, une petite voix à peine audible parvient à leurs oreilles :

- Il ne faut pas les alerter.

- Qui a dit ça? demande Éthan.

Tous les autres répondent qu'ils n'ont pas parlé.

- Pourtant, reprend Éthan, vous avez entendu comme moi? Quelqu'un a dit qu'il ne fallait pas les alerter.

- Alerter qui? questionne Célia.

L'aîné admet qu'il ne le sait pas

- S'ils vous trouvent, vous êtes foutus!

Cette fois, tout le monde a entendu clairement la voix timide qui a parlé.

Nicolas observe attentivement une brindille et, quitte à ce qu'on le prenne pour un fou, il prétend que cette dernière a agité ses minuscules branches, pareilles à de petits bras. Il soutient même que c'est cette même brindille qui a parlé.

- Tu nous prends pour des fous? l'attaque verbalement Irina en s'empourprant.

- Vous avez vu ce chicot se déplacer, renchérit Nicolas. Moi, j'ai vu cette brindille bouger et je suis sûr que c'est elle qui a parlé.

- Il a raison. C'est moi qui vous ai mis en garde.

Maintenant, plus de doute possible. Tout en s'exprimant, la brindille a agité ses maigres bras pour les convaincre.

- Ne soyez pas si étonnés, continue de dire la fine branche desséchée. Vous n'êtes plus dans votre monde, mais bien dans le nôtre. Ici, tout peut arriver. Même ce qui vous semble le plus inimaginable.

- Où sommes-nous exactement? ose demander Éthan.

- Dans la forêt des ogres, répond la brindille.

La forêt des ogres...

Les cinq jeunes se lancent des regards d'effroi.

- Il y a des ogres ici? laisse tomber Célia en scrutant les alentours.

- Oui, malheureusement.

Cette voix n'est pas la même que celle de la brindille. C'est un des chicots qui a parlé. À hauteur d'homme, agitant ses branches tordues, le spécimen végétal déshydraté continue sur sa lancée :

- Les ogres sont très voraces. Ils habitent la montagne appelée le sanctuaire des ogres. Nous, les brindilles et les chicots, nous vivons dans cette partie de la forêt aux abords de cette rivière. Ici, nous sommes en sécurité. Les ogres descendent rarement de la montagne.

- Sauf pour pêcher la truite et attraper des chauves-souris, fuse la voix éraillée d'un autre chicot, celui-là très agité.

- Tu as raison, Crépite, ils viennent ici parfois.

- À l'heure actuelle, ils sont peut-être en train de nous observer? de hurler Irina.

- Pas à cette heure-ci. Mais avant, laissez-moi me présenter. Je suis Franc-Boisié et lui, c'est Crépite, le plus froussard de la bande. Ici, c'est Craquante, dit-il en désignant un autre chicot sec qui se met aussitôt à faire bouger ses branches.

- N'est-ce pas, les gars, qu'elle est craquante? atteste Franc-Boisié.

Et là, caché derrière le moussu (sorte d'arbuste semblable à une grosse boule de ouate verte), c'est Tremblant. On lui a donné ce nom à la suite d'un évènement malheureux qui a failli l'arracher à notre clan. Ogrigri s'était emparé de Tremblant dans le but de l'utiliser pour mélanger ses potions dans la marmite.

Ogrigri, potion, marmite, moussu... les jeunes n'y comprennent strictement rien. Franc-Boisié précise :

- Ogrigri est l'un des 12 ogres qui peuplent la forêt. C'est le spécialiste des potions magiques et de tout ce qui touche à la sorcellerie de près ou de loin. C'est lui également qui tend des pièges pour capturer les proies.

Franc-Boisié fait quelques pas et s'approche d'eux. Il leur demande avec prudence :

- N'est-ce pas à cause d'un message trouvé dans une bouteille que vous êtes là?

- Comment le sais-tu? l'interroge Éthan.

- Ogrigri opère toujours de cette façon quand... Elle en veut plus...

- Qui est Elle?

C'est Célia qui a formulé la question.

- Il s'agit d'Ogressive, la mère des 12 ogres.

- Ogressive… murmure Irina, les yeux écarquillés, le regard trouble.

Elle déclare subitement en s'agitant comme une folle :

- Il faut vite sortir d'ici! Partons! Fuyons cette forêt maudite!

Célia et Nicolas l'attrapent par les bras et lui ordonnent de se calmer en lui disant qu'il ne sert à rien de paniquer, qu'ils finiront bien par trouver une solution.

Éclatant en sanglots, la pauvre Irina finit par s'apaiser dans les bras de Célia.

Lucas demande à Franc-Boisié :

- Pourquoi Ogrigri a-t-il jeté cette bouteille à la rivière? Et que lui avait dit sa mère?

- Qu'elle avait trop faim.

La petite voix qui a parlé est celle de la brindille.

- Ogressive, est doté d'un appétit incontrôlable, poursuit la brindille. Elle mange tout le temps. Ses rejetons, les 12 ogres repoussants, ne vivent que pour satisfaire l'appétit de la gloutonne. Chacun d'eux a pour tâche de satisfaire à ses demandes. Ils sont aussi dotés de pouvoirs particuliers. L'un chasse pour la chair tendre et rosée, l'autre pour les fruits sauvages, un autre encore pour le poisson, puis ce sont les insectes à faire rôtir, les chauves-souris à griller, le potager à entretenir, l'absinthe à préparer… Bref, les ogres ne savent plus où donner de la tête quand l'estomac de leur mère vorace crie famine. C'est pour ça qu'Ogrigri a lancé cette bouteille dans la rivière. Parce qu'Ogressive n'en peut plus de son régime maigre et routinier. Il lui faut de la substance, de la variété…

- Je t'en prie, Filine, tais-toi! d'intervenir une autre brindille qui n'a pas l'air très contente.

Elle se présente :

- Moi, je suis Maligne et voici Filine. À côté, c'est Tordante. Mais ne vous y prenez pas, Tordante n'est pas nécessairement drôle. Elle est juste un peu courbée, comme vous pouvez voir.

- Il faut leur dire les vraies choses, la coupe Filine en levant son maigre bras. Un homme averti en vaut deux à ce qu'on dit dans votre pays?

Éthan répond oui d'un signe de tête. Filine poursuit sur sa lancée :

- Ogressive a un plat de prédilection, un mets dont elle raffole par-dessus tout, mais qu'elle ne trouve pas ici dans notre forêt. Du moins, pas assez souvent… des enfants…

- Des enfants? répète Célia.

- Oui, des enfants. Vous devez encore être considérés comme tels. Je me trompe?

Les jeunes oscillent la tête pour démontrer qu'ils ne sont pas tout à fait d'accord avec l'idée qu'ils puissent encore être perçus comme des enfants.

- J'ai quatorze ans maintenant, intervient Éthan avec fierté. Je suis un adolescent. Ma mère m'appelle toujours son petit homme.

Maligne reprend avec douceur.

- Malheureusement, ici vous ne faites pas le poids. Les ogres n'y verront que du feu. Pour contenter leur horrible mère, vous ne représenterez à leurs yeux qu'un savoureux festin à lui offrir.

Irina en tremble de tout son corps. Célia continue de la serrer contre elle. Ce qui se dit dépasse tout entendement.

- Et le trésor? questionne Nicolas.

- Le trésor? s'enquiert Franc-Boisié.

- Oui, celui qu'on doit trouver à l'issue de ce parcours.

Éthan leur montre le plan sur le morceau d'écorce de bouleau.

Franc-Boisié répond que ce plan n'a servi qu'à les conduire jusqu'ici et qu'il n'y a pas de trésor à chercher.

- Tu te trompes! le coupe Tremblant qui sort enfin de sa cachette. Je le sais, moi, j'étais là-haut sur la montagne avec eux. J'ai vu où vivait l'ogresse et quand je me suis échappé des griffes d'Ogrigri, j'ai eu le temps d'apercevoir l'antre d'Ogressive. Ce que j'y ai vu m'a ébloui par sa splendeur et sa brillance. Il y avait des tas de choses qui scintillaient, probablement de l'or ou des diamants. Mais c'est tout ce que j'en sais. J'avais trop peur qu'on me rattrape...

- Il y a donc un trésor! s'étonne Nicolas.

- Comment peux-tu t'intéresser à de telles choses alors qu'on risque de mourir ici dans cette forêt? le réprimande sa sœur. Moi, tout ce qui m'importe c'est de rentrer à la maison. Pas vous?

Ses amis sont tous d'accord avec elle.

- Comment fait-on?

Irina a posé la question aux brindilles et aux chicots.

- Il vous faudra repasser de l'autre côté de l'arc-en-ciel, répond Craquante.

- Il est où cet arc-en-ciel? rétorque aussitôt Tordante.

- La réponse appartient à Ogrigri. C'est lui qui l'a fait apparaître. Sans lui, personne d'entre vous ne pourra rentrer chez lui. Personne!

Cette affirmation de Craquante a eu l'effet d'une douche glacée. Tout le monde a baissé les bras. Quelques-uns se sont assis près de la rivière pour réfléchir tandis que d'autres continuent de discuter avec les curieux habitants de cette forêt.

On essaie de savoir comment on pourrait entrer en communication avec cet ogre, ce sorcier d'Ogrigri pour parvenir à le convaincre de laisser partir ces nouveaux arrivants. D'après les réponses, il n'y a pas de moyens puisque c'est lui qui a initié leur venue en ces lieux hostiles. Nourrir leur mère, voir à ce qu'elle ne manque de rien, sont les seules préoccupations de tous ces ogres.

- En attendant, qu'est-ce qu'on fait? interroge Célia à l'endroit de Maligne.

- Préparez-vous à passer la nuit, leur suggère la brindille. Et surtout, ne faites pas de feu pour attirer l'attention. Très prochainement, Ogrigri viendra rôder dans les parages pour constater si son plan a réussi. Nous l'apercevons de temps en temps en train de jeter une bouteille à l'eau, mais des enfants mordent rarement à l'hameçon. Il y a des années qu'on n'a pas vu d'enfants ici. Vous avez été bien malchanceux de tomber sur cette bouteille.

- J'aurais dû écouter mon intuition, se reproche Célia. Je savais qu'il ne fallait pas se rendre au bout de cette clairière. Encore moins descendre à la rivière...

Irina n'ose pas proférer un son. Il est vrai que tout a dérapé au moment où son frère a proposé de se rendre plus loin que d'habitude. Maligne commente encore :

- Je vous conseille de manger des baies. Celles-là justement. On appelle ça des yeux de mulots.

Maligne s'incline et saisit un fruit noir entre le bout de ses petites branches sèches et le tend à Célia.

- Goûte, c'est délicieux.

- Tu es certaine que je ne risque rien? Et s'ils étaient vénéneux?

- Ils ne le sont pas. Moi-même j'en grignote de temps en temps. Vas-y! Mange!

Finalement, Célia consent à gober le petit fruit noirâtre.

- Hum! C'est bon, constate-t-elle. Goûte Irina.

Cette dernière se penche pour en cueillir. Après en avoir avalé quelques-uns, elle aussi réalise que ces fruits sont succulents.

Éthan ne tarde pas à arriver pour les imiter, suivis des autres.

Tout le monde s'empiffre autant qu'ils le peuvent puis ils s'en vont s'abreuver à la rivière.

- Où habitez-vous? demande Éthan à l'endroit des habitants de la forêt.

Ceux-ci répondent qu'ils n'ont pas de logis fixe, que la forêt est leur domaine, mais qu'ils évitent d'aller sur la montagne.

- Autrefois, raconte Franc-Boisié, des chicots comme nous ont été séquestrés par les ogres pour servir de base aux bouillons de l'ogresse. Dans son potager, Ogricole cultive toutes sortes de légumes et concocte des soupes et des bouillons pour sa mère. Aucun de nous ne voudrait finir en macérant dans ces jus. C'est pour ça que nous essayons autant que possible d'éviter le sanctuaire des ogres.

- Mais il faut bien y aller parfois, déclare Craquante.

- Je sais…

- Pourquoi y allez-vous? questionne Lucas.

- Pour la résine.

- La résine de sapin?

- Oui… non… en fait, ici on appelle ça des épineux. C'est différent de vos sapins. Il y en a justement un là-bas.

Craquante leur désigne un drôle d'arbre de taille respectable aux branches garnies d'épines de couleur rougeâtre.

- Avant d'être des chicots secs, nous étions de beaux épineux rougeoyants. Un jour, une inondation nous a vidés de toute notre vitalité. Quand l'eau s'est retirée, nous n'étions plus que des squelettes. Toutes nos épines s'étaient détachées de nos branches et toute notre sève nous avait quittés. Si on a survécu, c'est parce que l'un de nous s'est rendu juste à temps sur la montagne pour tirer de la résine des épineux. C'est de ça qu'on s'alimente. Pas de résine, plus de vie. Une fois par semaine, l'un de nous ou les trois à la fois, nous risquons notre vie pour justement tenter de la conserver. Vous comprenez?

Bien sûr que les enfants comprennent.

- Et nous, confie Maligne, on a vécu la même inondation et connu le même châtiment. Pour rester vivantes, nous devons aussi aller sur la montagne, pas pour de la résine, mais pour extraire des sucs à même les racines des sureaux. Car à l'origine c'est ce que nous étions, de beaux sureaux au feuillage orangé.

Lucas connaît les sureaux, mais pas les orangés. Lui qui affectionne tant les arbres, la flore en général, il déclare avec vigueur :

- Puisqu'il vous reste de la vie, c'est donc que vous pourriez retrouver votre apparence d'antan! La vie coule en vous. Il vous manque quelques ingrédients pour renaître complètement. Cela doit se trouver! Non?

- Nous ne possédons pas cette science, jeune homme.

Pendant qu'ils s'appliquent à débattre de questions pointues, de l'autre côté de la rivière, la forêt se met à craquer.

- Vite! Cachez vous! ordonne Franc-Boisié alerté.

Tous se barricadent derrière les bosquets bordant la rivière.

- Qu'est-ce que c'est? interroge Lucas à voix basse.

Sous leur regard horrifié, tout le monde voit surgir un être d'une répugnance sans nom sur l'autre rive.

- C'est Ogrigri, leur chuchote Franc-Boisié.

Ne portant qu'un pagne, l'effroyable créature entre dans la rivière et balaie les alentours de ses yeux perçants. L'ogre est de carrure très imposante, c'est presque un géant et il est malformé. Ses cheveux sont longs et sales et il claudique en marchant.

- Ils ont tous cette allure, les informe Franc-Boisié. Ils ont l'air de monstres.

- C'en est! affirme Irina qui a de la peine à déglutir.

- S'il traverse de ce côté-ci de la rivière, les avertit le chicot, il faut fuir. En apercevant vos traces sur le sable, il saura que vous êtes là. Les ogres sont de fins limiers.

- Prions pour qu'il ne nous repère pas, soupire Célia en levant les yeux au ciel.

Ogrigri arpente la rivière sur une bonne distance tout en jetant des regards appliqués sur les bords, puis il décide finalement de retourner dans la forêt.

- Il ne vous a pas vus, constate Franc-Boisié avec soulagement. Mais ne quittons pas tout de suite nos abris. Il pourrait revenir.

Ils attendent une bonne dizaine de minutes avant de retourner sur la rive. Célia consulte sa montre bracelet. Il est exactement 18 heures.

- Nos parents doivent être morts d'inquiétude, constate-t-elle.

- Peut-être qu'ils vont se mettre à notre recherche? lance Irina peu enthousiaste.

- Il faudrait faire un feu pour qu'ils nous trouvent, ajoute Célia.

- Et risquer d'être repérés par les ogres? rappelle aussitôt Éthan. Vous avez entendu la consigne : « Pas de feu! »

- On ne pourra pas manger de truites alors? déplore Irina en tapant du pied.

Nicolas réplique :

- Tu ne penses qu'à manger! Un peu de jeûne ne te fera que du bien.

- Tais-toi! Tout est de ta faute! Si tu n'avais pas eu cette idée folle de nous entraîner dans cette aventure, nous serions chez nous à l'heure qu'il est.

- En train de manger, c'est ça? ironise Nicolas.

- Oui, en train de manger! rétorque sa sœur. Au lieu de ça, c'est nous qui risquons d'être mangés!

Et vlan! Quelle réplique! Plus personne ne souffle mot. Nicolas tourne les talons et soliloque en longeant la rivière : « Il ne s'agit quand même pas de cannibalisme…»

Éthan, qui a l'oreille fine, a tout entendu et lui lance :

- T'appelles ça comment si ce n'est pas du cannibalisme? On n'est pas dans un conte de fées, Nicolas. On est dans la réalité.

- Cessez de parler de ces choses horribles! leur somme de se taire Irina. Il me vient des images affreuses dans la tête.

Célia intervient :

- Parlons d'autre chose.

- Du fait qu'il serait peut-être temps de songer à ériger un abri pour la nuit, par exemple? propose Lucas.

Très bonne idée. D'abord, ils cherchent un emplacement plus ou moins éloigné de la rivière, là où les ogres ne risquent pas de les trouver. Ils optent pour un endroit où poussent des drôles de fougères multicolores et une multitude de moussus de petite taille.

Lucas, l'homme des bois, suggère :

- On va couper des perches pour les appuyer contre cette paroi rocheuse et, en guise de toit, on tapissera ces perches de branches d'épineux.

Tout le monde se met à l'ouvrage. Fort heureusement, Lucas ne part jamais en expédition sans apporter son couteau de poche.

C'est lui qui coupe les perches et les deux autres garçons les installent contre les rochers. Les filles cassent des branches d'épineux qu'elles ramassent près de l'abri en construction.

De leur côté, les chicots et les brindilles s'accordent un répit en s'assoyant dans les fougères pour les regarder faire.

À peine trente minutes suffisent pour que la cache soit terminée.

Les cinq amis entrent à l'intérieur pour se reposer. Le plancher a été recouvert de feuilles de fougères et de moussus. L'odeur y est très agréable et cette sorte de ouate verte leur procure un bon matelas spongieux.

- Ma mère croit qu'on devrait dormir sur des oreillers faits de feuilles de fougères, raconte Éthan. Il paraît que cela favorise le sommeil.

- Eh bien, on en aura besoin cette nuit, car je ne suis pas certaine de pouvoir fermer l'œil, leur confie Célia.

Les estomacs gargouillent. Irina n'ose plus rien dire. Éthan pousse un soupir et lance la proposition suivante :

- Et si on allait quand même pêcher la truite?

- Pour la manger toute crue? de répliquer aussitôt Irina.

- On la fera cuire sur le feu.

- On ne peut pas faire de feu!

- L'ogre est passé tantôt. Il ne reviendra pas avant demain. On ne risque pas d'être vus.

- Comment peux-tu en être sûr? interroge Nicolas.

- Attendez. Je reviens.

Éthan sort de la cache et appelle Franc-Boisié. Celui-ci se redresse et Éthan sursaute. Le chicot, qui se confond dans le décor, était à quelques pas de lui.

- Qu'y a-t-il? demande Franc-Boisié.

- La montagne est loin?

- Elle est de l'autre côté de la rivière. Pourquoi?

- Et les ogres, ils vivent tout en haut de la montagne?

- Très peu. La plupart ont élu domicile sur ses flancs pour faire le guet.

Éthan hume l'air. Pas un vent.

- Nous avons faim. Nous voulons pêcher la truite et la faire cuire.

- Sur le feu?

- Oui.

Le chicot se met à osciller d'une patte à l'autre puis il concède.

- Bon d'accord. Je conçois que vous soyez affamés et que vous aurez besoin de forces pour trouver le moyen de rentrer chez vous. Faites un feu si vous voulez et nous, nous irons de l'autre côté de la rivière pour nous assurer que les ogres ne viennent pas vous débusquer. Au moindre danger, vous devrez déguerpir sur-le-champ. C'est compris?

- Parfaitement. Maintenant, comment fait-on pour attraper des truites sans hameçons?

- Ne craignez rien, j'ai tout ce qu'il faut.

Lucas et Nicolas émergent de l'abri. Les filles en profitent pour s'étendre sur le matelas odorant.

Les gars observent Franc-Boisié qui a l'air de chercher une chose en particulier.

- Que cherche-t-il? demande Lucas à son ami Éthan.

- De quoi nous permettre de pêcher.

Voilà que Franc-Boisié s'excite et leur dit de venir le rejoindre.

Ils accourent.

- Voici ce qu'il vous faut. Il y en a autant que vous le souhaitez.

- Des épines de ronce! s'émerveille Lucas.

Bien sûr, pourquoi n'y avait-il pas songé lui-même?

Pour parer à ses manquements, ce dernier renverse de gros cailloux pour y dénicher des vers de terre.

De son côté, Nicolas retire les lacets de ses espadrilles. Il les noue l'un à l'autre et attache le tout à une branche flexible.

Par un habile et solide jeu de nœuds à l'extrémité du lacet, Éthan fixe l'épine restée attachée à un petit bout de sa branche. Il enfile un ver et se dirige à la rivière. Pendant ce temps, les filles ont reçu l'ordre d'allumer le feu dans un cercle de pierres.

Arrivé au cours d'eau, Éthan s'empresse d'y jeter son appât. À peine s'est-il exécuté que quelque chose vient le lui dérober.

« Zut! je l'ai manqué! » constate le jeune homme avec dépit.

Lucas, qui l'assiste, enfile un deuxième ver sur l'épine.

Cette fois, Éthan est plus rusé que le poisson. Dès qu'il sent la moindre tension, il tire d'un coup sec. Une belle truite grise est projetée sur les berges, frétillante, cherchant désespérément à retourner dans l'eau. Mais Nicolas est très vif et il s'en empare tel un ours affamé.

- Attrapes-en d'autres! crie Nicolas à l'endroit du pêcheur.

Irina voit venir son frère avec sa capture dans les mains.

- Euréka! acclame-t-elle tout émoustillée. On va manger du poisson!

Le feu est déjà bien activé. Les filles se sont ménagé un amas de petit bois sec pour pouvoir l'alimenter.

Célia n'est pas dédaigneuse pour cinq sous; c'est donc elle qui propose d'éviscérer le poisson.

Lucas arrive avec une deuxième prise. Il s'agit encore d'une truite grise, mais celle-ci est deux fois plus grosse que la première. Irina savoure le festin à l'avance.

Quinze minutes plus tard, ils sont tous assis à même le sol en train de déguster la chair tendre et rosée de ces quatre belles truites que la rivière leur a livrées si facilement.

- Au moins, de se rassurer Irina en rotant sa dernière bouchée, on ne risquera pas de crever de faim.

Ils ont finalement le cœur un peu plus léger.

***

Sur le flanc de la montagne, une jeune biche broute les longues herbes qui poussent dans une éclaircie. La petite bête a l'oreille aux aguets. Des bruissements tout près la rendent craintive et prudente. Un loup rôde. La biche le sait, car le canidé tente de la traquer depuis longtemps. Il y a peu de temps de ça, le prédateur l'a prise en chasse et il a failli l'attraper. N'eût été des chicots qui passaient dans le coin pour récupérer de la résine, la petite bête serait tombée sous les crocs du carnassier. Pour protéger la biche, les chicots ont formé une barricade dans laquelle le loup s'est empêtré, laissant le temps au cervidé de s'enfuir.

Le loup n'était nul autre qu'Ogriloup.

À sa convenance, Ogriloup a cette faculté de se métamorphoser en loup. Ce don lui a été donné à sa naissance; tout comme lui, ses frères sont eux aussi dotés de facultés extraordinaires. Le sanctuaire des ogres n'abrite que des êtres exceptionnels.

Donc, la jeune biche continue de déguster les herbes tendres sans manquer de prêter l'oreille. Mais voilà que le loup surgit de la forêt telle une lionne dans la brousse. Il fonce droit sur la biche qui part à grandes enjambées, fuyant le redoutable prédateur. Malheureusement pour elle, cette fois-ci, les chicots ne sont pas là pour la secourir. Le cervidé se faufile tant bien que mal à travers la dense forêt, cherchant à tout prix à atteindre la rivière.

La poursuite est folle et dangereuse, car le terrain va en déclinant. La biche devance de très peu le loup, qui savoure déjà sa victoire avec de la bave aux coins de la gueule.

Puis un escarpement rocheux vient stopper l'élan de la biche. Elle entend craquer les branches derrière elle. Le loup est à quelques pas. S'il faut mourir, autant que ce soit maintenant songe le pauvre cervidé qui s'élance pour se propulser dans le vide.

Le loup arrive à toute allure, freine d'urgence sur la crête rocheuse en refermant sa mâchoire impitoyable sur le bout de la queue de la biche lancée dans le vide. Heureusement, une rivière coule en contrebas. C'est la même rivière qui a amené les cinq adolescents. Tel un écureuil volant, la biche plane par-dessus le cours d'eau et retombe sur le bord d'une autre falaise. Des roches énormes se détachent de l'escarpement tandis qu'elle tente avec peine de remonter ses pattes de derrière restées dans le vide. L'observant avec avidité, le loup cherche déjà un moyen pour descendre à la rivière, certain que la malheureuse fera une chute.

Vigoureuse et courageuse, la biche parvint enfin à se hisser sur la terre ferme. Elle se retourne et lance un regard vainqueur au loup prostré de l'autre côté. Brusquement, elle le voit exercer une métamorphose et se transformer en ogre. Il s'agit bien d'Ogriloup. Une fois de plus, l'immonde créature a raté sa cible. Qu'en pensera sa mère, l'horrible Ogressive?

La biche constate que le loup lui a arraché la moitié de la queue, mais au moins, elle a eu la vie sauve. Maintenant qu'elle ne risque plus rien, elle reprend le pas avec le projet d'atteindre la rivière, car cette poursuite épouvantable lui a donné chaud et soif.

De leur côté, les jeunes ont fini de manger. Ils sont tous repus, assis en rond à même le sol. Ils essaient d'échafauder un plan qui pourrait les conduire à la liberté.

Les chicots et les brindilles leur tiennent compagnie. Franc-Boisié continue de dire qu'il faut amener Ogrigri à faire réapparaître l'arc-en-ciel pour repasser de l'autre côté, que c'est là le seul moyen afin que les jeunes puissent retourner dans leur monde. Aucun d'entre eux ne sait de quelle façon ils vont s'y prendre pour réaliser un tel projet. Tous les cinq refusent d'approcher ces ogres et croient, au contraire, qu'il faut éviter à tout prix que l'un d'eux ne s'aperçoive de leur présence.

- On ne pourra jamais quitter cet endroit maudit, constate alors Irina désespérée.

- On trouvera bien un moyen de vous sortir de là, lui répond Franc-Boisié qui refuse de les abandonner à leur triste sort.

Célia cogite puis elle déclare :

- Tout ça pour avoir convoité un trésor…

- Oui! reprend vivement Irina. Et c'est de sa faute à lui! lance-t-elle avec virulence à l'endroit de son frère.

Nicolas ouvre la bouche pour répliquer, mais Éthan soutient :

- N'accusons pas Nicolas. Nous sommes tous fautifs. Lorsqu'on a pris connaissance du plan qui devait nous mener au trésor, tout le monde est devenu avide et fébrile. Soyons honnêtes, nous avons tous espéré mettre la main sur cette richesse qu'on nous promettait.

Il dit vrai. Tous se reconnaissent dans le portrait qu'Éthan a dépeint. En quelque sorte, ils sont tous responsables de ce qui leur arrive.

Toutefois, Lucas les ramène au moment présent :

- C'est bien beau tout ça, mais maintenant il faut se sortir de ce guêpier dans lequel on s'est jetés.

Brusquement, Maligne se lève et porte son regard en direction nord.

- Qu'est-ce qu'il y a, Maligne? l'interroge Filine.

- Il y a quelque chose qui vient par ici.

Toute la troupe se redresse et scrute la forêt dans la direction indiquée par la brindille. Franc-Boisié réitère ses mises en garde à propos de l'urgence de fuir si jamais il s'agissait d'un des ogres.

Les filles sont prises de panique. Les gars sont sur un pied de guerre. Éthan et Lucas se sont même emparés de solides bâtons pour se défendre.

Un froissement dans les feuilles leur parvient nettement. Il est évident que quelque chose vient vers eux. Franc-Boisié les presse d'aller se cacher.

Quelques secondes plus tard, alors que tout le monde se terre, ils voient apparaître derrière les arbres la gracieuse silhouette de la biche. D'un pas léger, cette dernière souhaite bien se rendre à la rivière.

- Par la toute-puissante mère des résineux, acclame Franc-Boisié soulagé. C'est toi, Coquette!

- Franc-Boisié! J'ai failli ne pas te voir! annonce la biche qui s'arrête.

- Que fais-tu ici?

- Je suis venue pour m'abreuver et me rafraîchir à la rivière, répond Coquette encore frissonnante.

- C'est le loup? C'est ça?

- Oui. Il m'a pourchassée une fois de plus. Cette fois, j'étais certaine que ce démon allait me dévorer!

Coquette raconte ce qu'elle a dû faire pour lui échapper.

- Je n'aurai pas toujours autant de chance, déplore-t-elle lucide.

Elle montre à Franc-Boisié le bout de queue qu'il lui reste en déclarant que ce maudit loup a commencé à la déposséder de ses atouts.

Franc-Boisié sourit. Coquette a toujours eu ce don de plaisanter même dans les pires situations.

- Je voudrais te présenter nos nouveaux amis, ose le chicot. Les enfants, sortez tous de votre cachette!

Les cinq jeunes émergent de leurs caches. La biche est ébahie.

- Wow! des humains! s'exclame-t-elle.

- Une biche avec des bois et qui parle en plus de ça! s'étonne Irina du tac au tac.

- Vous n'avez jamais vu ça? demande le cervidé.

- Dans notre pays, répond Éthan, les animaux ne parlent pas avec les humains.

- Comme c'est dommage! reprend la biche. Ici, même les oiseaux jaseront avec vous... et les arbres. Au fait, comment êtes-vous arrivés dans notre monde?

Franc-Boisié raconte à Coquette de quelle manière les jeunes ont été amenés en ces lieux. Déplorant la situation, la biche ajoute :

- Pauvres petits, je crains que vous ne puissiez jamais retourner chez vous. Les ogres vous auront mangés avant même la fin de la nuit.

Les yeux écarquillés d'horreur, Irina éclate en sanglots. Célia, qui ravale ses craintes, prend sur elle de la rassurer. Franc-Boisié s'adresse à Coquette :

- Il ne faut pas parler de la sorte. On trouvera bien un moyen de les sortir d'ici.

- Lequel, peux-tu me le dire?

- En amadouant Ogrigri.

- Le sorcier? réplique Coquette en ricanant. C'est le bras droit d'Ogressive. Si le loup m'a prise en chasse, c'est donc que sa mère se meurt de faim et qu'elle réclame à tout prix de la chair fraîche et tendre. Comme la vôtre, mes enfants. Ogrigri vous a tendu un piège et vous êtes tombés dedans. Si vous osez vous approcher de lui, il vous jettera aussitôt dans la gueule de son horrible mère. Et croyez-moi, elle est dotée d'un appétit démesuré. Plusieurs de mes congénères sont tombés sous les pattes d'Ogriloup. J'ai appris par la suite qu'Ogressive leur avait d'abord arraché le cœur, encore palpitant de vie, pour ensuite le manger sur-le-champ. Elle fera de-même avec vous.

Irina s'affale sur le sol, inconsciente. Son frère se penche sur elle pour lui tapoter la joue. La pauvre enfant reprend ses sens et soupire :

- Je crois que je vais vomir.

Puis elle s'exécute devant eux. Célia l'entraîne à la rivière pour qu'elle puisse se rafraîchir.

Coquette semble s'amuser de la situation. Elle continue son verbiage :

- Autrefois, moi aussi j'étais sensible comme cette petite, mais depuis que le loup me pourchasse assidûment, je me suis créé une carapace. Vous aussi vous devrez développer une façon d'affronter vos peurs. Si vous ne le faites pas, et cela le plus tôt possible, vous serez la proie de ces ogres infects.

- Pourquoi dis-tu que nous pourrions ne pas survivre à la nuit? interroge Nicolas qui en profite pendant que les filles sont absentes.

Coquette répond :

- La nuit, Ogribou prend la forme d'un hibou et part à la chasse. À la demande de sa mère, il chasse les enfants qui auraient pu entrer dans le sanctuaire. Le jour, on peut l'apercevoir en train de cueillir des baies sauvages pour Ogressive, mais la nuit, le plus dangereux de tous, c'est Ogrinoir. Ce dernier se volatilise tel un fantôme et il erre dans toute l'immensité de la forêt. Il traque surtout les chauves-souris, qu'il rapporte chez lui et il les fait griller au matin pour sa mère.

- Il est invisible? questionne Lucas.
- Jusqu'à ce jour, répond Coquette, personne n'a pu le distinguer dans la nuit. Ce que j'en sais, c'est qu'il peut aussi bien errer sur la montagne ou ici près de la rivière. Ogrinoir se déplace par la pensée. Rien qu'en l'imaginant, il peut se retrouver en haut d'une falaise, à la cime d'un arbre, aux abords d'un lac. Il se téléporte en quelque sorte.
- Fascinant! s'émerveille Lucas.
- Dangereux aussi. Imaginez que cette nuit, il souhaite longer la rivière pour y attraper des chauves-souris. Cela est très possible, car pas très loin d'ici, il y a deux ou trois grottes creusées dans la falaise, où nichent une multitude de chauves-souris. Je pense qu'Ogrinoir s'y rend souvent. Méfiez-vous!
- Il y a peut-être un moyen de déjouer ses plans, ose prétendre Tremblant.
- Ah oui! lequel? s'étonne Coquette en faisant vivement cligner ses paupières aux cils merveilleusement recourbés.
- Grâce à la plante magique.
- La plante magique?
Coquette est de plus en plus intriguée.
- La plante secrète qu'Ogrigri connaît bien. Cette herbe qui pousse sur la montagne aux abords du lac aux Ours. Il paraît qu'après

l'avoir fait sécher, on peut tirer de cette plante une poudre qui dessinerait les contours de l'ogre lorsqu'il est invisible.

- Qui t'a dit cela, Tremblant?

- Lorsque j'ai été séquestré, j'ai entendu des bribes de conversation entre Ogrigri et sa mère. L'ogresse mettait en garde son rejeton et le sommait d'éradiquer à jamais la plante qui pouvait le localiser. Grâce à ce pouvoir extraordinaire qu'il a de se dématérialiser, Ogrinoir est l'ogre qui a le plus de succès quand vient le temps de retrouver des enfants ou toute autre sorte de proie.

- Comment s'appelle cette fameuse plante? s'enquiert Franc-Boisié.

- Laissez-moi me souvenir… répond Tremblant en creusant sa mémoire. Je sais qu'il était question du lac aux Ours…

- Cette herbe pousserait seulement là-bas?

- Je crois que oui, mais il est peut-être trop tard. Ogrigri l'a fort probablement éradiquée.

- De toute façon, reprend Coquette, nous ne savons même pas de quoi elle a l'air.

- Ses feuilles sont fluorescentes et de couleur vert pâle… raconte Tremblant qui continuer de fouiller sa mémoire. Ogressive en tenait un bouquet dans sa main. L'ogresse était allongée dans une hutte au toit arrondi, il y avait toutes ces choses qui miroitaient dans un coin et, dans sa main droite , cette plante aux couleurs fluorescentes irradiait. La semi-obscurité des lieux rendait la scène irréelle. C'est la luminescence de ce feuillage qui m'a autant fasciné.

Tous sont éblouis par le récit. Franc-Boisié affirme :

- Si elle existe encore, cette plante doit être facile à repérer. Il suffit de la chercher la nuit.

- Oui, elle doit briller au sol comme une étoile au firmament, renchérit Éthan. Où est-il ce lac?

- Le lac aux Ours? Il est sur la montagne, répond Franc-Boisié. Il fait partie du joyau du sanctuaire des ogres. Personne n'a jamais poussé l'audace jusqu'à s'y rendre.

- Moi j'y suis déjà allée, leur confie Coquette toute fière de sa bravoure, mais ce n'était pas une bonne idée. J'ai bien failli tomber dans les griffes des ours. Ils sont nombreux là-bas. Ce lac porte bien son nom.

- Alors, tu sais où est le lac? questionne Éthan.

- Évidemment que je le sais. Je ne suis pas sénile!

- Tu pourrais nous y conduire?

- Et risquer d'être dévorée vivante? Jamais de la vie!

- S'il te plaît, Coquette, insiste Éthan. Je promets que je te protégerai.

La jolie biche piétine sur place puis elle accepte enfin, mais à la condition qu'elle puisse filer à l'anglaise dès qu'elle les aura menés là-bas.

Les filles reviennent. Irina a l'air de s'être calmée.

Finalement, ils conviennent tous qu'il vaudrait mieux s'allonger quelques heures sous l'abri, le temps de récupérer un brin.

À la nuit tombée, les plus braves partiront en expédition afin de trouver la fameuse plante fluorescente, celle qui pourrait peut-être leur sauver la vie dans un avenir rapproché.

***

La brume a étendu ses voiles sur la forêt. Là-haut, sur la montagne, sous un immense abri fait de solides perches au toit arrondi et recouvert de peaux de bêtes, une vive discussion est amorcée. Une voix forte, vindicative et très autoritaire vocifère :

- Je t'avais dit de me ramener cette maudite biche! Tu ne vois pas que je meurs de faim!

Cette voix caverneuse et hargneuse, c'est celle d'Ogressive. Elle s'adresse à Ogriloup. Ogrinoir, l'ogre qui a la faculté de se dématérialisé, est assis sur un tronc d'arbre devant l'entrée de la hutte. Il frissonne à chaque parole lourde de menaces que crache l'ogresse. Après qu'elle aura terminé son entretien avec Ogriloup, ce sera à lui d'affronter sa terrible mère.

- Mais, Mère, elle m'a glissé entre les pattes, se défend Ogriloup.

La voix accusatrice de l'ogresse continue de faire entendre ses récriminations :

- Tu n'es qu'un vaurien! Tu te plais à laisser crever ta mère de faim! Je devrais te retirer ton pouvoir pour quelque temps. Ça te ferait réfléchir!

- Oh! non pas ça, Mère, je vous en conjure!

- Bon, bon, ça va. Je vais être indulgente pour la énième fois, mais gare à toi, Ogriloup, si tu échoues encore. Dorénavant, il n'y aura plus de pardon! Sors d'ici maintenant!

Ogrinoir voit sortir son frère, l'air dépité. Tout comme Ogrigri, l'ogre que les jeunes ont vu près de la rivière, ceux-ci ont la même allure. Ils sont pansus, laids à faire peur, des géants à la voix caverneuse et l'œil avide et sauvage. Ils ne sont vêtus que d'un pagne et ils sont sales et crasseux.

- Ogrinoir! appelle l'ogresse avec impatience, entre ici!

L'interpellé obéit sur-le-champ. Il pénètre dans l'antre de l'ogresse. En entrant, il aperçoit les pieds de cette dernière qui est allongée, dissimulée derrière un treillis recouvert d'une vigne sarmenteuse. Une chaîne en or est nouée à sa cheville. L'espace est circulaire, vaste et encombré de différents objets dont des bancs et des tables d'appoint construits à même les arbres de la forêt, un hamac tressé avec de solides racines d'épineux, une petite fontaine d'eau qui jaillit au creux d'une margelle de pierres, des plateaux de fruits... Bref, il y a tout ce qu'il faut pour y vivre confortablement.

- Viens me voir, Ogrinoir, grince la voix de l'ogresse qui agite ses pieds potelés.

L'ogre contourne une table basse et va se placer devant elle.

- Sublime Mère, comment allez-vous? lui demande-t-il d'emblée.

Allongée sur un lit matelassé de feuilles de fougères fraîches, engoncée dans ses bourrelets de graisse dégoûtants, son triple menton suintant, une abondante tignasse noire, ses seins tombants à peine dissimulés sous des lambeaux de peau de bête, le regard aussi cruel qu'un animal sauvage, l'ogresse profère entre ses lèvres charnues :

- Vas-tu me décevoir autant que ton crétin de frère?

- Ce n'est pas mon intention, douce Mère.

Ogrinoir a courbé l'échine pour lui répondre.

Ogressive s'empiffre d'insectes fumés à l'érable et ordonne :

- Je veux que tu te mettes en chasse. Ogrigri croit avoir perçu l'odeur suave d'enfants. Dernièrement, il a jeté une bouteille dans la rivière pour en attirer ici. Il pense que cette fois-ci, son plan a réussi. Il serait temps. Il me tarde éperdument de me repaître de la chair de ces divines créatures.

- Vous voulez que je me dématérialise cette nuit pour scruter la forêt?

- Oui! Tout en chassant des chauves-souris, fouille tous les recoins les plus sombres et les plus reculés pour débusquer ces humains afin que je puisse me régaler. Ça fait des lunes que j'en suis privée. Regarde, on dirait que je commence à perdre du poids. Tu ne trouves pas?

Ogrinoir fait l'inventaire de ce qu'il a sous les yeux et, à ce qu'il peut voir, sa répugnante mère semble plutôt avoir gagné en chair. La dégoûtante créature tâte ses amas de graisse qui pendent sur son abdomen et, à son grand désarroi, elle soutient qu'elle perd du poids.

- Je suis la reine de ce sanctuaire, déclare-t-elle fièrement. S'il en est ainsi, c'est à cause de ma taille démesurée. Tu sais, Ogrinoir, que mon seul but dans cette vie est de manger. Le reste m'importe peu. Sauf...

La gloutonne lance un regard dans le fond de la pièce, là où jaillissent quelques éclats brillants derrière un paravent garni d'épines de ronces.

- Je sais, Mère, murmure l'ogre qui amorce un sourire malicieux en toisant l'ogresse qui jubile.

- Bon! Mets-toi à l'ouvrage! lance-t-elle brusquement en le chassant d'un signe de sa main potelée garnie de bagues aux pierres précieuses. Sur sa poitrine, elle replace correctement un superbe collier d'émeraudes.

Ogrinoir repart en baissant la tête pour la saluer.

Restée seule, l'ogresse croque les derniers insectes qu'elle a sous la main et chuchote en se pourléchant les lèvres :

- Ces sauterelles étaient délicieuses. Ogrisant! appelle-t-elle alors avec force. Où es-tu, Ogrisant?

Des pas de course se font entendre. Tout haletant, un autre ogre entre dans le repaire d'Ogressive.

- Vous m'avez demandé, Mère?

- Oui. Je veux que tu me prépares mon élixir.

- Tout de suite, s'empresse de répondre l'ogre en hochant la tête en signe d'acceptation.

- Ogrivole a des provisions?

- Oui, il a risqué sa peau pour vous, merveilleuse Mère, et il a récolté beaucoup de miel.

- Où est-il actuellement?

- Je crois qu'il est retourné dans son campement. C'est lui qui fait le guet ce soir.

- Craignez-vous de sales visites?

- Il faut sans cesse surveiller les chicots. Ils viennent parfois rôder dans les parages. Ogriloup les a déjà croisés sur sa route, vous le savez?

- Oui, ces maudits chicots secs l'ont empêché de me rapporter la biche. J'avais tellement faim cette journée-là. Si Ogrivole ou n'importe qui d'autre aperçoit l'un de ces chicots maudits, je veux qu'on me l'amène pour que je le brûle moi-même. C'est bien entendu?

- Parfaitement, Mère.

- Bon, maintenant va me concocter mon élixir.

L'ogre repart.

***

La noirceur est enfin installée. Éthan et Lucas se portent volontaires pour aller chercher la fameuse plante sur la montagne. Franc-Boisié et Tremblant sont aussi de l'expédition. Bien évidemment, Coquette est de la partie. Les filles resteront dans l'abri en compagnie de Nicolas.

Sous les rayons de la lune hissée au-dessus de la forêt, tous les jeunes se rassemblent avant le grand départ. Les filles recommandent la prudence aux garçons. Lucas prétend qu'il connaît bien les ours et qu'il saura se jouer de leur manège.

- Moi, je ne suis pas aussi rassurée que vous, ose avancer Coquette anxieuse en piétinant sur place.

- As-tu ton couteau? interroge Célia à l'endroit de Lucas.

- Il est à ma ceinture. N'ayez pas peur, les filles, tout va bien se passer. N'est-ce pas, Franc-Boisié?

- Oui, il ne faut pas avoir peur. C'est toi, Coquette, qui disais qu'il fallait combattre ses peurs?

- Combattre ses peurs ne veut pas dire aller se jeter dans la gueule du loup! rétorque vivement la biche.

- Cessez de parler de loup! tranche Irina en plaçant ses mains sur ses oreilles pour ne plus rien entendre.

Célia décide qu'il est temps pour les valeureux de partir. Dans la noirceur, elle entrevoit la silhouette de ses compagnons s'éloigner en direction de la rivière qu'ils doivent d'abord traverser.

Irina et Célia s'en vont s'allonger sous l'abri. Nicolas propose de s'asseoir près de l'entrée pour faire le guet.

Arrivés sur l'autre rive, les cinq braves amorcent déjà la montée.

- Elle est haute cette montagne? questionne Éthan à l'endroit des habitants de la forêt.

- Il faut au moins une demi-heure pour atteindre le sommet, répond Coquette.

- Qu'est-ce que tu étais allée faire là-haut? l'interroge Franc-Boisié.

Ils jasent tout en escaladant la pente abrupte.

- J'avais entendu dire que l'un des ogres, celui qu'on appelle Ogricole, cultivait des légumes, des herbes aux parfums recherchés, des laitues aux feuilles apparemment si tendres et goûteuses que même les humains en auraient mangé. Cela a grandement piqué ma curiosité et éveillé mon appétit. Ici, au pied de la montagne, on retrouve toujours la même chose, soit des graminées sauvages. Et si on est chanceux, de temps en temps, on peut se délecter de quelques pissenlits ou marguerites.

- Il est vrai que la routine s'installe vite dans ce coin perdu du monde, confirme Franc-Boisié.

- Justement, dans quel monde sommes-nous? s'enquiert Éthan.

- Sûrement pas celui des humains, réplique aussitôt Lucas.

- Ce monde est parallèle au vôtre, leur explique Franc-Boisié. Il est en quelque sorte le prolongement de vos rêves.

- Nous serions en train de rêver? lance Lucas.

- Non. Vous êtes bel et bien réveillés, mais vous avez franchi une porte que seuls quelques élus parmi les humains ont le droit de franchir.

- Élus? répète Lucas avec ironie. On risque d'être dévorés par des ogres. Je ne vois pas ce que cela a d'édifiant.

- Rien ne prouve que vous ne sortirez pas d'ici vivants. Et si cela s'avère, peut-être repartirez-vous dans votre monde plus riches que vous n'auriez jamais osé l'imaginer.

- Le trésor... murmure Lucas.

- Ce trésor existe vraiment? questionne Éthan.

- Je le pense sincèrement, lui répond Tremblant.

- Alors, déclare Lucas, tant que je serai coincé dans ce monde enchanté, la quête de ce trésor deviendra mon but ultime.

- Ne vous laissez pas aveugler par la convoitise les avertit Franc-Boisié. Votre objectif premier est d'abord de demeurer incognito. C'est la chose la plus importante à ne pas oublier. Par la suite, vous devez tout mettre en œuvre pour trouver une façon de rentrer chez vous.

- Et seul Ogrigri peut vous aider à y parvenir, précise Tremblant.

- D'abord, il faut trouver cette fameuse plante phosphorescente pour nous protéger d'Ogrinoir, ajoute Éthan.

- Une chose à la fois, les garçons, intervient Coquette qui se bat avec les branches accrochées à ses bois. Premièrement, nous devons nous rendre au lac aux Ours et cela, sans nous faire repérer, ce qui veut dire dévorer.

- Par les ours? questionne fébrilement Éthan.

- Oui par les ours, soutient Coquette. Les ogres aussi risquent de nous attraper. Ogricole habite aux abords de ce lac. C'est lui le préposé à l'agriculture. Il protège son immense potager aussi jalousement que le fait sa dégoûtante mère avec ses propres richesses. N'est-ce pas ce que tu crois, Tremblant?

- Absolument! J'affirme avoir vu scintiller de l'or et des diamants dans l'antre d'Ogressive.

La convoitise de Lucas se sent interpellée chaque fois que quelqu'un parle de ce soi-disant trésor, mais pour une fois, il se contente d'avancer sans souffler mot.

Après une bonne quinzaine de minutes, Franc-Boisié s'arrête et suggère à tout le monde d'en faire autant.

- Le lac est encore loin, Coquette? interroge-t-il.

- C'est difficile pour moi de savoir avec cette noirceur qui nous entoure. Quand je suis allée au lac pour la première fois, il y faisait jour. À cause de ce maudit loup qui m'a fait courir comme une damnée cet après-midi, escalader cette montagne me brise les reins ce soir! J'ose espérer qu'on arrivera bientôt au lac. Ceci dit, dès qu'on l'aura atteint, je repars vers la rivière. Je n'ai pas envie, en plus, d'être prise en chasse par un ours pour finir dans ses sales pattes!

Coquette tape le sol avec son sabot pour appuyer ses dires. Ce faisant, le bruit résonne et retentit quelque part où il n'aurait jamais dû...

Dans ce tapage, un ours énorme et affamé a reconnu l'une des caractéristiques des cervidés. Est-ce un cerf ou une biche, cela il ne le sait pas, mais chose certaine, il fera tout ce qui est en son pouvoir pour le découvrir.

Humant l'air, l'ursidé part en direction de la bande.

- Il faudrait peut-être songer à reprendre le pas, suggère Tremblant.

Les voilà qui reprennent leur ascension.

C'est bien connu de tous, les cervidés ont l'ouïe très développée.

Coquette s'arrête alors brusquement et lève la tête.

- Stop! lance-t-elle aux autres sur un ton alarmiste. On a été repérés.

- Que dis-tu? lui demande vivement Tremblant aux aguets.

- J'entends venir quelque chose par là, répond la biche en indiquant l'ouest.

- Un ogre? l'interroge Éthan.

Sous les rayons de la lune, les autres aperçoivent les grandes oreilles de Coquette en mouvement.

- Le pas est lourd, murmure-t-elle, trop lourd et trop rapide pour un ogre. Je crois plutôt que c'est un...

- ...ours? s'enquiert Éthan peu rassuré.

Coquette confirme par de grands signes de tête.

- Alors il faut fuir! lance Lucas en toute lucidité. Je connais bien les ours et leurs comportements. Si l'un de nous se fait attraper, il se fera dévorer vivant. Fuyons!

- Tu as raison, Lucas, confirme son ami Éthan.

Ils partent tous à la hâte en grimpant tant bien que mal à travers cette forêt dense qui habille le flanc de la montagne.

En courant, Lucas a sorti le couteau de sa poche. On ne sait jamais, cela pourrait lui être utile.

De son côté, l'ours a accéléré la cadence. Il a senti que les pas s'étaient rapprochés et que le cervidé n'était pas seul. Les lièvres et les fruits sauvages constituent la majeure partie des repas de l'ours, donc un peu de chair fraîche ne serait pas de refus. L'animal redouble d'ardeur.

Coquette mène la course. Elle ne veut pas finir sous les crocs de cette bête affamée. Éthan fuit en songeant qu'il devrait normalement être couché à l'heure actuelle, en train de rêvasser aux délices que leur apportent les vacances d'été alors qu'il est là, dans une forêt enchantée, escaladant une montagne appartenant à des ogres immondes et infestée d'ours voraces... Quelle farce!

En mettant à profit ce qu'il a appris avec son père en période de chasse, Lucas essaie d'imaginer une façon quelconque de protéger sa vie et celle de ses amis. Mais tout comme Éthan, l'irréalisme de la situation dans laquelle ils sont plongés le rend inapte à réfléchir correctement.

Soudain Tremblant a une idée géniale. Il stoppe sa course et incite les autres à en faire autant.

- Rien ne sert de fuir, déclare-t-il, l'ours finira bien par nous rattraper de toute façon. Il faut créer une embuscade.

- J'aime cette idée, approuve Lucas.

- Et comment va-t-on s'y prendre? leur demande Coquette, sarcastique. Je vous rappelle que cette foutue bête arrive à grands pas!

- Franc-Boisié et moi, nous allons lui barrer la route, répond Tremblant. L'ours va s'empêtrer dans nos branches et vous pourrez vous rendre là-haut et cueillir la plante magique.

Incrédule, Franc-Boisié intervient aussitôt.

- Tu crois, Tremblant, qu'à nous deux, on peut retenir un ours de la taille de ceux qui vivent dans cette montagne? J'en doute!

Coquette trépigne. Elle annonce :

- Vite, fuyons! Il arrive!

Éthan, Lucas et Coquette partent en courant tandis que Tremblant et Franc-Boisié entremêlent l'extrémité de leurs branches pour former un barrage.

Des pas de course et des halètements leur indiquent que l'ours est à quelques pas d'eux. Les deux valeureux chicots s'agrippent fermement l'un à l'autre et, voyant venir l'animal, ils s'élancent sur lui pour l'encercler.

La bête culbute et tombe à la renverse. Les chicots enserrent le cou de l'ours et appliquent une forte pression. L'animal se débat pour s'arracher à leurs griffes impitoyables, mais en un rien de temps, l'ours faiblit, renonce et finalement s'endort.

- Euréka! s'écrie alors Tremblant en se remettant debout et sautillant au clair de lune. On a réussi!

- Tu as raison, Tremblant. On a réussi! Je te félicite pour ton idée de génie et ta grande bravoure. Tu as vaincu tes peurs. Dorénavant tu devras porter un autre nom.

- Je garde celui-ci. Tremblant me rappellera toujours que je ne dois plus trembler devant les dangers.

- Une sorte de totem?

- Parfaitement.

- D'accord. Maintenant, il faut rattraper nos amis.

- Oui, allons-y avant que l'ours ne se réveille!

***

Pendant ce temps, dans la pénombre, les filles essaient de se rassurer dans l'abri. Nicolas est assis devant l'entrée à même le sol et il discute avec Craquante et les brindilles, Filine, Maligne et Tordante.

- J'aime mieux ne pas penser à ce qui se passe à la maison actuellement, observe Célia, allongée près d'Irina, hochant la tête par dépit. Ma mère doit remuer ciel et terre pour nous retrouver.

- Chez moi aussi, renchérit Irina. Mon père est probablement en train de crier nos noms dans la forêt. Il doit croire qu'on a été tués par des animaux sauvages ou bien qu'on s'est égarés.

- Il doit en être de même pour les parents de Lucas. Monsieur Chevalier, son père, ne doit plus savoir où donner de la tête.

- Je sais. Le père de Lucas a toujours répété à qui voulait l'entendre que son fils connaissait la forêt comme le fond de sa poche.

- Lorsqu'on va rentrer, on va sûrement le payer très cher.

- Si jamais on rentre...

Célia se tourne vers son amie et fond en larmes.

Habituellement, pour ne pas effrayer Irina, la jolie fille aux cheveux blonds se garde bien de montrer ses faiblesses devant son amie. Mais là, elle n'en peut plus.

Irina lui prend la main et l'invite à se laisser aller, à pleurer pour se sentir mieux.

- Moi, j'ai pleuré souvent aujourd'hui et ça m'a grandement apaisée. Je prie pour que les autres nous rapportent la plante magique. Tu crois au pouvoir de cette plante?

Célia essuie ses yeux.

- Il faut y croire, répond cette dernière, sinon nous sommes perdus.

- Cet ogre, Ogri... noir, tu crois qu'il rôde dans les parages à l'heure qu'il est?

- Je ne pense pas, répond Célia. Dehors, ceux qui surveillent les alentours l'auraient probablement repéré.

- Mais on dit qu'il se volatilise, qu'il est invisible. Comment pourraient-ils le voir?

- Je ne sais pas, Irina! Tu me poses trop questions!

Célia a l'air épuisée. Je crois plutôt, suggère-t-elle, qu'il faudrait dormir.

- Dormir? Comment pourrait-on trouver le sommeil dans des moments pareils? J'ai l'impression d'être livrée en pâture à ces monstres.

- Irina, vas-tu te taire! lui lance son frère en glissant la tête dans l'ouverture.

- Tu ne m'empêcheras pas de parler! rétorque aussitôt sa sœur. D'autant plus que tout est de ta faute! Attends que nos parents l'apprennent!

- Si tu continues à jacasser comme ça, tu vas alerter les ogres qui opèrent la nuit.

- Qui t'a dit ça?

- Maligne.

- Alors, réplique encore Irina, si elle est si maligne, qu'elle fasse quelque chose pour empêcher Ogrinoir de nous trouver!

- Justement! répond Maligne qui introduit sa mince silhouette dans l'abri. Les filles se redressent d'un même élan. J'avais l'idée... poursuit la brindille, d'aller fureter du côté de la rivière, là où il y a des nids de chauves-souris. C'est précisément à cet endroit qu'Ogrinoir se tient lorsqu'il vient près de la rivière.

- Il y chasse les chauves-souris? interroge Irina avec un air dédaigneux.

- Oui. Il les fait rôtir et les offre à sa mère au petit déjeuner.

- Mais c'est tout à fait répugnant! déclare Irina.

Célia l'appuie du regard.

Maligne poursuit sur sa lancée.

- Ogrillon, lui, passe le plus clair de son temps à chasser des insectes de toutes sortes et il les fait rôtir également pour les offrir à Ogressive en guise de grignotines. Ogricole cultive le potager, Ogrimonde pêche la truite, Ogribou part à la cueillette des fruits sauvages, Ogriflamme attrape des escargots qu'il fait cuire pour sa mère, Ogriloup chasse la biche, Ogrinoir, lui, chasse surtout les chauves-souris, mais comme il peut se désintégrer, c'est souvent ce dernier qui débusque les enfants.

- Les enfants qui se sont fait piéger par Ogrigri? questionne Nicolas.

- Malheureusement, oui, répond la brindille.

- Et c'est lui, Ogrigri, qui a fait apparaître l'arc-en-ciel?

- Oui. Lui seul peut vous renvoyer dans votre monde.

- Comment faire pour le convaincre d'une telle action? demande Célia.

- C'est là tout le mystère, mes chers enfants, d'intervenir Craquante s'introduisant à moitié dans l'abri.

Méfiez-vous également d'Ogrippeur.

- Ogrippeur? répète Nicolas.

- Il se métamorphose en plantes sarmenteuses qui s'accrochent aux troncs d'arbres et aux falaises vertigineuses pour saisir dans ses griffes les oiseaux dodus qui passent.

- Il les donne à manger à l'ogresse? s'enquiert Irina avec répugnance.

-   Précisément, confirme Craquante. Ogrisant est aussi très important pour sa mère. C'est lui qui concocte sa potion magique, son élixir envoûtant.

- Qu'est-ce que c'est? demande Nicolas plus qu'intrigué.

- De l'absinthe. C'est la drogue de l'odieuse ogresse. Il paraît que cette boisson aurait pour faculté d'endormir l'esprit et d'apaiser toute âme tourmentée.

- C'est fascinant! observe Nicolas.

Irina se veut très pertinente :

- Y a-t-il d'autres ogres que ceux dont vous nous avez parlé?

- Il y a aussi Ogrivole, reprend Maligne. Ce dernier a pour mission de piller les ruches d'abeilles pour y voler le miel.

- C'est pour l'absinthe, précise Craquante.

Célia insiste :

- Je ne comprends pas...

- Oui, explique Craquante. L'absinthe de l'ogresse contient du miel. C'est Ogrivole qui va le cueillir. Et puis, il y a Ogratteux. Lui, il fouille la terre quotidiennement pour y dénicher des truffes.

- Comme un porc? demande Irina.

Celle-ci a vu à la télévision un reportage dans lequel on expliquait qu'en Europe, on se servait des porcs pour renifler le sol afin de repérer les truffes enfouies au pied des arbres.

- Comme un porc, corrobore Craquante.

- Voilà, tranche Maligne en agitant ses bras minces comme des fils, nous vous avons présenté les douze ogres et leur mère. Il n'en tient qu'à vous d'être sur vos gardes pour ne pas tomber dans leurs pièges.

- Facile à dire! laisse tomber Irina de manière ironique. Ces horribles monstres peuplent la forêt; comment ne pas tomber sur eux?

- D'autant plus qu'ils sont doués de pouvoirs extraordinaires! précise Célia.

- Le plus à craindre est assurément Ogrinoir, les avertit Craquante. Il est primordial que nos amis ramène la plante magique sinon...

- Quoi? s'enquiert aussitôt Irina, les yeux chargés d'effroi.

- Sinon nous ne pourrons pas garantir votre sécurité. Ogrinoir est trop fort.

- Et s'il demande l'aide d'Ogratteux, renchérit Maligne, vous serez débusqués même avant l'aurore.

Irina fond en larmes et couvre son visage de ses mains potelées. Célia tente de la consoler en réprimandant Maligne :

- Pourquoi faites-vous exprès pour nous effrayer? Vous ne trouvez pas qu'on est assez malheureuses comme ça? Il faut que vous en rajoutiez!

- Ne pense pas ça, Célia, lui explique doucement Maligne. On essaie juste de vous mettre en garde et d'insister sur les points les plus importants afin que vous puissiez survivre.

- Oui car... enchaîne Tordante circonspecte, jamais aucun enfant n'a pu s'échapper d'ici.

Les jeunes se regardent ahuris. Est-ce possible qu'ils puissent ne jamais revoir leurs parents? C'est un cauchemar! Une infamie!

- Je refuse de périr dans cette forêt, s'obstine alors Nicolas et je jure qu'on ne va pas finir dans le chaudron de cette saleté d'ogresse! N'est-ce pas, les filles, qu'on va se battre et qu'on va vaincre ces monstres?

Irina et Célia hochent la tête pour dire oui tout en déglutissant difficilement.

Une lueur dansante, filtrée par les arbres, leur parvient au loin. Éthan, Lucas et Coquette s'approchent du lac aux ours.

- C'est là-bas, leur explique la biche en désignant les lieux encerclés de torches qui flambent. Le lac est parfaitement rond, mais pas tellement grand. Il est alimenté par un ruisseau qui passe tout près de l'antre d'Ogressive.

- Il y a même une fontaine dans son repaire, précise Tremblant qui vient d'arriver suivi de Franc-Boisié.

- Que la mère des biches soit louée! s'exclame alors Coquette en les apercevant. Vous êtes sains et saufs!

- On a endormi l'ours, leur raconte Franc-Boisié.

- Il en a pour une bonne heure, soutient Tremblant.

- Excellent! Maintenant, poursuit la biche, il faut repérer Ogricole.

- Il doit être dans son abri, ose Éthan.

- Pas nécessairement. Si la plante magique existe encore, il se peut qu'il fasse le guet pour la protéger. Tous les ogres savent que c'est la seule chose qui peut contrer les pouvoirs d'Ogrinoir.

- Mais alors, reprend Lucas très pertinent, pourquoi ne pas l'avoir éradiquée à jamais? Ainsi il n'y aurait plus aucun danger qu'Ogrinoir soit dépossédé de son pouvoir!

- Chaque chose, chaque plante, chaque être vivant a sa raison d'être, répond Franc-Boisié. Si cette fameuse plante existe, c'est donc qu'il doit en être ainsi.

Soudain, Tremblant est traversé d'un éclair de génie... une fois de plus.

- J'ai trouvé!

Tous le regardent attentivement.

- Éradiquer la plante annulerait probablement le pouvoir d'Ogrinoir. J'irais même jusqu'à dire qu'il doit y avoir dans la nature un remède, un contrepoison, appelez ça comme vous le voulez, pour chacun des pouvoirs que possèdent les ogres. C'est pour ça que tous les autres enfants n'ont pas réussi à s'échapper! Ils ne connaissaient pas les talons d'Achille des ogres!

- Et bien! laisse tomber Coquette, impressionnée par ce que vient de dire son ami. Je crois que tu as cent fois raison, Tremblant!

- Je le crois aussi, soutient Franc-Boisié.

- Il ne nous reste plus qu'à trouver ces fameux contrepoisons, en déduit simplement Éthan.

- Tu penses que ce sera facile, mon garçon? l'interroge Coquette.

- Vous saviez que la plante qu'on est venus chercher ici pouvait contrer le charme opérant sur Ogrinoir; donc, vous auriez pu tout aussi bien connaître les autres remèdes.

- J'ai découvert le pouvoir de cette plante par déduction, précise Tremblant. En l'apercevant dans le noir avec ses reflets chatoyants, j'ai immédiatement songé à Ogrinoir. Cela s'est fait tout seul, je ne peux pas l'expliquer.

- Donc, Tremblant, constate Lucas, tu es doué d'une intuition hors du commun. Songe à tout ce que les ogres sont capables de faire et forcément tu trouveras leurs faiblesses!

- Peut-être... mais j'y songerai en d'autres temps et d'autres lieux.

- Oui, tranche Coquette le regard dirigé par-delà la forêt. Je crois que je viens d'apercevoir une silhouette.

- Ogricole? demande Franc-Boisié.

- Cela se pourrait, car ce que j'ai vu se profiler aux lueurs d'une torche n'avait rien de bien ragoûtant.

Les autres s'esclaffent. Coquette piaffe pour exprimer son impatience.

- Je vais devoir rebrousser chemin maintenant, annonce-t-elle.

Tous la remercient de les avoir conduits au lac et l'incitent à la plus grande prudence sur le chemin du retour.

En effet, il s'agit bien d'Ogricole; les chicots l'ont reconnu.

Le regard appliqué sur l'ogre qui déambule tel un fantôme aux abords du lac, Éthan interroge Tremblant :

- Cette plante qui brille dans le noir, est-ce que tu peux l'apercevoir d'ici?

- Non, nous sommes trop loin. Il va falloir quitter l'asile de la forêt pour se rapprocher. À mon souvenir, la plante pousse sur les berges du lac. Nous n'aurons d'autre choix que de créer une diversion pour entraîner Ogricole hors de notre secteur d'activité.

- Et la mère, l'horrible ogresse, demande Lucas, où se terre-t-elle?

Tremblant répond en pointant le sud :

- Par là, derrière un massif de moussus. Il faut compter une dizaine de minutes pour s'y rendre à racine.

- À racine? s'enquiert aussitôt Lucas.

- Désolé, reprend Tremblant en rigolant. Pour nous, c'est à racine mais pour vous c'est à pied.

Les garçons ont compris. Ils rigolent à leur tour.

- C'est bien la première fois que j'ai le goût de rire depuis que je suis arrivé dans cette forêt, fait remarquer Éthan.

- Et ça fait du bien, renchérit son ami.

Franc-Boisié intervient :

- Maintenant, il faut trouver un moyen de détourner Ogricole de son poste de surveillance.

- Tu as une idée, Tremblant? lance abruptement Lucas.

- Laissez-moi réfléchir...

Le chicot se met à osciller d'une racine à l'autre puis, après quelques secondes de réflexion, il annonce :

- Je sais ce qu'il faut faire! Regardez bien. Je m'en charge.

Tremblant part en longeant la forêt en direction ouest. Après avoir parcouru une quarantaine de mètres, il s'arrête. Sa voix imitant celle de l'ogresse s'élève alors dans la nuit :

- Qu'attends-tu pour me faire un bouillon de légumes, gros nul! Tu ne vois pas que je crève de faim! Attends-tu que ta mère meure avant de la nourrir?

Franc-Boisié a de la peine à croire ce qu'il entend. La voix de Tremblant est forte, autoritaire et identique à celle d'Ogressive.

L'ogre n'y voit que du feu. Debout près du lac, prostré d'ahurissement, il courbe l'échine et balbutie :

- Ravissante Mère, je m'empresse de vous obéir. Votre bouillon sera prêt dans les minutes qui suivent. J'allume immédiatement un feu sous la marmite pour cuire les légumes.

- Cuire les légumes! réplique la voix d'Ogressive, tu veux rire de moi! Ça va prendre une éternité! Je veux manger maintenant! Apporte-moi des carottes et des radis que je m'empiffre un peu. Pendant ce temps, prépare mon bouillon!

Les trois autres, qui épient la scène avec amusement, voient Ogricole partir à la course.

- Il se rend au potager, leur explique Franc-Boisié.

L'ogre a disparu dans l'obscurité, une torche à la main.

Quelques minutes s'écoulent quand soudain il réapparaît aux abords du lac, les bras chargés de légumes fraîchement récoltés.

Il scrute la forêt en direction d'où la voix de sa mère lui est parvenue. Il est hésitant, cherchant cette dernière dans le noir.

- Vous êtes là, Mère? Où dois-je vous apporter tout ça?

- Ici! répond la voix autoritaire.

- Très bien…

Ogricole se met à trottiner vers la forêt. Tremblant se dissimule derrière les moussus.

Lorsque l'ogre n'est plus en vue, les trois autres en profitent pour sortir de leur abri et courir jusqu'au lac. Là, Franc-Boisié aperçoit immédiatement la fameuse plante aux reflets phosphorescents. Elle brille çà et là sur tout le pourtour du plan d'eau, délimitant ainsi son territoire.

Bien qu'ils n'en soient pas à leur premier étonnement par rapport à la flore de cette mystérieuse contrée, les garçons sont fascinés par cet étrange spécimen végétal.

Franc-Boisié surveille les alentours. Si Ogricole s'est éloigné un moment, un autre ogre pourrait tout aussi bien surgir de nulle part.

- Ne traînons pas ici, suggère fortement Franc-Boisié qui se met à cueillir des plantes.

Pendant ce temps, Ogricole, qui vient d'entrer dans la forêt, appelle sa mère avec insistance. Cependant la voix de cette dernière semble s'être tue.

- Où êtes-vous, Mère? Répondez-moi!

L'ogre n'y comprend rien. Jamais Ogressive ne quitte l'asile de son repaire pour se terrer ainsi en forêt dans la nuit...

Tremblant reste silencieux, Ogricole est à deux pas de lui. L'ogre appelle à nouveau l'ogresse, mais celle-ci semble avoir disparu.

Près du lac, les autres ont fait une bonne récolte et décident donc d'un commun accord de rebrousser chemin. Tout au loin, Tremblant les voit en train de regagner l'asile de la forêt. Ogricole en a assez de jouer à cache-cache avec sa mère et finalement, il laisse tomber tous les légumes sur le sol pour retourner faire le guet.

- Tu n'es qu'un incapable, Ogricole! lance Tremblant tandis que l'ogre est à mi-chemin entre le lac et la forêt. Hésitant, ce dernier se retourne dans la pénombre, porte un regard appliqué sur les bois et souffle tout bas : « Mère, est-ce bien vous? »

Puis, un grand rire grinçant déchire la quiétude des lieux et jette sur Ogricole un manteau de terreur. Il fuit à toutes jambes, espérant retrouver au plus vite la sécurité de son abri.

Tremblant ramasse quelques radis et carottes, puis il accourt auprès des siens, qu'il retrouve morts de rire.

Franc-Boisié reprend ses sens et déclare :

- Tremblant, tu es extraordinaire! Tu cachais bien ton jeu.

- Tellement, reprend Tremblant, que moi-même j'ignorais que j'avais tous ces talents.

- Je crois que le temps est bien choisi pour sortir de ta coquille. Nos amis ont grand besoin de toi pour retourner dans leur monde. N'est-ce pas?

- Oui, répond Éthan. Tremblant, tu es assurément notre passeport pour la liberté.

- Pas trop vite, le corrige l'interpellé. Celui qui peut vous faire réintégrer votre vie d'avant, c'est Ogrigri, pas moi. Moi, je ne suis qu'un instrument pour vous aider à vous mener à lui et à vous garder en vie.

- Vous mener à lui… répète Lucas. Mais je ne veux pas qu'on me mène à lui, à cet ogre sans âme qui nous a piégés en nous lançant ce message à la rivière. Si on est conduits jusqu'à lui, c'est certain qu'il va nous jeter dans les griffes de son immonde mère! C'est logique, non?

Franc-Boisié compatit à leur dilemme, mais il soutient :

- Nul autre qu'Ogrigri ne pourra vous sauver. Il faut trouver une façon…

Les garçons hochent la tête en signe de dépit. Dans le noir, Éthan voit luire la plante magique dans les griffes de Franc-Boisié.

Il questionne :

- Que doit-on faire avec cette plante pour qu'elle opère sur Ogrinoir?

- La faire sécher, répond Tremblant, la réduire en poudre pour pouvoir la saupoudrer sur l'ogre.

- Vraiment? s'étonne Lucas un peu sceptique.

- Retournons auprès des autres avant que l'ours ne se réveille, les coupe Franc-Boisié en ajoutant sur un ton gai :

- Ceci dit, Tremblant, tu m'as donné des frissons dans le dos avec ce ricanement que tu as lâché avant qu'Ogricole ne s'enfuie.

- Ce n'est pas moi qui ai fait ça, précise Tremblant.

- Ah non? Qui est-ce alors?

- Je ne sais pas, répond Tremblant. J'ai eu si peur que j'ai accouru auprès de vous à toutes enjambées.

- Eh bien!

***

- Mère, que vous arrive-t-il?

L'ogresse est allongée sur son lit et pousse des ricanements inhabituels. D'ailleurs, c'est ce même ricanement qui a tant fait peur aux autres ainsi qu'à Ogricole qui était allé se terrer dans son antre. Mais là, il vient d'entrer dans celui de sa mère et il voit celle-ci, un verre à la main, gaie, amusée, fofolle comme jamais.

- Ogrisant m'a préparé cette absinthe qui est tout à fait délicieuse.

- L'absinthe est un poison, ravissante Mère... Un jour Ogrisant finira par vous empoisonner avec cette liqueur infecte.

- Ne sois pas ridicule, ce nectar vient des dieux. Il me permet de voir la vie en rose.

Ogressive a les joues cramoisies, un sourire dément sur le visage; elle tient son verre à demi plein près de ses lèvres charnues. Elle ajoute avec méchanceté :

- Tu ne connais rien au pouvoir de l'absinthe, Ogricole, puisque tu n'es qu'une grosse légume!

Puis elle recommence à rire à gorge déployée, si fort que tous les ogres dans la montagne peuvent l'entendre de leur abri, peu importe où il se trouve.

Cependant Ogricole revient à la charge. Sa mère risque sa vie en persistant à ingurgiter ce liquide interdit.

- Je vais prévenir Ogrisant de cesser de vous concocter cette boisson, Mère. L'absinthe est une plante vénéneuse, je le répète. D'ailleurs, dès demain, je vais m'appliquer à arracher tous les plants du potager.

- Si tu fais ça, l'avertit l'ogresse en lui lançant des flèches mortelles de ses yeux vitreux, je te fais pendre par tes frères et tu finiras comme un cochon braisé dans mon assiette! Tu m'as bien compris, espèce de gros sans-dessein!

Ogricole tremble devant sa vindicative mère et agite la tête en guise d'assentiment.

- Très bien. Sors d'ici maintenant et laisse-moi déguster ce breuvage.

Ogricole se détourne avec l'intention de partir, mais il se remémore :

- Votre bouillon sera prêt dans quelques minutes.

- Mon bouillon?

- Oui, celui que vous m'avez demandé. D'ailleurs, que faisiez-vous tout à l'heure près du lac, aux abords de la forêt?

- Aux abords de la forêt? Tu perds la tête, ma parole! Je n'ai pas quitté mon abri de toute la soirée et je ne t'ai jamais demandé de me faire un bouillon. Ogrinoir est parti à la chasse aux chauves-souris près de la rivière. Il va bientôt revenir pour me les servir en grillade. Je n'ai pas besoin de ton bouillon. Celui-ci me suffit amplement, précise-t-elle en ingurgitant une petite dose de sa fameuse boisson enivrante.

- Alors, reprend l'ogre, si ce n'est pas vous qui m'avez appelé près du lac, qui était-ce?

- Un fantôme, je suppose, répond l'ogresse en ricanant, trop perdue dans les vapeurs de l'alcool pour réfléchir correctement.

Ogricole s'excuse et la laisse seule à son délire, mais la question reste en suspens : « Qui l'a appelé? »

Un bruit d'ailes familier fait lever les yeux de l'ogre qui marche dans la rivière. Il s'agit d'Ogrinoir. Il est venu pour attraper des chauves-souris, comme le disait sa mère. La haute falaise qui surplombe la rivière est percée de trous dans lesquels les bestioles se cachent. Pour les atteindre, Ogrinoir n'a d'autre choix que de se dématérialiser pour se hisser jusqu'à elles. Sous les reflets de la lune, l'ogre commence à se désintégrer. D'abord à la base, tout en montant vers le haut. Et pendant que s'opère le processus, Franc-Boisié et les autres arrivent justement à la rivière. Toujours aussi perspicace, Tremblant aperçoit Ogrinoir le premier. L'ogre est à demi dématérialisé dans la pénombre, comme suspendu dans le vide. Le chicot fait signe à ses amis de s'arrêter, de ne faire aucun bruit pour pouvoir observer la scène.

Tous voient l'ogre disparaître petit à petit, depuis les pieds jusqu'à la tête. Le phénomène est hallucinant. Les garçons croient avoir la berlue. Finalement, Ogrinoir se volatilise intégralement sous leurs yeux. Puis un petit point lumineux s'élève dans les airs et monte jusqu'à la falaise en émettant un léger sifflement. Cette petite lueur dans la nuit rappelle étrangement celle que produite la plante magique. Éthan le remarque aussitôt et en fait part aux autres. Tremblant explique que ce point qui brille est le seul repère pour retrouver Ogrinoir lorsqu'il se désintègre dans la nuit.

- Si je comprends bien, observe Lucas en montrant les plantes qu'ils ont arrachées, en les faisant sécher on obtient une poudre qui ferait réapparaître l'ogre?

Tremblant répond :

- Oui, en la saupoudrant sur lui, la poudre dessine le contour d'Ogrinoir.

- Et c'est tout? questionne Éthan qui n'est pas très satisfait de cette réponse de Tremblant.

- Non, ce n'est pas tout. Ainsi démasqué, Ogrinoir serait paralysé. Il ne pourrait plus bouger et il deviendrait inoffensif. Ce qui sauverait ultimement la vie à quiconque aurait à utiliser cette poudre magique. Ogrinoir n'aurait aucune pitié pour vous, les garçons. S'il vous surprend dans sa forme invisible et qu'il vous agrippe, il vous mènera inévitablement à son horrible mère qui...

- Se fera une joie de nous dévorer, ajoute Lucas cynique.

- Précisément.

- Alors, si je comprends bien, en déduit Éthan, il faut surveiller ce point lumineux vert phosphorescent?

- Tout à fait. Et aussi le bruissement qui l'accompagne, précise Franc-Boisié.

- Oui, renchérit Tremblant. Vous n'avez rien entendu lorsque le point lumineux s'est élevé dans les airs? Un bruissement, une sorte de léger sifflement accompagnait l'ascension. Donc, ce bruit particulier pourra vous indiquer la présence d'Ogrinoir même si vous ne percevez pas encore la petite lumière.

Les garçons en ont assez vu pour le moment. Franc-Boisié les invite à retourner à leur campement, là où les filles doivent se morfondre d'inquiétude. Le chicot termine en soutenant que l'ogre n'est pas à craindre pour ce soir, car il a d'abord ordre de ramener des chauves-souris à sa mère.

***

Finalement, la nuit se passe plutôt bien vu les circonstances. Les enfants parviennent à dormir dans leur abri tandis que les brindilles et les chicots se relaient pour faire le guet. Le fait qu'ils ont pu rapporter la plante magique les aide à nourrir l'idée qu'ils puissent échapper à la dent d'Ogressive et, un jour peut-être, quitter cette forêt maudite.

- Les jeunes, réveillez-vous!
C'est Franc-Boisié qui, à l'aurore, tout excité, s'introduit à-demi dans l'abri.
- Qu'est-ce qu'il y a? questionne Nicolas en s'assoyant. Tous les autres se réveillent du même coup.
- Il faut vite vous cacher! Je crois qu'Ogratteux est dans les parages.
- Qui t'a dit ça? demande Célia qui se rappelle que Craquante leur avait parlé de cet ogre, celui qui fouille la terre pour chercher des truffes.
- Il y a des truffes dans les environs? s'enquiert-elle, au grand étonnement de Lucas et d'Éthan qui ne comprennent rien à sa réflexion.
Devant leur étonnement, elle leur explique ce qu'il en est.
Franc-Boisié se montre insistant.
- Sortez vite de cet abri! Ogratteux va vous sentir!
- Franc-Boisié a raison, l'appuie Tremblant. Ogratteux est comme un chien renifleur. Il peut sentir les odeurs à des milles à la ronde.

- Et s'il vous repère, explique Craquante aux enfants qui sortent de la cache, il va avertir ses frères qui viendront vous séquestrer pour vous amener à l'ogresse.

Irina se met à paniquer. Elle tournoie et déclare :

- On est perdus! Cette fois on va être mangés!

Coquette arrive au trot, des lambeaux de moussus accrochés à ses bois. En remuant vivement la tête, elle leur annonce sur un ton alarmant :

- Il vient par ici! Vite, Ogratteux s'en vient!

- La rivière! lance Lucas à la cantonade en invitant tout le monde à le suivre.

Tous lui emboîtent le pas à la hâte et lorsqu'ils entrent dans l'eau, Lucas ajoute :

- La seule façon d'embrouiller les pistes, c'est en marchant dans l'eau. Mon père m'a appris cela à la chasse.

- Lucas a raison, l'appuie Tremblant. Il faut remonter la rivière sur une bonne distance puis, lorsqu'on jugera qu'on est assez loin, on retournera en forêt.

- Pour reconstruire un autre abri? interroge Irina.

- On n'aura pas le choix, lui répond Éthan.

- Et demain, il faudra à nouveau quitter ce deuxième abri, remonter la rivière et construire un troisième abri? Ça ne finira jamais alors! observe Irina avec découragement, ses grands yeux s'emplissant de larmes.

Célia lui prend la main et l'entraîne avec elle dans le lit de la rivière.

Pour ramener l'espoir dans le cœur de tous, Maligne, qui s'accroche aux bois de Coquette pour avancer dans l'eau, mentionne :

- Ogratteux ne viendra pas vous réveiller tous les matins. Le hasard a voulu qu'on érige le camp au mauvais endroit, c'est tout. On montera le deuxième plus en amont, là où les ogres ne vont que très rarement.

- Pourtant, reprend Éthan, vous nous aviez dit que les ogres ne venaient presque jamais de l'autre côté de la rivière, qu'ils ne descendaient presque jamais la montagne.

- Je ne vous l'avais pas dit pour ne pas vous effrayer, leur avoue Tremblant, mais quand je me suis fait séquestrer par les ogres, j'ai entendu Ogratteux dire que les truffes avaient presque complètement disparu de la montagne.

- Ce qui revenait à dire, en conclut Franc-Boisié, qu'il lui faudrait dorénavant chercher ce mets délectable ailleurs, donc de ce côté-ci de la rivière?

- Exactement, répond Tremblant. J'étais à cent lieues d'imaginer qu'Ogratteux viendrait fouiller l'endroit même où on a érigé le camp.

Tremblant secoue son corps en signe de dépit. Éthan lui assure qu'il n'y est pour rien, que finalement il serait peut-être préférable à tous de s'installer plus en amont du cours d'eau, comme le suggère Maligne.

- En tout cas, tranche Nicolas, c'est le seul choix qui s'offre à nous. À moins que vous préfériez vous installer sur la montagne?

- Jamais de la vie! laissent tomber les filles d'un même élan de cœur.

- Alors, c'est réglé.

Tandis qu'ils progressent lentement dans la rivière avec le ventre creux, Ogratteux, de son côté, est à quatre pattes au pied des arbres et il renifle le sol. Sa besace est déjà alourdie par une bonne quantité de truffes. Justement, il vient d'en repérer une au pied d'un moussu. Il gratte le sol à mains nues. Pour déterrer les truffes, l'ogre voit ses mains devenir semblables à des pattes de canidé, capables de creuser la terre aussi facilement et rapidement que le ferait un loup ou un coyote. Chez lui, ce sont son nez renifleur et ses pattes griffues qui lui ont été attribués par la magie.

L'ogre gratte et gratte puis il saisit dans sa main sale une truffe de couleur noire. Il la frotte un peu pour la nettoyer et il la met dans le sac avec les autres. Soudain, un coup de vent venu du sud lui fait redresser la tête. Dans son visage grotesque, ses narines se gonflent, ses yeux noirs aux sourcils broussaillleux deviennent perçants, et un rictus animal se dessine sur sa bouche charnue. Il se lève précipitamment, hume l'air et marche en direction de la rivière. Il n'a que quelques enjambées à faire pour arriver au campement des enfants. L'ogre s'introduit dans l'abri et renifle à pleins poumons les odeurs qui y sont encore imprégnées. « Des enfants! en déduit-il. Quand mère va apprendre ça! »

- Il me semble qu'on a assez marché maintenant, observe Irina qui est très fatiguée, de l'eau au-dessus du genou.

Franc-Boisié épie les berges et reconnaît les lieux. Il déclare en montrant la forêt à sa droite :

- Cet endroit sera parfait. Il y a un énorme rocher pas très loin d'ici; vous pourrez ériger votre campement contre ce dernier.

Ils sortent de la rivière.

- C'est pas trop tôt, laisse tomber Irina en se laissant choir dans l'herbe.

Célia s'assoit sur un gros caillou et les garçons arpentent les lieux pour mieux s'y familiariser. Éthan trouve des baies et invite les autres à venir en consommer avec lui.

Pendant qu'elle s'empiffre, Irina ironise :

- Des yeux de mulots... pourquoi pas des crottes de souris tant qu'à y être?

Plutôt que de rire de ce mot d'esprit, chacun préfère manger ce que la nature daigne bien leur offrir gracieusement. La jeune fille rondelette refoule ses larmes. La colère gronde en elle. Ce cauchemar dans lequel ils sont tous acteurs la rend complètement hystérique.

- Je ne pourrai pas supporter longtemps cette situation! déclare-t-elle alors au grand désarroi de tous.

- Qu'est-ce qui t'arrive? lui demande son frère en jetant sur elle un regard inquiet.

- Je vais devenir folle! Je rêve, j'en suis sûre, je rêve!

Irina parle en agitant les bras, les yeux exorbités, le visage empourpré.

- Tout ça n'est pas réel, ajoute-t-elle. On ne peut pas être piégés ici dans cette forêt! Dites-moi que c'est un cauchemar!

Pour l'apaiser Célia répond:

- On aimerait bien te dire que tout ça n'est pas réel, que l'on fait un foutu rêve, mais malheureusement, il n'en est rien. Vois par toi-même, Irina; on a passé la nuit, on a dormi et au réveil, on était toujours dans cette forêt. Les chicots et les brindilles qui parlent sont là avec nous...

Soudain, Franc-Boisié panique :

- Dans l'emportement, on a oublié les plantes magiques au campement! déclare-t-il.

Tous sont abasourdis par cette constatation.

- Il va falloir retourner là-bas pour les récupérer, affirme Tremblant. Je suis partant. Qui veut venir avec moi?

- Je veux bien, répond Éthan.

- Alors il ne faut pas perdre une seconde. Allons-y maintenant!

Franc-Boisié intervient :

- Tu as raison, Tremblant. On n'a pas pris tous ces risques pour rien. Il faut récupérer ces plantes. Allez-y; moi, je resterai ici avec les autres pour ériger un nouveau campement.

- Je vous accompagne, propose Coquette en se joignant à Tremblant et Éthan.

Explorant plus à fond le premier abri des enfants, Ogratteux détecte une odeur qui lui est familière : celle des plantes magiques. Il trouve la gerbe à demi fanée dissimulée sous le matelas de fougères. Il prend la gerbe dans ses mains et s'interroge sur sa présence en ces lieux. D'après son estimation, cela est de mauvais augure. Il serait préférable qu'il récupère ce butin inestimable et le rapporte au sanctuaire. L'ogresse saura sûrement ce qu'il faut en penser.

Les trois vaillants marchent d'un pas rapide en longeant les berges, espérant revenir au camp pour récupérer les fleurs avant qu'il ne soit trop tard. Ils espèrent également pouvoir empêcher Ogratteux d'avertir les autres sur la présence des enfants dans la forêt.

Tout au long du trajet, Tremblant cherche un moyen de museler l'ogre. Comment s'y prendre? Coquette trotte à vive allure en souhaitant pouvoir aider les enfants au mieux.

Tant qu'à Éthan, il se demande bien ce qu'il pourrait faire pour sauver sa peau ainsi que celle de ses amis.

Ogratteux sort de l'abri et glisse dans sa besace la gerbe de fleurs ainsi que les légumes qu'avait rapportés Tremblant. Il se tarde d'aller répandre la bonne nouvelle, celle qui dit que des enfants ont répondu au piège d'Ogrigri. Comme l'ogresse sera heureuse!

Mais avant de repartir, l'ogre songe qu'il a bien le temps de chercher quelques truffes de plus. Puisqu'il s'est donné toute cette peine pour descendre la montagne et se rendre de ce côté-ci de la rivière, autant en profiter pour faire le plein.

Le voilà qui se remet en mode de reniflement.

Pendant ce temps, les trois autres s'approchent du campement. Coquette leur dit de s'arrêter et de songer à une stratégie d'attaque.

- Ogratteux est probablement encore là, formule-t-elle. Il faut réfléchir à ce qu'on doit faire. Quelqu'un a une idée?

- J'ai cherché une solution tout au long du trajet, répond Tremblant, mais je n'ai malheureusement rien trouvé. Du moins, pas encore. Peut-être faut-il tout simplement se glisser dans l'abri et récupérer les plantes. Ogratteux ne les a peut-être pas trouvées et il se pourrait qu'il soit reparti.

- Reparti avertir les autres qu'il y a des enfants ici? reprend vivement la jolie biche, très irritée.

Dépité, Éthan regarde ses complices sans proférer un mot. Il cogite à cent à l'heure. Il faut absolument trouver une solution, une issue pour espérer survivre. Si tous ces ogres se mettent à leurs trousses, c'en est fini pour eux avant même la tombée de la nuit.

Puis une idée lui vient.

- Tremblant, c'est toi qui disais que chacun des ogres avait une faiblesse, une faille qui peut neutraliser leur pouvoir magique?

- Oui, j'ai dit ça.

- Celle d'Ogrigri, ce sont les fleurs phosphorescentes, n'est-ce pas?

-Tout à fait.

- Alors, qu'elle est la faille d'Ogratteux?

- Bonne question!

Coquette se met à réfléchir bien sérieusement, les yeux baissés, raclant le sol distraitement de son sabot droit.

Tremblant pense tout haut :

- Ogratteux a la faculté de renifler et de gratter la terre comme un canidé...

- Son odorat, c'est sa force, ajoute Éthan. Sa faiblesse doit être directement liée à son nez...

- À quoi songes-tu? l'interroge Tremblant.

- Je cherche dans ma mémoire une plante qui aurait le pouvoir d'annuler cette faculté qu'il a de renifler.

- Une plante? intervient Coquette, sceptique.

Éthan leur explique qu'il connaît bien la flore et ses propriétés.

Coquette argumente aussitôt.

- Mais à quoi bon chercher à priver Ogratteux de son pouvoir puisqu'il est probablement trop tard, qu'il a sûrement détecté la présence des enfants à l'heure actuelle?

- Le priver de ses facultés de renifleur le rendrait très vulnérable, explique Tremblant. Ces ogres ne sont rien sans leur magie. Si Ogratteux ne peut plus renifler, il devient aussi inoffensif que les légumes que fait pousser Ogricole sur la montagne.

- Je n'y comprends rien, soutient Coquette très agacée.

- À leur naissance, les ogres ont été touchés par une magicienne, une sorcière, devrais-je dire. Cette dernière les a dotés de leurs pouvoirs par un rituel sacré. Elle a offert l'âme de chacun à son maître en échange de leur magie. Si cette magie n'opère plus, les ogres perdent leur âme et tombent dans un état léthargique dont personne ne saurait les sortir.

- Qui a fait en sorte que leur magie pourrait leur être retirée?

- Cette même sorcière, Barbarée. Ou bien il s'agit de l'autre…

- Il y en a deux? s'étonne Éthan.

- Oui, répond le chicot. Une bonne et une mauvaise sorcières.

- Comment sais-tu tout ça? de l'interroger Coquette plus qu'étonnée de ces révélations.

Tremblant leur raconte, mystérieux…

- La mémoire…

- La mémoire?

- La mienne… elle me revient!

- Que veux-tu dire, Tremblant? questionne Éthan plus qu'intéressé.

- La mémoire que j'avais avant l'inondation, elle me revient!

Le chicot se met à sautiller et soutient :

- Je me rappelle maintenant!

- Raconte-nous, s'empresse de répliquer Coquette. On veut savoir!

Tremblant se calme et reprend :

- Je vous raconterai tout, mais avant, il faut contrer Ogratteux. C'est urgent!

- Tu as raison, Tremblant, abonde Éthan. Mais que peut-on faire?

- Trouver une plante qui annule ses facultés de renifleur.

- J'avais donc raison… ajoute le garçon.

- Quelle plante faut-il chercher? intervient la biche avec impatience. Je vous signale que l'ogre est peut-être reparti. On a perdu beaucoup de temps à discourir.

- Coquette a raison, reprend Tremblant. Allons voir si Ogratteux est encore dans les parages. Après, on décidera de ce qu'on doit faire.

Les trois amis reprennent la pas en direction du campement tout en se dissimulant autant que possible pour ne pas risquer d'être aperçus par l'ogre.

Ce dernier n'a pas encore quitté les lieux. Il est accroupi au pied d'un arbre et il gratte le sol. Son odorat a été alerté par le parfum d'une truffe.

Pendant ce temps, Éthan s'est glissé subrepticement dans l'abri dans l'espoir d'y récupérer les fleurs phosphorescentes.

- Zut alors! déclare-t-il en retrouvant les deux autres, tapis derrière les arbrisseaux. Les plantes ont disparu!

- Ogratteux les a trouvées, constate Tremblant avec dépit.

- Ce qui veut dire qu'il va falloir retourner sur cette damnée montagne une fois de plus, en déduit Coquette sans grand enthousiasme.

- Pas avant d'avoir la certitude qu'Ogratteux est réellement reparti, lui répond Tremblant en les invitant à le suivre.

Ils font quelques pas, puis ils aperçoivent l'ogre à quatre pattes au pied de l'arbre, le dos tourné à eux.

- Dieu soit loué! murmure le jeune garçon en levant les yeux au ciel.

- Plus une minute à perdre, intervient Tremblant. Il faut se concentrer et trouver le moyen de l'empêcher de repartir.

- On pourrait se jeter sur lui et l'attacher avec des lianes, suggère Coquette le plus naïvement du monde. Les autres la regardent sans grand enthousiasme.

- Ce n'est pas une bonne idée, je sais... laisse tomber la biche en hochant mollement la tête.

- Kalmia me l'avait pourtant dit... chuchote Tremblant, comme s'il se parlait à lui-même.

Intrigué, Éthan lui demande :

- Kalmia? Qui est-ce?

- L'autre sorcière, la bonne... celle qui cherche à vaincre le mal. Kalmia est du côté du Bien tandis que Barbarée est de celui du Mal.

- Comment se fait-il que je n'ai jamais entendu nommer ces deux noms de toute mon existence? s'interroge Coquette.

- Je les avais oubliés, répond Tremblant.

- Et qu'est-ce qu'elle te disait cette Kalmia à propos de cet ogre qu'on a sous les yeux? demande Éthan. De quelle façon peut-on le neutraliser.

- Oui, reprend aussitôt Coquette, comment le rendre légume comme tu le disais?

Le chicot continue d'observer l'ogre tout en réfléchissant à haute voix.

- Il s'agissait bien d'une plante sauvage... une plante dont le parfum vous monte au nez et vous étourdit. C'est ça! Qu'est-ce que c'est donc? Aide-moi, Éthan, toi qui connais la flore.

L'interpellé se met à repasser en mémoire toutes les plantes qu'il a inventoriées dans la nature ainsi que leurs propriétés.

- Ça y est! Je pense que j'ai trouvé! déclare-t-il soudainement, tout heureux : l'achillée sternutatoire!

- L'achillée stern... qu'est-ce que ça mange en hiver? ironise Coquette.

- C'est une plante qui fait éternuer. Je l'ai lu sur Internet.

- Internet? demande Coquette interloquée.

- Je n'ai pas le temps de vous expliquer, mais l'achillée dont je vous parle pousse dans les endroits humides et elle produit des fleurs blanches. Je suis sûr qu'il y en a dans le sous-bois près de la rivière. Vite, il faut chercher!

Tremblant n'a pas proféré un mot. Puis, tandis qu'il voit Éthan et Coquette se diriger vers la rivière, il leur chuchote en partant à leur suite cahin-caha sur ses pieds recourbés :

- L'Achillée sternutatoire, Éthan! Tu as raison, c'est ce que m'avait dit Kalmia. Je sais qu'il en pousse par là-bas! annonce Tremblant en leur indiquant un endroit près de la rivière où sont regroupés des tas de moussus avec à leurs pieds un lit de fougères aux couleurs irisées.

Le nez rempli des parfums que dégagent les merveilleuses truffes qui garnissent sa besace, Ogratteux n'a pas le temps d'humer l'air pour détecter la présence des trois intrus. L'ogre continue plutôt de fouiller la forêt en quête d'autres précieuses récoltes. C'est Ogressive qui en sera des plus heureuses. Plus encore lorsqu'elle apprendra qu'il a la certitude que des enfants se trouvent dans la forêt.

L'achillée est une plante aux fleurs blanches qui forment de jolis bouquets. D'ailleurs, Éthan en a un très beau dans les mains. Une fois de plus, mère Nature est de leur côté; elle a bien voulu leur offrir ce cadeau.

- Maintenant qu'on a ce joli bouquet, conseille Tremblant, il faut n'en garder que les fleurs, les broyer pour en faire une purée et faire en sorte qu'Ogratteux puisse les humer à pleines narines.
- Comment va-t-on s'y prendre? demande Coquette.

Éthan est déjà en train de broyer les fleurs au creux de ses mains.
- J'ai une idée formule Tremblant qui peut apercevoir tout au loin l'ogre grattant la terre, accroupi au pied d'un moussu.
Il faut trouver une truffe!

Les voilà qui se mettent à fouiller le sol au pied des arbres. Bien entendu, aucun d'entre eux n'est pourvu d'un odorat comme celui de l'ogre, mais ils espèrent que tout en grattant, ils dénicheront une truffe par hasard.

En se servant de son sabot droit, Coquette parvient assez bien à fouiller le sol et c'est elle qui, à son grand ravissement et étonnement, trouve la première une truffe au pied d'un sureau flamboyant.

Sans faire de bruit, elle alerte les deux autres, qui arrivent à ses côtés aussi ravis et étonnés qu'elle-même.

Tremblant suggère qu'on enrobe la truffe de la purée faite avec les fleurs broyées et qu'on la laisse à ciel ouvert, directement sur le sol, là où Ogratteux ne pourra pas manquer de la renifler.

Ils vont se cacher, pas très loin derrière les arbres en attendant la suite. Forcément, l'ogre est aussitôt happé par le parfum enivrant de la truffe et les autres le voient accourir tel un chien fou en direction du trésor tant convoité.

Lorsqu'il arrive sur les lieux, Ogratteux aperçoit la petite masse arrondie sur le sol. Il s'élance pour la saisir puis il s'arrête. Pourquoi cette truffe est-elle sur le sol? Il n'y comprend plus rien et trouve cela bizarre. Il lève la tête et hume l'air. Les trois autres l'observent et redoutent le pire.

- Il va nous repérer… murmure Coquette qui ose à peine respirer.

Tel un chien, Ogratteux renifle pour détecter la présence d'intrus, mais l'odeur de la truffe à ses pieds est plus forte que tout et c'est finalement sur elle qu'il se rue.

Nos trois comparses sont soulagés lorsqu'ils le voient se jeter à terre pour s'emparer de la truffe et la porter à son nez.

- Ça y est! exulte Tremblant, il respire l'achillée!

Éthan et Coquette attendent la suite des événements avec une grande excitation.

L'odeur de l'achillée entre avec force dans les narines de l'ogre et subitement ce dernier a un mouvement de répulsion pour le fruit. Il le jette même à bout portant. Il regarde tout autour de lui, semblant complètement perdu, puis il se relève, fait quelques pas, éternue très fort et s'affale contre le tronc d'un gros arbre. Aussitôt, il se révulse, pousse un cri terrible et, comme s'il sortait de l'enveloppe corporelle de l'ogre, un chien de forte stature surgit. L'animal part aussitôt à la course en disparaissant dans la forêt.

- Le chien a été libéré de son corps. Ogratteux vient de perdre tous ses pouvoirs. Ça a marché! s'exclame Tremblant d'une voix forte.

- Chut! Il va t'entendre! le rabroue Coquette.

- Non! Ogratteux a perdu son âme.

- Il est devenu légume?

- Si tu veux.

L'ogre semble prostré dans sa position assise, la besace bien remplie sur l'épaule. Il fixe le vide, le regard perdu dans le néant et il éternue à fréquence régulière.

Les trois vainqueurs quittent leur abri et se rendent jusqu'à lui. Ogratteux ne fait plus que respirer et éternuer.

- Que va-t-on en faire? interroge Éthan qui a un élan de compassion pour l'ogre.

- Il ne faut pas que ses frères le trouvent dans cet état, déclare Tremblant. Il va falloir le mettre en cage et dissimuler cette dernière pour qu'il demeure introuvable.

- Et où comptes-tu ériger cette cage? Ici? demande Coquette très lucide. Je te rappelle que ce mastodonte pèse lourd. Je ne connais personne qui est assez fort pour le transporter. Surtout pas vous, les chicots. Encore moins les brindilles.

Puis elle éclate de rire.

Enfin! Comme il est agréable de pouvoir rigoler un peu!

Éthan s'empare de la besace alourdie de son précieux fardeau.

En l'ouvrant, il annonce tout heureux :

- Les plantes phosphorescentes sont là! Dieu soit loué!

- Il y a toutes ces délicieuses truffes également que vous pourrez manger, ajoute Tremblant.

- Les filles en seront ravies. Personnellement, je n'en ai jamais mangé, mais on prétend que c'est un mets délectable.

- Maintenant, suggère Tremblant, je crois qu'on ne risque rien en laissant l'ogre ici tout seul. Le temps d'aller demander à tes amis de venir ici pour nous aider à dissimuler cet être sans défense, Éthan.

Coquette se réjouit à la pensée que ces monstrueux ogres peuvent être neutralisés. Elle songe à Ogriloup, à cette obsession qu'il a de la traquer. Elle souhaite vivement que quelqu'un finisse par le rendre légume à son tour et cela, le plus tôt possible.

Elle approuve :

- Tu as raison, Tremblant, partons vite maintenant qu'on vient d'en éliminer un. Cette victoire n'est que le début d'une longue guerre.

- Une guerre à finir, renchérit Éthan.

Pour la première fois, le garçon croit à une possible victoire contre leurs redoutables adversaires. Il charge le sac en bandoulière sur son épaule et emboîte le pas aux deux autres qui déjà marchent vers la rivière.

***

Les doigts potelés de l'ogresse plongent vivement dans un bol rempli de chauves-souris grillées. Elle en saisit une pleine poignée et les avale goulûment telle une truie affamée. Du sang et de la graisse animale ruissellent aux coins des lèvres de la gloutonne qui se délecte jusqu'à s'en lécher les doigts. Ce festin que lui a rapporté Ogrinoir à l'aube n'est qu'un avant-goût de tout ce qu'elle ingurgitera de savoureux au long de la journée. Après un rot retentissant et après avoir raclé soigneusement le fond du bol, toujours allongée dans son lit, Ogressive réclame la suite de son déjeuner :

- Ogricole! Ogricole! Mon bouillon! crie-t-elle à tue-tête, rejetant le contenant vide sur le sol fait de terre battue.

L'interpellé fait son entrée dans l'antre, un autre bol dans les mains. Un fumet enivrant s'en échappe tandis qu'il s'avance vers la grosse ogresse qui salive déjà.

- Voici votre bouillon, délicieuse Mère.

Ogricole dépose le bol fumant sur une table basse placée près du lit. Ogressive se redresse un peu, répand ses longs cheveux ondulés noirs et graisseux sur sa volumineuse poitrine et caresse son joli collier d'émeraudes en formulant :

- Qu'y a-t-il dans ce bouillon?

- Tout plein de savoureux légumes, agréable Mère.

- C'est tout? s'indigne-t-elle, le regard courroucé.

L'ogre bredouille :

- Oh! mais, il y a du chou, du céleri, des carottes, de l'oignon…

- Assez! le coupe la méchante en jetant un regard suspicieux sur le bouillon de légumes. Il n'y a aucune viande là-dedans! Tu veux me faire mourir de faim ou quoi? Je veux de la viande, de la chair, de la substance! Tu m'entends, grosse légume, de la substance! J'ordonne à Ogriloup et Ogrippeur de se mettre en chasse maintenant! Va vite les avertir. Je veux de la chair avant que le soleil ne se soit hissé au-dessus de l'épineux géant! Tu m'entends? hurle la démente.

L'ogre sursaute et répond en tremblotant :

- J'y vais tout de suite, divine Mère.

Puis Ogressive voit son fils quitter l'abri à toute vitesse.

Dehors, Ogricole porte sa vue sur l'arbre géant qui trône au-devant de la cabane de l'ogresse. Il s'agit de l'épineux qui servira d'horloge. Le soleil vient à peine de se lever, mais dans moins d'une heure, il sera à la hauteur de la cime de l'arbre.

Ogricole court en direction de l'antre d'Ogriloup. Celui-ci habite en flanc de montagne, du côté est. Lorsqu'il voit surgir son frère à toute épouvante dans la côte, le regard torturé par la peur, Ogriloup lance à Ogricole :

- C'est la mère qui se meurt de faim?

- Oui, répond ce dernier tout essoufflé, le visage empourpré. Vite, elle veut de la viande! Une biche, un lièvre, une perdrix, un faisan... n'importe quoi, mais fais vite, je t'en prie! Tu sais comment elle est quand elle a bu de l'absinthe, la veille?

- Folle! Je sais. Plus folle que jamais! D'ailleurs, elle va finir par me rendre fou. Hier encore, elle voulait me retirer mes pouvoirs parce que je ne lui avais pas ramené la biche.

- Alors il faut te presser! insiste son frère qui sent l'urgence d'agir. À moi aussi elle pourrait m'enlever mes pouvoirs si je ne lui rapporte pas ce qu'elle demande. Je n'ai pas envie qu'elle aille voir Barabarée. Elle veut de la viande, de la chair comme elle dit.

Ogriloup ne semble pas trop pressé pour agir. Il se lève lentement de sa berçante sur le perron en se grattant la joue. Il soutient, pointilleux :

- Qu'elle ne compte pas sur moi pour lui ramener de la volaille. C'est à Ogrippeur de le faire. C'est lui le spécialiste. Moi, c'est la biche que je traque.

- La biche, reprend Ogricole moqueur, tu n'as jamais été fichu de l'attraper. Elle te file sans cesse entre les pattes. Tu fais un piètre loup, mon frère!

- Et toi, grosse légume, tout ce que tu sais faire, c'est tes stupides bouillons qui ne goûtent rien! Je comprends notre mère de te botter le derrière comme elle le fait. Tu n'es qu'un empoté. Tiens, tu devrais finir dans la marmite, ça lui ferait de la substance!

Puis Ogriloup s'esclaffe. Ogricole ne réplique pas quand il voit son ignoble frère se métamorphoser sous ses yeux et devenir un loup redoutable. La bête lui jette un regard et part en courant, dévalant la côte. Ogricole ne perd pas une seconde et accourt jusqu'à la cache de son autre frère, Ogrippeur.

La porte de la cabane claque contre le mur. Sous l'effet de la surprise, Ogrippeur, qui déguste une caille à la table, tombe à la renverse avec sa chaise. Ogricole s'approche de lui pour le remettre debout. L'autre tousse, il a le visage cramoisi. Il est en train de s'étrangler avec quelque chose. Ogricole le jette face contre terre et lui assène des coups de poing entre les omoplates. Ogrippeur crachote et parvient enfin à retirer une patte de caille toute entière de sa gorge. Il se relève et la montre à son frère.

- Tu vois ce que tu as fait, gros nigaud, j'ai failli m'étrangler avec cette foutue patte!

- Heureusement il n'en est rien. Oublie ça. Le plus important, c'est que tu retournes à la chasse immédiatement.

- Maintenant? Pas question. J'en arrive. D'ailleurs, je viens juste d'attraper cette caille, que je dégustais si délicieusement, juste avant que tu fasses éruption comme une tornade. Qu'est-ce qui t'a pris d'entrer ici de cette façon?

- Mère veut de la chair!

- De la chair?

- Oui! J'ai envoyé Ogriloup en catastrophe pour qu'il rapporte une proie. Mère m'a ordonné de vous dire qu'il fallait que vous lui rameniez de la viande avant que le soleil n'ait dépassé la cime de l'épineux.

Ogrippeur sort de la cabane vitement et porte sa vue en haut de la montagne d'où il peut apercevoir la cime de l'arbre qui dépasse toutes les autres.

- Le soleil monte rapidement... constate-t-il. Je n'ai plus de temps à perdre. J'y vais!

Ogricole voit disparaître son frère dans la forêt en flanc de montagne. Déjà, en même temps qu'il court, des tiges sarmenteuses commencent à poindre, à pousser aux extrémités d'Ogrippeur. Il ne tardera plus à se confondre avec les vignes et toutes les plantes grimpantes et griffues qui l'entourent, piège exquis pour tout oiseau qui passe trop près.

Éthan, Coquette et Tremblant arrivent au nouveau campement. Les autres les attendaient avec impatience, fiers de leur montrer le fruit de leurs efforts. En faisant un geste de la main, Célia énonce :

- Regardez notre beau campement, on l'a fait tous ensemble.

- Bravo, il est très réussi! félicite Éthan en se délestant de la besace qu'il dépose au sol.

- Vous avez récupéré les plantes? interroge aussitôt Franc-Boisié.

- Oui, le rassure Tremblant en leur racontant tout ce qu'ils ont dû faire pour y parvenir. Lorsque les autres apprennent qu'Ogratteux a été dépossédé de ses pouvoirs, c'est l'euphorie totale. Irina s'exclame :

- Ça veut donc dire qu'il y a un moyen de partir d'ici? Que ces affreux ogres ne sont pas invincibles!

- Absolument, répond Tremblant. Venez, je vais tout vous raconter.

Il entraîne la bande près du campement; là, tout le monde s'assoit à même le sol pour écouter.

- Maintenant, je me souviens de tout, leur expose le chicot. Tout a commencé avec la sorcière...

- La sorcière? le coupe Irina sur un ton pas trop rassuré.

- Barbarée, la sorcière noire.

- Noire! intervient à nouveau la fille grassouillette.

- Sa peau est blanche, mais elle s'adonne à la magie noire. C'est pour ça que je l'appelle la sorcière noire. Tandis que Kalmia...

- Une autre sorcière? intervient alors Célia.

- Oui, une autre sorcière, mais celle-là en est une bonne. Elle pratique la magie blanche. Kalmia lutte depuis toujours pour contrer la méchanceté de Barbarée. Les deux vivent d'ailleurs aux antipodes de la montagne.

Irina commence à réfléchir à la question et soudainement elle lâche avec force :

- Il y a des sorcières dans cette forêt!

Tremblant la rassure aussitôt.

- Il ne faut pas avoir peur. Barbarée ne viendra pas ici. Elle n'a qu'un intérêt dans la vie et c'est de fabriquer des concoctions, des potions magiques et toutes sortes de préparations pour agrandir son pouvoir maléfique.

- À quoi cela peut-il lui servir? interroge Nicolas.

- À régner en maître. Barbarée est très puissante. Sa force lui vient de toutes ces âmes qu'elle a si honteusement dérobées et données en pâture à son maître.

- Les âmes de qui? s'enquiert à nouveau Nicolas.

- Les âmes des ogres. Seule l'ogresse n'a pas perdu la sienne. Mais elle est aussi la seule qui n'a pas de pouvoir.

- Contrairement à ses rejetons, en déduit Coquette, qui eux peuvent se métamorphoser à leur guise.

- C'est exact, précise Tremblant. Par contre, je sais que le trésor que chérit l'ogresse lui a été donné par Barbarée. Ce fut son cadeau de consolation et à la fois un remerciement pour avoir consenti à donner l'âme de ses petits.

- Ses petits, d'ironiser Coquette. Dis plutôt ses monstres!

Tout le monde s'esclaffe.

Tremblant continue de leur parler des deux sorcières en soulignant que Kalmia passe le plus clair de son temps à procéder à des rituels de magie blanche qui servent à protéger le monde du mal que pourrait propager Barbarée.

- Ce sont donc des ennemies jurées, en conclut Lucas.

- Des ennemies mortelles. Un jour, je crains qu'il y ait une confrontation entre les deux; je redoute ce jour maudit.

- Pourquoi? demande Franc-Boisié.

- Parce que j'ai peur que la sorcière noire remporte la victoire et que tous soient damnés à jamais.

- Rien ne prouve qu'elle gagnerait contre Kalmia, soutient Éthan. Ne dit-on pas que le bien est plus fort que le mal?

- Certes, mais aidée de ses âmes maudites, soit les ogres, Barbarée se veut très puissante.

- Ses âmes maudites, comme tu les appelles, commencent déjà à perdre des joueurs.

- Éthan a raison, reprend Coquette tout en se redressant sur ses pattes. Puisqu'on en parle, si on allait régler le sort d'Ogratteux?

- Tu as raison, Coquette, approuve Tremblant. Nous aurons besoin de volontaires. Qui vient avec nous?

Les trois garçons sont d'accord pour porter main-forte. Les filles resteront au camp avec Coquette, Tremblant, les brindilles et les autres chicots. Seul Franc-Boisié accompagnera les trois valeureux.

Irina et Célia sont rassurées de voir que Tremblant leur tiendra compagnie. Après tout, n'est-ce pas lui le plus instruit dans cette forêt maudite?

La matinée est si belle, si douce. Pas un vent, pas un nuage dans le ciel. Un faisan file doucement entre les arbres de la forêt qui peuplent le pied de la montagne. Le volatile cherche des insectes à attraper pour sa couvée. En se faufilant entre les branches, il repère un arbre desséché, sachant qu'il y trouvera là des larves en quantité. L'oiseau stoppe son vol en se posant sur la cime d'un épineux. Pendant ce temps, des tiges sarmenteuses se mettent à ramper au sol, justement au pied de l'arbre sur lequel le faisan souhaite aller recueillir les larves. Il s'agit d'Ogrippeur. C'est lui qui s'est complètement métamorphosé en plante grimpante. Voilà que les tiges s'enroulent autour de l'arbre desséché, tant et si bien qu'elles créent une sorte d'enchevêtrement inextricable dans lequel il serait facile de se prendre.

N'ayant en tête que ces larves qu'il faut ramener pour sa couvée, le faisan reprend son envol et va s'arrêter directement sur le tronc recouvert de sarments. Dès qu'il pose ses pattes dans l'enchevêtrement de tiges, l'oiseau s'aperçoit qu'il ne peut plus s'échapper. C'est comme si un piège l'emprisonnait. En poussant des cris stridents, le volatile est subitement arraché à l'arbre, tiré vers le bas, coincé entre les mains sales d'Ogrippeur qui, d'un coup, a repris sa forme habituelle.

De son côté, dans la peau du loup, Ogriloup court depuis un bon moment sans jamais avoir repéré l'odeur de la biche. Il y a bien une demi-heure qu'il est parti. S'il ne rapporte pas le cervidé, que fera l'ogresse? Est-ce qu'elle lui retirera réellement ses pouvoirs? Il vaut mieux ne pas songer à cela. L'animal arrive près de la rivière, puis il s'arrête brusquement et hume l'air. Il n'y a pas si longtemps, une biche est passée tout près. Il se doute bien qu'il s'agit de Coquette. Depuis le temps qu'il la chasse.
Le loup entre dans l'eau, traverse la rivière et, sur l'autre rive, il prend le temps de s'ébrouer. Le nez collé au sol, il repère aussitôt les traces de Coquette. Il se hâte d'aller à sa recherche. Il avance rapidement en suivant ses pistes.

En même temps, les trois garçons ainsi que Franc-Boisié ne le savent pas, mais ils se dirigent directement sur Ogriloup.

Resté au camp avec les filles, Tremblant explique que l'achillée qui fait éternuer a eu raison d'Ogratteux. Il leur apprend également que chacun des ogres a son talon d'Achille et qu'il suffit de le trouver pour tous les anéantir. Coquette se sent aussitôt interpellée.
- Comment réduire Ogriloup à néant? Le temps presse; ce maudit loup va finir par m'attraper. La grosse ogresse rêve depuis longtemps de m'arracher le cœur pour le dévorer. Tu connais le moyen d'arrêter Ogriloup?
- Pas encore, Coquette, mais je vais y songer.

- Je ne sais pas pourquoi, mais il me semble que ma vie est de plus en plus en sursis.

Avec perspicacité, Célia récapitule :

- Ogratteux avait le nez et les pattes d'un chien renifleur. Donc, sa force lui venait de sa capacité à renifler. L'achillée visait directement son sens olfactif. Le loup est également doté de la faculté de humer et quoi d'autre?

- De courir très vite et de posséder une mâchoire implacable, répond Coquette en trépignant d'horreur.

- Il a aussi le pouvoir de faire peur, ajoute Irina frissonnante.

Tremblant réfléchit à tout cela et il énonce :

- C'est Irina qui a raison. La peur que procure le loup est assurément son plus grand pouvoir. Il faut méditer sur ce point et non sur les autres.

Le chicot se met à piétiner sur place pour trouver des idées. Il murmure :

- Dans la nature, qu'est-ce qui pourrait contrer la peur?

Irina raconte :

- Le soir avant de m'endormir, lorsque j'ai peur de trouver un monstre sous mon lit, ma mère me parle de bonnes fées et de la sainte Vierge.

- La sainte Vierge? interroge Tremblant.

Coquette est aussi très intriguée.

- Oui, la sainte Vierge, c'est Marie la mère de Jésus.

- Jésus?

Les deux autres sont de plus en plus mélangés.

Célia rit et leur trace un bref tableau de la Vierge Marie et de la Sainte Trinité. À la fin de l'exposé, Tremblant est pris d'une illumination.

- Le sabot de la Vierge! déclare-t-il.

- Qu'est-ce que c'est? demande Coquette avec empressement.

- Une fleur très rare et très belle qui pousse au pied des épineux.

- Et tu crois que cette plante pourrait avoir raison des facultés extraordinaires d'Ogriloup?

- J'en ai l'intuition.

- Tu saurais où trouver cette fleur?

Coquette se veut très intéressée.

- Je sais qu'il y en a pas très loin d'ici, de l'autre côté de la rivière.

- Va vite en cueillir alors! lui intime la biche trépignante d'impatience.

- Tu as raison, Coquette. Je vais aller en cueillir de ce pas.

Poussé par un enthousiasme contagieux, le chicot se met en route pour aller dénicher le fameux spécimen végétal.

Ils sont à cent lieues d'imaginer qu'il est urgent de rapporter le plus tôt possible cette fameuse fleur, car Ogriloup progresse rapidement.

Tout en longeant la rivière, Éthan explique aux autres garçons dans quel état ils ont abandonné Ogratteux, le renifleur de truffes.

- Il faudra construire un abri? interroge Lucas.

- C'est ce qu'a suggéré Tremblant, répond Franc-Boisié.

- Qu'adviendra-t-il de cet ogre par la suite? demande Nicolas.

- Seul le temps nous le dira. Est-ce qu'Ogratteux restera toujours dans un état végétatif? Nous ne le savons pas. Le plus important pour le moment, c'est de le soustraire à la vue de ses frères.

- Franc-Boisié a raison, soutient Éthan qui sent un creux dans son estomac. Je mangerais bien quelque chose cependant, lance-t-il à brûle-pourpoint.

Ses deux amis abondent dans le même sens.

- Je connais un fruit délicieux qui pousse en abondance au cœur de la forêt, mais pour s'y rendre, il faudrait se détourner de notre but.
- Est-ce bien loin? questionne Éthan.
- Le temps qu'il nous faudrait pour arriver au premier campement.
Les garçons se lancent des regards entendus.
- Allons à la rencontre de ces fameux petits fruits! clame Éthan.
Voilà que toute la bande s'éloigne des berges de la rivière pour s'enfoncer dans la forêt.

Ogriloup trotte de plus en plus vite, le museau collé au sol. Déjà, il a parcouru la moitié du chemin qui le conduit droit vers Coquette. Fort heureusement pour tout le monde, la rencontre entre lui et les autres n'aura pas lieu et ça, grâce à de délicieux fruits sauvages.

De son côté, Tremblant arpente le flanc de la montagne à la recherche du sabot de la Vierge, cette soi-disant fleur qui a supposément le pouvoir d'annuler ceux d'Ogriloup. Il progresse dans une forêt d'épineux. Il scrute minutieusement le sol quand tout à coup, dressée sur son pédoncule, la jolie fleur rose semblable à une fée est là tout près, au sol.
Avec minutie, Tremblant la cueille et s'empresse de faire demi-tour.

Irina tente de capturer une truite dans la rivière. Pour ce faire, elle utilise le même moyen qu'ont employé les garçons la veille. Malheureusement pour elle, la chance n'est pas de son côté. Elle maugrée :
- Damnées truites, je n'arrive pas à les attraper! Pourtant, j'en ai l'habitude! Comment Éthan a-t-il fait?

- Il a été plus rapide que toi, lui répond Célia qui l'observe, assise sur une grosse roche.

Irina accroche un autre ver sur l'épine et le rejette à l'eau. Aussitôt, elle sent une touche, mais elle n'a pas le réflexe de tirer assez vite. Enragée noir, Irina jette la canne à pêche à l'eau et s'en va bouder sur la rive.

Coquette qui assiste à la scène ne peut que se moquer, elle qui n'a qu'à se pencher pour brouter de l'herbe et ainsi se sustenter.

- Tu es trop impatiente et pas assez rusée, lui explique la biche.

Moi, je suis calme et réfléchie et je finis toujours pas arriver à mes fins. Le secret, c'est de rester confiante en tout temps. Tu comprends ce que je veux dire, Irina?

L'interpellée se retourne pour regarder et réplique :

- C'est facile pour toi de parler, ta vie n'est pas en danger comme la nôtre.

À l'instant où la fillette prononce ces paroles, le loup surgit en montrant les dents. Coquette, qui l'aperçoit, ne fait qu'un bond et saute dans la rivière. Le loup se jette à l'eau également. La pauvre biche nage en poussant des cris stridents. Les fillettes se blottissent derrière les arbres pour observer la scène.

Tremblant, qui revient, s'arrête. Il a entendu les cris alarmants de son amie Coquette. Vite, c'est le loup!

Le chicot part à vive allure en direction de la rivière. Coquette se débat dans les flots avec le damné loup à sa suite. En apercevant Tremblant qui fait enfin éruption sur l'autre rive, les filles lui crient de se dépêcher, que le loup va étrangler la biche.

- Il faut que Coquette revienne vers vous! clame le chicot à pleine voix.

L'ayant entendu, la biche nage vers la berge, du côté où se trouvent les filles. Le loup ne semble pas très agile dans l'eau. Il traîne un peu derrière, ce qui permet à Coquette de regagner la terre ferme avant lui. Tremblant arrive près d'elle.

- Vite, s'empresse-t-il de dire, je sais ce qu'il faut faire.

- Quoi? interroge la biche qui tremblote près des trois autres.

Le pelage tout mouillé, le loup se hisse sur la berge. Il s'ébroue, baisse la tête et montre les crocs en grognant. Les fillettes sont terrorisées. Tremblant se place devant elles pour les protéger.

La fleur à la main, ce dernier explique :

- La Vierge dont tu parlais incarnait la pureté, n'est-ce pas, Irina?

- Oui.

- Cette fleur que j'ai en main s'appelle le sabot de la Vierge. L'une d'entre vous deux devra la tenir et avancer vers le loup. De cette façon, ce dernier, qui symbolise toutes les craintes, se verra démuni face à la pureté d'une enfant portant le plus beau symbole d'amour dans ses mains.

- C'est moi qui irai, décide courageusement Célia.

Le loup ne cesse de grogner. Le soleil se lève rapidement. Il faut attaquer... maintenant!

Voyant surgir le loup, Célia saisit la fleur en vitesse et avance vers lui. L'animal s'arrête et jette un regard inquiet sur la fillette. Il baisse la tête et cesse net de grogner.

- Continue d'avancer, Célia, lui suggère Tremblant.

Coquette est encore prise de tremblements.

La courageuse jeune fille fait un pas de plus vers le loup, puis celui-ci se met à hurler de façon désespérée en pointant le museau vers le ciel. Les gémissements qu'il pousse ont l'air d'une plainte. Ses yeux expriment le désespoir, le tourment. Célia a presque envie de serrer l'animal contre elle pour le réconforter, mais en un éclair, le loup reprend la forme de l'ogre.

- Dieu du ciel! s'écrie Irina qui croit que c'est la fin de leur anonymat.

- Calme-toi, l'incite Tremblant. Ogriloup a été désarmé.

Effectivement, l'ogre est à quatre pattes, soit en position du loup et il ne profère plus un son, il ne fait plus aucun geste. Pareillement à son frère, Ogratteux, il vient d'être dépouillé de son âme et de son pouvoir.

Coquette se met à sautiller et à faire des cabrioles en criant :

« Victoire! Le loup n'est plus! Victoire! »

Les autres la regardent amusés. Dieu soit loué, un deuxième ogre a été vaincu.

- Que va-t-on en faire maintenant? questionne Célia qui fait tourner la fabuleuse fleur entre ses doigts.

- S'il peut marcher, répond Tremblant, nous l'emmènerons dans l'abri que construisent les garçons.

Justement, les garçons en question sont en train de s'empiffrer de framboises exquises.

- Pourquoi ne pas nous avoir dit avant qu'il y avait toutes ces framboises ici? s'enquiert Éthan qui se régale.

- Des framboises? répète Franc-Boisié. Vous ne trouvez pas que cela ressemble à mon nom? Les gars opinent du chef. Nous, ici, nous appelons ça des cœurs d'oisillons.

- Des cœurs d'oisillons... murmure Lucas en faisant la grimace. Personnellement, je préfère des framboises. C'est plus appétissant. N'est-ce pas, les gars?

Tout le monde est d'accord.

- Il va falloir en ramener aux filles, fait observer Nicolas.

Connaissant la gloutonnerie de sa sœur, il sait que cette dernière sera folle de joie de s'empiffrer de bonnes framboises.

- Inutile d'en cueillir pour elles, intervient le chicot. Des cœurs d'oisillons, il y en a aussi à la hauteur de votre campement. Je ne savais pas que vous aimeriez ça autant.

- Chez nous, dans notre monde, c'est un fruit que l'on cultive dans nos jardins. Tu connais les fraises, Franc-Boisié? lui demande Éthan.

- Qu'est-ce que c'est?

- Un autre fruit délicieux que nous avons en abondance l'été.

Le chicot réfléchit un instant puis il formule :

- Ne serait-ce pas une toute petite baie rouge au goût exquis qui pousse dans les prairies?

- Exactement. Tu sais où il y en a?

- Bien sûr. J'ai vu des tapis immenses de ces baies au pied de la montagne, là où poussent le pissenlit et l'épervière.

- Alors, il faudra nous y conduire, s'empresse de dire Éthan. Nous, les humains, nous adorons les fraises.

- Ici, nous appelons cela des yeux de poissons.

- C'est dégoûtant… de s'indigner Lucas. Ça ne donne vraiment pas le goût d'en manger.

Franc-Boisié se met à rigoler, puis il décrète en toute lucidité :

- Maintenant, il faudrait peut-être songer à repartir pour aller construire l'abri.

Il a raison. Toute la bande repart, l'estomac un peu moins creux.

***

Un bourdonnement incessant règne dans la forêt. Ogrivol a été mandaté pour voler le miel d'une ruche. Sa mère en a fait la requête, car elle désire boire de l'absinthe ce soir.

Pour ce faire, l'ogre a pris la forme d'une grive. De cette façon, il peut aisément s'élever à la hauteur des nids d'abeilles pour recueillir le fameux miel. Tout autour de l'oiseau, un essaim en furie tente de protéger son territoire. La grive est constamment attaquée, piquée çà et là, mais Ogrivol reste imperturbable. Ramener du miel pour Ogressive est son seul et unique projet. Au creuset d'une écorce de bouleau blanc, à petites doses, l'oiseau amasse assez de substance sucrée pour satisfaire les besoins de sa mère pour au moins trois jours. Le supplice prend fin lorsque la grive s'envole au loin et se pose au sol. Elle redevient alors un ogre. Le corps trapu et boudiné est couvert de boursoufflures, mais l'ogre s'en moque ; Ogressive sera contente du résultat.

L'ogre accourt aussitôt au repaire de sa mère en grimpant la côte.

Arrivé à destination, il halète quelque peu en annonçant son arrivée.

- Capricieuse Mère, je suis là avec du miel!

La voix forte et autoritaire de l'ogresse se fait entendre à l'intérieur de l'abri.

- Entre, Ogrivol, ne reste pas sur le seuil comme un imbécile!

L'interpellé s'exécute en entrant dans l'antre de la vilaine. Pour une rare fois, cette dernière est assise dans une chaise au centre de la pièce. Elle a déposé ses gros pieds potelés et ornés de bijoux sur un pouf fait de branches de moussu entrecroisées.

- Viens par ici, Ogrivol. Assois-toi près de moi, j'ai à te parler.

L'ogre dépose son offrande sur une table basse et s'assoit près de sa mère sur un petit banc rudimentaire.

- Tu as vu Ogratteux dernièrement? l'interroge-t-elle.

- Pas aujourd'hui, non. Pourquoi, Mère?

- Parce que ce fouilleux de merde est parti aux aurores pour aller me chercher des truffes et il n'est pas encore revenu. Il y a plus de deux heures de ça. Habituellement, il m'apporte mes truffes avant qu'Ogricole m'amène mon bouillon. Je crois qu'il s'est attiré des ennuis.

La grosse ogresse inspire bruyamment tout en gonflant son énorme poitrine. Le cliquetis que font les émeraudes de son collier qui s'entrechoquent attire le regard avide d'Ogrivol.

- Ne reluque pas mes bijoux de la sorte, tu m'entends! le réprimande-t-elle avec dureté. Tous ces trésors sont à moi! À moi seule!

Elle s'exprime en caressant ses colliers parés de pierres précieuses tout en lorgnant le paravent bardé de lianes dans le fond de la pièce.

Tremblant disait avoir vu miroiter un trésor derrière cet écran.

Ogrivol pose le regard sur le sol en guise de soumission.

Ogressive tend la main pour saisir le récipient fait d'écorce de bouleau.

- Rien que ça! constate-t-elle avec mépris.

- Mais mère, j'ai été piqué cent fois…

- Il y en a tout juste assez pour une dose là-dedans!

- Ne soyez pas trop exigeante, j'en ai rapporté suffisamment pour trois bonnes rations.

Puis la méchante se met à rire à gorge déployée. Ogrivol voit ses énormes seins sautiller sous l'amas de ses longs cheveux, ses haillons et ses lourdes parures.

Un air sadique et machiavélique se dessine alors sur le visage d'Ogressive redevenue sérieuse.

- L'absinthe est tout ce qu'il y a de plus extraordinaire dans cette foutue montagne. C'est mon seul plaisir. J'en boirai tant que je voudrai et tu m'apporteras du miel en quantité suffisante autant de fois que je te l'ordonnerai! Tu m'as bien comprise, gros tas de graisse?

L'ogre courbe l'échine et bredouille :

- Oui, Mère...

- Mère?

- Mère chérie, adorable et délicieuse...

- J'aime mieux ça.

Pendant qu'elle trempe un doigt bagué dans le miel et qu'Ogrivol se redresse un peu, la porte s'ouvre avec violence.

- Mère, voilà de la chair! lance Ogricole à pleine voix, l'air apeuré en tenant un faisan à bout de bras. Ogrippeur l'a capturé pour vous. Il n'est pas trop tard, j'ai vérifié... le soleil n'a pas atteint la cime de l'épineux.

- De la chair dis-tu? J'avais espéré qu'on m'apporte la biche. Tu as prévenu Ogriloup de ma requête?

- Oui, divine mère, et je sais qu'il est parti la chasser.

- Alors il devrait être revenu. J'avais bien spécifié que je voulais cette biche avant que le soleil n'ait atteint la cime de l'arbre.

- Mais il reste encore du temps, Mère. Voyez par vous-même.

Ogricole invite l'ogresse à se lever pour qu'elle puisse constater le fait par elle-même.

- Je consens à me lever, mais ce n'est pas pour ce que tu crois. J'ai une visite à faire.

- Une visite?

- Oui, une visite. Toi, Ogricole, profite de mon absence pour déplumer ce volatile et en faire un bouillon digne de ce nom pour mon retour. Je veux manger de la viande!

- Tout sera fait selon vos désirs, tendre Mère.

Les deux ogres voient leur monstrueuse mère se lever péniblement de sa chaise pour marcher jusqu'à la porte. Alourdie par toute cette surcharge graisseuse, ses riches parures et son inactivité qui la rend sclérosée, la méchante Ogresse pousse le battant en proclamant qu'il se passe des choses anormales et qu'elle doit y remédier. Les deux autres se regardent l'air confus.

Finalement, les garçons ont érigé un abri convenable pour dissimuler Ogratteux. C'est avec de gros efforts qu'ils ont réussi à tirer le mastodonte à l'intérieur de la cache. Lucas en a grandement profité pour mettre à profit ses talents de constructeur. Maintenant, il faudra nourrir l'impotent. Qui se chargera de le faire? Qui en aura seulement envie? Après tout, s'il n'avait pas été dépossédé de ses pouvoirs, cet affreux ogre ne se serait-il pas empressé de les livrer en pâture à son odieuse mère? Mais tout de même, on ne laisserait pas crever un chien, alors...

***

De retour au campement, les garçons ainsi que Franc-Boisié ont la fâcheuse surprise d'apprendre qu'il y a un deuxième ogre à faire disparaître. Bien sûr, ils sont tous heureux qu'Ogriloup soit anéanti, mais faudra-t-il bâtir un abri à l'endroit où chacun des ogres sera vaincu?

Toujours dans sa position à quatre pattes, Ogriloup semble attendre la rédemption. Nicolas le contemple en hochant la tête.

- Que va-t-on en faire? lance-t-il à la cantonade.
- Peut-être qu'il peut marcher... présume Célia.

- En tout cas, de proclamer Coquette d'un air vainqueur, il ne viendra plus marcher dans mes plates-bandes! Depuis le temps qu'il me pourchasse. J'ai quand-même su lui échapper dignement tout à l'heure, prétend-elle en levant le nez en guise de fierté.

- Tu veux rire, la coupe Irina. Toi qui me faisais la morale sur l'art de rester en contrôle juste avant que surgisse le loup. Si tu avais vu de quelle façon tu t'es précipitée à l'eau pour lui échapper. C'en était ridicule. Tu criais à perdre l'haleine, tu te débattais dans l'eau…

- Assez! tranche Coquette insultée. Il y a des circonstances qu'on ne peut contrôler.

- Justement, réplique Irina. Nous, nous ne contrôlons pas notre état de captivité et de précarité et cela nous effraie.Tu comprends maintenant pourquoi je suis si nerveuse et si désespérée?

Coquette remue mollement la tête pour convenir aux propos de la jeune fille.

- Bon, il faut prendre une décision, insiste Franc-Boisié les ramènant à l'ordre. Qu'on le veuille ou non, il faudra faire quelque chose pour cet ogre.

- Essayons d'abord de le mettre debout, propose Éthan.

Pendant que les gars s'occupent du sort d'Ogriloup, les filles retournent au campement. En entrant dans l'abri, Irina hume un parfum capiteux qui lui est inconnu.

- Quelle est cette bonne odeur?

Célia essaie de capter ce parfum qui flotte dans l'air.

- On dirait que ça vient de là-dedans, fait remarquer cette dernière en touchant la besace.

Elle l'ouvre et aperçoit les plantes magiques.

- Il faudrait les suspendre pour les faire sécher, leur rappelle Filine, la brindille qui leur tient compagnie.

- Tu as raison, répond Célia en retirant la gerbe de fleurs de la besace ainsi que les carottes et les radis. Qu'est-ce que c'est ça? s'étonne-t-elle en voyant toutes ces petites masses arrondies dans le sac.

Irina s'approche pour mieux en juger.

- Des champignons?

- Des truffes, les corrige Filine.

- Des truffes? reprend Irina circonspecte.

- Oui, on les trouve au pied des noisetiers ou des chênes. Ici, il se peut qu'il y en ait même au pied des épineux.

- À quoi ça sert? interroge Célia qui ne connaît rien aux truffes sauvages. Tout ce que les filles savent des truffes leur vient de celles que l'on retrouve, chocolatées, en confiserie.

Tremblant vient d'arriver près de l'abri. Il leur explique :

- Ces truffes ont été trouvées par Ogratteux. C'est lui qui avait le rôle d'aller les chercher pour sa mère. Celles-ci lui étaient destinées. C'est un privilège de posséder un tel trésor. Ce fruit, ce champignon, appelons-le comme vous voulez, est inestimable. L'ogresse ne se contente pas de peu.

- On le sait, rétorque Irina cynique. Elle mange même les enfants.

Tremblant ne réplique pas. Plutôt, il continue à leur faire l'éloge des truffes et de leur goût exquis.

- C'est si délicieux que ça? s'informe Irina dont le visage s'illumine un peu.

- Oui, c'est savoureux, précise Tremblant. Elles servent d'accompagnement, parfument les aliments. Ogricole en râpe de petites quantités qu'il ajoute aux plats qu'il concocte pour Ogressive.

- Et si on capturait des truites, suppose Irina très affamée, peut-être qu'on pourrait les accompagner de rognures de truffes?

- Pourquoi pas?

La grosse fille potelée sort de l'abri en courant vers la rivière.

Les garçons ont réussi à redresser l'ogre sur ses jambes. Il semble avoir la colonne vertébrale assez solide pour se supporter lui-même. Pourra-t-il marcher cependant?

- Éthan! Éthan! s'écrie Irina qui arrive tout essoufflée.

- Pour l'amour, qu'est-ce qui se passe? interroge ce dernier alarmé.

- Va vite nous pêcher des truites!

- Un instant! Nous n'en avons pas fini avec lui, répond Éthan en désignant l'ogre dont le regard est aussi vide qu'une coquille d'œuf.

- Laisse tomber ce gros tas de graisse, réplique Irina et va vite nous pêcher du poisson. On crève tous de faim!

Le garçon consent à obéir à la jeune fille et il se confectionne une nouvelle canne à pêche.

Tout comme la veille, l'habile pêcheur retire assez facilement de l'eau plusieurs belles truites de grosseur moyenne.

C'est le festin! On accompagne le poisson frit sur la braise de quelques lambeaux de truffes et c'est exquis. Quant à elle, Coquette, n'a jamais rien mangé d'aussi savoureux que ces légumes que Tremblant lui a rapportés.

Lorsqu'ils ont terminé le repas, Irina déplore en se léchant les doigts :

- Il ne nous manque que le dessert.

- Ne sois pas trop exigeante quand même! la rabroue son frère.

- Qu'à cela ne tienne! lance glorieusement Franc-Boisié. J'ai pour vous et pour toi surtout, Irina, des cœurs d'oisillons pour dessert.

La grassouillette grimace de dégoût et fustige le chicot :

- Tu n'as pas honte, Franc-Boisié de nous torturer comme ça? Tu ne vois pas que…

- Tu ne comprends pas, Irina, la coupe Éthan. Ici, des framboises, on appelle ça des cœurs d'oisillons.

- Des framboises? Où ça?

Irina est excitée au possible. Célia aussi est impatiente de voir s'il y a vraiment des framboises en ces lieux.

- Suivez-moi, suggère Franc-Boisié qui les entraîne dans la forêt.

Ils marchent l'espace de quelques instants pour arriver à une immense clairière où règnent en maître des centaines de plants de framboisiers.

- Voici le paradis des cœurs d'oisillons! proclame le chicot.

Les enfants n'en croient pas leurs yeux. À perdre de vue, l'espace circulaire est jonché de framboisiers croulant littéralement sous le poids des fruits mûrs. C'est l'euphorie totale. Tout le monde s'empiffre à s'en faire bomber l'estomac.

Irina avale fruit après fruit avec des éclairs de félicité dans les yeux. Célia se régale comme elle ne l'a pas fait depuis longtemps. Enfin, cette merveilleuse trouvaille apporte un baume sur leur misérable condition.

Entre deux fruits engloutis, Éthan leur confie qu'il y a probablement des fraises aussi.

- Des fraises des champs! lâchent les filles d'un même souffle.

- C'est ce que pense Franc-Boisié. N'est-ce pas, Franc-Boisié, qu'il y a aussi des fraises?

- Des yeux de poissons? Bien sûr.

- Des yeux de poissons? reprend Irina avec dédain.

- Ici, c'est le nom qu'on donne aux fraises.

- Pourquoi faut-il toujours que les bonnes choses soient associées à des images répugnantes? interroge Célia en toute objectivité.
- Je ne sais pas, répond Franc-Boisié en rigolant.

Finalement, peu importe le nom qu'on leur donne, les petits fruits n'en sont pas pour autant moins délicieux.

- Tu nous conduiras bientôt là où il y a toutes ces fraises? demande Irina impatiente en s'adressant au chicot.

Franc-Boisié accepte, mais à une seule condition :

- Il faudra se montrer très vigilants. Nous irons de l'autre côté de la rivière, au pied de la montagne. Souvent, les ogres y circulent en quête de proies ou de toutes sortes d'autres choses qu'ils rapportent à leur mère. Le pied de la montagne fait partie du vaste territoire des ogres. Du sanctuaire des ogres, comme on l'appelle.

Tout le monde reste coi. Encore des dangers à venir…

La matinée est bien amorcée; ce sera une journée chaude et lumineuse. Le vent souffle à peine dans la montagne et le sentier étroit qu'emprunte Ogressive n'a pas été foulé depuis longtemps. Très peu d'initiés ont le droit d'y circuler.

À mesure qu'elle progresse en flanc de montagne, l'imposante créature toute en chair halète de plus en plus. Son lieu de destination est tout près, elle s'en souvient même s'il y a des lustres qu'elle ne s'y est pas rendue.

Pendant ce temps, une vieille femme aux allures austères et inquiétantes, toute de noir vêtue et laide à faire peur, s'acharne à déplumer un grand duc. Les doigts décharnés et pourvus d'ongles sales et acérés de la vieille arrachent les plumes blanches avec frénésie. Puis soudain, elle relève la tête et, dans ses yeux noirs et méchants naît une inquiétude. Elle a entendu du bruit.

Elle se lève et marche jusqu'à sa cabane et là, elle contourne la petite construction de bois pour faire le guet sur l'entrée du sentier. Quelqu'un s'amène...

- Barbarée! C'est moi! C'est Ogressive! La voix puissante de l'ogresse retentit alors dans la forêt.

Barbarée, la sorcière noire, se détend et va au-devant de la nouvelle venue. Écrasant crapauds et sauterelles de ses énormes pieds chaussés de peaux de cerf, Ogressive voit poindre le bout du sentier, puis celui-ci s'ouvre sur une ravissante clairière où coule un petit ruisseau tout près de la cabane. Planté de quelques moussus, noisetiers et chênes, cet endroit idyllique, c'est le territoire interdit de Barbarée dite la sorcière noire. Justement, celle-ci vient d'arriver au-devant de l'ogresse.

- Par la toute-puissance des ténèbres! ironise la sorcière en la voyant. Comme tu es rendue grosse, Ogressive! Aurais-tu mangé un ours?

Le ricanement de Barbarée irrite la sensibilité de l'ogresse, mais cette dernière ne s'est pas rendue jusque-là pour argumenter avec son alliée. Plutôt, elle ricane un peu et précise :

- Chère amie, mon embonpoint est ma plus grande fierté. Par ma taille imposante, nul ne peut me dominer et me faire courber l'échine. Je règne sur la montagne comme une reine se doit de régner.

Barbarée rit un peu moins. Elle corrige cette prétentieuse :

- Je suis la reine de cette montagne! Ne l'oublie jamais! Sans moi, tu ne serais rien, Ogressive! Tu entends ce que je te dis? Rien!

Pour la première fois, la grosse obèse se tait. Elle préfère emboîter le pas à la sorcière qui l'entraîne jusque sur le perron bas de sa cabane, où elles s'assoient.

- Que viens-tu faire ici? questionne Barbarée sans ambages.

- Te consulter. Je pressens un danger.

- Lequel?

- Ogratteux a disparu.

- Disparu? Comment une chose si grosse et si laide peut-elle disparaître? formule la sorcière en ricanant une fois de plus.

Ogressive sourit bêtement, puis elle poursuit sur sa lancée :

- Il est parti avant le lever du soleil pour aller chercher des truffes et, deux heures plus tard, il n'est pas revenu. Ça ne lui ressemble guère. Je sais qu'il s'est attiré des ennuis.

- Tu viens me déranger ici pour une question aussi banale! Tu en as douze de ces affreux rejetons; un de moins, qu'est-ce que ça change?

- Tout! Cela veut dire qu'on est en danger, qu'on nous menace!

- Qui vous menace? Attends encore un peu avant de dire que ton gros sans-dessein de rejeton a disparu. Qui sait, il s'est peut-être trouvé une jolie ogresse quelque part...

Le rire agaçant de la sorcière retentit encore.

- Tu sais très bien comme moi qu'il n'y a aucune autre ogresse que moi dans cette forêt. Quand je suis arrivée ici avec mon compagnon, nous étions les seuls de notre race et c'est demeuré ainsi.

- Parlons-en de ton compagnon. Une drôle d'histoire cette chute mortelle en bas de la falaise.

- Que veux-tu insinuer?

- Acculé au haut de cette falaise où il a perdu pied à cause d'un ours... Étrange, non?

Ogressive remue nerveusement sur le banc de bois sur lequel elle est assise. Le bois dont il est fait se tord et craque sous son poids. La grosse obèse semble mal à l'aise à la suite des propos pernicieux de la sorcière.

- Ograisseux s'est approché trop près du bord et il a chuté dans le vide. Comment aurait-il pu survivre à une telle chute? La falaise a plus de cent pieds de hauteur.

- Je sais tout ça, Ogressive. D'ailleurs, tout le monde le sait dans cette forêt. Même tes douze rejetons…

Ogressive sent une fois de plus le poids de l'accusation dans le regard pervers de Barbarée et dans le ton qu'elle emploie pour formuler sa pensée.

- Si tu crois, Barbarée, que j'ai provoqué cette chute mortelle, tu te trompes. Ograisseux et moi, nous formions un couple très uni.

- Il ne m'a jamais aimée, jamais approuvée dans mes pratiques de sorcellerie. Il savait que…

- Ne dis plus rien, Barbarée! la coupe Ogressive.

- Non, tu vas m'écouter! La sorcière se montre ferme. Dès l'instant où il a su que j'avais troqué l'âme de ses petits, avec ton consentement bien sûr, contre de fabuleux pouvoirs, Ograisseux s'est détourné de toi. Essaie de nier la vérité si tu es honnête!

L'interpellée n'ose plus proférer un son. Elle finit par baragouiner :

- Ça ne veut pas dire que…

- Le trésor, les richesses, les bijoux, toutes ces choses merveilleuses dont je t'ai parée, enrichie… tu as voulu les garder pour toi seule. Avoue!

Saisie par l'autorité et la perspicacité de son opposante, Ogressive se met à nue :

- Bon d'accord. J'avoue. Ograisseux n'est pas tombé dans le vide à cause d'un ours. C'est moi qui l'ai poussé. Je voulais avoir le contrôle total sur mon royaume. Et je l'ai obtenu. Et je ne regrette rien. D'ailleurs, mes rejetons comme tu dis, n'auront jamais la preuve que leur père n'a pas été piégé par cet ours. Accompagnée de ma progéniture, je vais souvent sur la tombe d'Ograisseux et nous lui rendons grâce pour souligner son courage et nous rappeler qui il était.

- C'est prodigieux comme tu peux être perverse, Ogressive, laisse tomber Barbarée en riant. J'aime ce côté sombre de ta personne. C'est pour ça que je t'ai toujours considérée comme une alliée. N'aie pas honte de m'avouer tes plus bas instincts et tu verras, je ferai de toi l'ogresse la plus adulée qu'il n'ait jamais existé.

Flattée de ces odieuses paroles, l'éléphantesque créature se met à rigoler comme une démente en faisant rebondir ses énormes amas de chair. Sous l'action qu'entraîne cet excès d'hilarité, le pauvre petit banc de bois craque puis bang! il se démantibule d'un coup. Ogressive tombe brutalement sur le perron, engloutissant sous sa masse les quelques débris du banc.

En la voyant, Barbarée rit à s'en fendre la rate. Emmêlée dans ses colliers et ses bourrelets de graisse, l'ogresse ne sait plus qu'elle moyen prendre pour se relever. La sorcière fait entendre ses ricanements à cent milles à la ronde. Finalement, Ogressive reste prostrée dans sa position et se remet à rire également.

Les rires sadiques et sardoniques de la sorcière retentissent très loin dans la montagne. Ils se répercutent jusque sur l'autre versant, là où une autre vieille femme s'affaire à ses préoccupations quotidiennes. Celle-ci, c'est Kalmia, la bonne sorcière. Celle dont parlait Tremblant en des termes élogieux. Cette dernière aux cheveux blancs bouclés, remue des fraises et des framboises qui fument au creux d'une marmite posée sur un feu de camp. L'odeur suave de la confiture attire au passage les abeilles ainsi que quelques ours qui s'arrêtent à la lisière de la forêt pour humer l'air. Kalmia ne craint pas les bêtes sauvages. Parmi elles, plusieurs sont devenues ses amies, ses alliées, ses compagnes de vie.

Justement, l'un des ours noirs s'attarde plus que les autres en fixant son attention sur ce que fait la sorcière. C'est Massif, une bête imposante mais combien docile.

- Ne reste pas planté là comme un gros bêta, Massif, lui crie Kalmia. Viens me voir!

L'animal remue la tête puis déplace sa lourde carcasse en marchant vers elle. Kalmia retire un peu de compote du chaudron et la dépose au sol sur un morceau d'écorce.

- Tiens, viens te régaler.

L'ours arrive près d'elle en lui lançant un regard complice, puis il s'empresse de gober ce délicieux festin.

La sorcière commence à remplir les bocaux posés sur une table avec cette confiture cuite à point.

Pendant qu'elle procède, ses gestes restent figés quand les rires retentissent de plus belle à ses oreilles. Barbarée a de la visite. Kalmia porte sa vue en direction des lieux où se terre son ennemie et elle s'interroge sérieusement sur le pourquoi d'une telle hilarité. Pour Kalmia, tout ce qui touche à la sorcière noire est sujet d'inquiétude.

Mais la bonne vieille se calme aussitôt lorsqu'elle se met à songer à ses amis les chicots et les brindilles. Ces êtres sans défense et dépourvus de méchanceté ne lui rendent malheureusement pas visite assez souvent. Il y a des lustres que Kalmia n'a pas vu Tremblant, ce cher chicot si intelligent. Depuis l'inondation, tous ces pauvres habitants de la forêt ont été anéantis presque entièrement. Kalmia souhaiterait les revoir tous. Cependant, grâce à sa magie blanche, cette dernière sait que ses incantations ont déjà porté fruit. Elle sait d'instinct que Tremblant doit commencer à se souvenir. Kalmia l'avait initié à tous les secrets concernant les ogres et tout ce qui constitue leur existence. Le chicot avait été instruit de tous les mystères du sanctuaire des ogres, mais il a tout oublié lors de l'inondation.

L'ours glouton se pourlèche le museau. Il a tout gobé, le coquin.

- Tu crois que Tremblant va bientôt venir nous voir, Massif?

- J'aimerais bien, lui répond l'ours de sa voix caverneuse.

- J'aimerais aussi. Peut-être que je pourrais essayer de le retrouver...

La sorcière continue de remplir ses bocaux tout en affichant un air triste. Elle songe à tous ces enfants...

- Quelle méchante créature, lance-t-elle subitement... Dévorer ces pauvres petits sans défense...

- Tu parles de cette monstrueuse ogresse? la questionne Massif.

- Oui, Ogressive. Combien d'enfants venus d'un autre monde sont-ils tombés entre ses vilaines pattes? Et combien en sont sortis vivants? Aucun. Ils ont tous péri sur cette montagne damnée. Cette ogresse n'est qu'un monstre.

- Tu crois qu'il y a des enfants ici actuellement?

- Je ne sais pas. Il faudrait questionner les chicots. Eux, ils le savent. Ils sont partout et assez nombreux pour les avoir croisés en forêt.

- Il y a aussi les brindilles.

- Je sais. Je dois rencontrer Tremblant ou Franc-Boisié.

- J'aime beaucoup Franc-Boisié, déclare l'ours.

- Tu l'aimes parce qu'il t'amène toujours dans ses réserves de fruits sauvages.

Massif ne peut le nier.

- Il connaît tous les coins les plus profitables.

- Tu es vraiment un glouton, Massif, le taquine Kalmia en souriant, caressant distraitement la grosse tête poilue de la bête.

Massif se contente d'opiner du chef.

Lorsqu'elle a terminé de remplir les bocaux, la bonne sorcière range tout son bazar et va entreposer les pots de confiture au cellier. Le cellier est en fait une chambre froide sous la terre, dissimulée sous un monticule.

Après avoir aligné les bocaux sur une tablette, Kalmia referme la porte de la chambre froide et retourne auprès de l'ours. Celui-ci finit de lécher la marmite dans laquelle la confiture a cuit. Kalmia l'avait déposée au sol auparavant.

- Bon, maintenant que tu as tout nettoyé, Massif, il va falloir que tu repartes en forêt. J'ai à faire.

- Tu vas aller voir Franc-Boisié?

- Non, je vais procéder à une autre incantation.

- Tu vas faire de la magie blanche?

- Si tu veux. Sauve-toi vite!

Kalmia lui donne une petite tape sur une fesse pour le chasser. L'ours repart tranquillement en direction de la forêt.

Demeurée seule, la sorcière lave soigneusement le chaudron de fonte et le replace au-dessus du feu. Elle verse une pleine chaudière d'eau dans le vaste récipient, puis elle s'empare d'un panier d'osier.

Pendant que l'eau chauffe, elle cueille ici et là des plantes diverses, arrache quelques lambeaux d'écorce, extrait des racines à même le sol, ramasse quelques champignons, puis enfin, elle retourne auprès du feu. Sur la table, Kalmia dépose son lourd panier et elle commence à en faire l'inventaire en énumérant les choses qu'elle en retire.

- De la camomille des chiens, de la verge d'or, des feuilles de bardane, du liseron, de l'écorce de moussu et de sureau, des racines d'iris, des feuilles de nénuphars, de la smilacine étoilée...

La sorcière plisse le front en s'interrogeant sur le nom de ce champignon qu'elle tient dans sa main.

- Ah! oui, une chanterelle, se souvient-elle en déposant sur la table cette jolie chose aux allures d'une grande fleur dentelée.

Voilà, le panier est vide.

L'eau commence à bouillonner dans la marmite. Kalmia lève les yeux au ciel. Le soleil darde de plus en plus ses rayons. Le vent souffle à peine. La vieille ramasse cinq cailloux au sol et les jette dans l'eau, suivis de tout ce qu'elle a rapporté dans son panier. Elle attrape la branche dont elle se sert toujours pour remuer ses infusions et elle brasse le tout en psalmodiant des phrases incohérentes lancées à l'univers.

Pendant qu'elle s'active à sa magie, elle remarque que les rires lointains ont cessé.

Kalmia est en train d'implorer la divinité afin que Tremblant puisse continuer à se souvenir. Elle sait que tout dénouement heureux passera d'abord par lui. Tremblant fut jadis élu pour protéger les êtres étrangers et vulnérables des ogres.

Justement, ces derniers, Lucas et Nicolas sont en train de conduire Ogriloup dans le même abri qu'Ogratteux. Ils ont réussi à faire marcher l'ogre, mais celui-ci ne réagit pas, ne profère aucun son et semble aussi vide que son frère.

Chemin faisant, Tremblant raconte qu'il leur faudra bientôt aller sur la montagne.

- Ce n'est pas périlleux? le questionne Lucas.

- Oui, mais nous n'aurons pas le choix. Je ne parle pas pour vous, les enfants, mais pour nous, les chicots. Il nous faut de la résine si nous voulons survivre. Vous savez, je vous en ai parlé hier?

Les garçons se souviennent.

- Qu'adviendrait-il si vous ne pouviez pas recueillir la résine? lui demande Nicolas.

Tremblant réfléchit quelques secondes avant de répondre :

- Je crois bien qu'on finirait par dessécher jusqu'à ne plus pouvoir bouger. Ce serait la fin.

- Il ne faut surtout pas qu'une telle chose se produise, en conclut Nicolas. Sinon, c'est la fin pour nous également.

Mine de rien, ils approchent du premier campement, là où ils ont bâti l'abri pour les ogres. Au loin, ils aperçoivent dans la clairière un hibou de taille imposante en train de manger des baies.

Lucas s'arrête et formule, amusé :

- Ce hibou est en train de piller nos réserves...

- Tais-toi, le coupe Tremblant en stoppant sa marche. Ce hibou, précise-t-il, c'est Ogribou, l'un des douze ogres. Il cueille des fruits sauvages pour sa mère.

- Mais c'est un hibou, argumente Lucas, pas un ogre.

- Si Ogriloup avait pu prendre l'apparence d'un loup, pourquoi celui-ci ne pourrait pas être un hibou? Je vous l'ai dit, ils ont tous la faculté de se changer en autre chose qu'eux-mêmes.

Les deux garçons observent attentivement l'oiseau sans trop savoir ce qu'il faut faire.

- Il ne faut surtout pas qu'Ogribou vous aperçoive sinon il irait le dire aux autres et vous seriez perdus.

- L'ogresse nous mangerait? demande Nicolas en déglutissant difficilement.

- Tout crus, leur répond Tremblant.

- Tu crois qu'il va s'apercevoir que ses deux frères ont disparu? questionne Nicolas.

- Il ne faudrait surtout pas, rétorque le chicot, sinon ce serait la catastrophe.

- Alors, il faut vite dissimuler ce mastodonte, observe Lucas en parlant d'Ogriloup.

Tremblant reprend :

- Oui, et le plus tôt sera le mieux. Partons vite le cacher dans l'abri avec l'autre.

Les trois repartent avec l'ogre inanimé pendant que le hibou s'acharne à sa tâche. De ses serres, le rapace cueille les petits fruits noirs, qu'ils appellent ici des yeux de mulots, et il les dépose au creux d'un godet. Il opère de façon précise et calculée, voltigeant d'un arbrisseau à l'autre comme une abeille qui butine.

Lorsqu'il considère que sa cueillette est suffisante, le hibou saisit le petit récipient dans ses serres et il prend son envol. L'oiseau s'élève haut dans les airs en contemplant la forêt tout en bas. Et c'est là que les autres l'aperçoivent.

- Crottin de daim! s'écrie Tremblant en levant les yeux au ciel. Ogribou passe au-dessus de nous! Vite, allons nous cacher!

Les deux garçons ont tout juste le temps de se dissimuler sous un gros moussu. Seul le chicot, invisible de là-haut, reste planté là à côté d'Ogriloup à la vue du hibou qui plane au-dessus d'eux.

L'oiseau jette un œil tout en bas et il croit reconnaître la silhouette massive de son frère.

Intrigué, le hibou amorce sa descente en se faufilant à travers les arbres. Le voyant venir, Tremblant n'a d'autre choix que de se retirer à l'écart. Quand il se pose enfin au sol, Ogribou reprend sa forme habituelle. Il marche vers Ogriloup resté debout, inerte, le regard vide.

- Ogriloup, qu'est-ce que tu fais là? l'interroge aussitôt Ogribou.

Il s'aperçoit assez vite que son frère n'est pas dans son état normal. Il le remue, lui parle avec insistance, lui tapote la joue, mais sans résultat.

Finalement, Ogribou décide de ramener son frère sur la montagne. Le tirant par le bras, il l'incite à le suivre.

- Viens avec moi. Je te ramène à ta cabane.

Les autres sont décontenancés. Comment vont réagir les ogres ainsi que l'ogresse en s'apercevant que l'un d'eux a été dépossédé de ses pouvoirs?

Pour le moment, Tremblant préfère ne pas trop y songer et profite de l'occasion pour aller abreuver et nourrir un peu Ogratteux.

***

Ogressive est abasourdie. Tout en maugréant intérieurement, elle lèche les derniers os de ce délicieux faisan que lui a fait cuire Ogricole au matin. L'état dans lequel Ogribou a ramené son frère Ogriloup n'augure rien de bon. En plongeant la main dans le bol de fruits tout juste cueillis par Ogribou, la méchante profère ces paroles:

- C'est une abomination! Un sort a été jeté sur vous!

Elle s'exprime vertement en fustigeant Ogrivol, Ogribou et Ogricole qui sont plantés là devant elle, la voyant s'empiffrer de ces petits fruits exquis telle une truie. Quant à Ogriloup, il est là, prostré sur un banc, l'air hagard.

- En plus, ajoute-t-elle en postillonnant, Ogratteux reste introuvable. Vous avez bien fouillé son repaire ainsi que les alentours?

- Parfaitement, Mère sublime, lui répond Ogrivol. J'ai également survolé la forêt dans l'espoir de l'apercevoir, mais ce fut en vain. Ogratteux a disparu.

- C'est impossible! conteste-t-elle. Barbarée me faisait justement savoir que l'un de mes rejetons ne pouvait pas disparaître aussi facilement. Qui oserait s'attaquer à l'un de vous? Pas même un ours! Non, je pense qu'il est arrivé à Ogratteux la même chose qu'à Ogriloup. Je pense aussi que tout s'est produit de l'autre côté de la rivière puisque c'est là qu'Ogriloup a été retrouvé.

Ogressive pose un regard sur ce dernier. Il reste sans bouger, la tête inclinée en avant, les bras ballants. L'ogresse n'éprouve aucun sentiment de pitié à son égard. Elle formule plutôt avec hargne :

- Si cette grosse pâte molle reste dans cet état pour toujours, il faudra s'en défaire.

- S'en défaire? Que voulez-vous insinuer, Mère? ose lui demander Ogricole qui craint déjà la réponse.

En enfonçant un doigt graisseux dans sa bouche pour déloger un osselet de faisan coincé entre ses dents, Ogressive marmonne :

- Il ira reposer près de la tombe d'Ograisseux.

- Mais il n'est pas mort! s'oppose Ogricole.

- Oui, il est mort! rétorque la grosse empâtée. Son âme l'a quitté. Ogriloup ne fait plus que respirer. Il ne me servira plus à rien. À quoi bon garder un poids mort? Quand la fin a sonné, il faut savoir le reconnaître!

Elle parle avec dureté, sans aucune empathie, promenant sur ses rejetons un regard glacial et lourd d'avertissements.

Les trois frères sentent un frisson leur grimper jusqu'à l'échine.

Ogressive songe à ce qu'elle a révélé un peu plus tôt à la sorcière noire, l'aveu qu'elle lui a fait en reconnaissant qu'elle avait délibérément poussé son compagnon de vie en bas de la falaise. Elle se dit qu'il serait aisé d'en faire autant avec cet impotent d'Ogriloup.

Finalement, elle leur ordonne à ses fils de soustraire Ogriloup de sa vue, d'en faire ce qu'ils veulent, mais elle ne veut plus jamais en entendre parler. Selon elle, Ogriloup est irrécupérable.

Les fils sortent et laissent leur mère seule. Voilà qu'Ogressive se met à réfléchir : « Et si Kalmia y était pour quelque chose? Cette vieille sorcière de bonne vertu pourrait tout aussi bien avoir lancé un sort du fond de son repaire… Il faudra s'occuper d'elle… »

La grosse main baguée d'Ogressive plonge à nouveau dans le bol de fruits et, sur son visage joufflu, se dessine alors un sourire de Machiavel.

Il est bientôt l'heure du dîner. Les enfants, les chicots, les brindilles et Coquette sont tous réunis près du campement. Ils discutent de leurs projets futurs. Rentrer chez eux est la priorité pour ces cinq jeunes. Les plantes magiques qui ont le pouvoir de contrer la magie d'Ogrinoir sont pendues au plafond de l'abri. Elles sont en train de sécher. Coquette n'a jamais été plus détendue et elle se fait plus taquine que jamais encore.

- T'ai-je déjà dit, Filine, que ta vie ne tient qu'à un fil? déclare la biche voulant se montrer très intelligente.

- Moi, je n'ai personne qui me colle aux trousses, réplique la brindille sur un ton amusé.

- Moi non plus, précise Coquette tout heureuse de cette affirmation.

- Il y a des ours, des coyotes, et d'autres loups dans ces forêts, relance Filine. Ce n'est pas parce qu'Ogriloup ne représente plus un danger pour toi que tu n'en demeures pas une proie pour d'autres prédateurs.

- Essaierais-tu de me faire peur, Filine?

- Non, mais il ne faut pas tenter le diable. Nos vies sont précaires…
à tous. Vivre à proximité du sanctuaire des ogres signifie qu'on
doit lutter constamment.

- Moi, je n'ai qu'une envie, lâche subitement Irina, et c'est de
retourner auprès de ma famille le plus vite possible. Tous ces
bavardages m'ennuient et ne servent à rien. Nous gaspillons un
temps précieux à attendre.

- Irina a raison, reprend Nicolas. Il nous faut trouver au plus vite
une façon de sortir d'ici. Nos parents doivent être morts
d'inquiétude.

- Papa doit avoir lancé un avis de recherche, suppose Célia en
imaginant la scène. Dans l'espoir de nous retrouver, ils doivent
être en train de fouiller la forêt où nous étions allés jouer. Notre
mère est sûrement dans tous ses états. N'est-ce pas, Éthan?

- Pauvre maman, elle qui s'inquiète toujours quand on s'aventure
en forêt.

- Quant à moi, explique Lucas, mon père est sûrement en train de
me rechercher également tout en se rassurant cependant à la
pensée que j'ai appris à survivre en forêt.

- Maman ne voudra plus jamais nous laisser aller seuls dans les
bois, déclare Irina en fixant le vide.

Son frère réplique :

- Encore faut-il sortir d'ici vivants…

Tout le monde reste coi.

- Bon, ça va faire! décrète Franc-Boisié en frappant ensemble les
extrémités des deux branches qui lui servent de mains. Le plus
important pour le moment, c'est d'aller chercher de la résine.
N'est-ce pas, Tremblant?

- Tout à fait.

- Vous irez sur la montagne? s'enquiert Coquette.

- On n'a pas d'autre choix, lui répond Franc-Boisié.

- Et nous, qu'est-ce qu'on va faire en attendant? interroge Irina qui n'en peut plus d'espérer une délivrance qui tarde à venir.

- Je vais vous conduire au champ de fraises, lui répond la biche pour l'encourager.

La grosse fille hoche la tête en guise d'assentiment, mais pour une fois, l'envie de manger s'estompe un peu face à celle de rentrer chez elle.

Les deux chicots traversent déjà de l'autre côté de la rivière. Ils partent chercher de la résine pour eux et leurs congénères. Craquante et Crépite, qui s'étaient montrées plutôt discrèts depuis un moment, surgissent de nulle part pour annoncer qu'ils vont avec eux. Les voilà qui se jettent à l'eau.

Coquette entraîne les enfants avec elle dans la rivière.

Irina rechigne un peu. Elle commence à en avoir assez d'être dirigée dans tous les azimuts.

- J'espère que ça en vaut la peine, commente-t-elle de l'eau jusqu'à la taille.

- Tu verras, de l'encourager la biche, il y a là des fraises en quantité! Si vous aimez cela, vous serez comblés. Moi, je ne mange pas de ces fruits. Je suis herbivore et non fructivore. Cependant, les ours eux...

- Quoi les ours?

Irina s'affole.

- Ne t'inquiète pas, petite, les ours sont très peureux. Dès qu'ils entendront vos voix, ils déguerpiront.

- Je ne veux pas être dévorée par ces sales bêtes, s'oppose vertement la fille joufflue.

- Moi non plus, l'appuie Célia.

- Vous n'avez rien à craindre que je vous dis.

- Tu es une biche, Coquette, tu attireras à coup sûr les ours, lui fait comprendre Irina qui vient d'émerger sur la rive opposée en même temps que tous les autres.

- Calme-toi, sœurette, reprend Nicolas en rechaussant ses espadrilles. Coquette dit vrai, les ours sont aussi farouches que des putois.

Lucas n'ose pas dire ce qu'il pense. Il songe à cet ours qui les avait pris en chasse la nuit d'avant sur la montagne. Comme il ne souhaite pas alarmer les filles outre mesure, il préfère se taire. Pourtant, l'attitude désinvolte de Coquette l'étonne. Hier encore, elle-même mettait tout le monde sur leur garde face à ces ours près du lac.

Le jeune garçon reçoit une explication sans même poser de question :

- Depuis qu'Ogriloup a été anéanti, leur confie Coquette en se grattant les flancs de ses longs bois recourbés, toutes mes craintes se sont envolées. Désormais, j'irai sereine au cœur de ces immenses contrées sauvages. Je suis libre! Libre comme l'air!

La biche redresse fièrement la tête et ouvre la marche. Finalement, toute la troupe lui emboîte le pas.

Kalmia finit de manger une succulente truite mouchetée qu'elle-même a pêchée dans la rivière qui serpente derrière sa cabane. Elle recrache une arête et jette les restes dans les buissons. Tout au long de son festin, une idée s'est imposée à elle : rendre une visite de courtoisie à Tremblant. Mais comment le retrouver? La forêt est si vaste et les lieux où le chicot peut se terrer sont si nombreux.

D'autant plus qu'il est extrêmement difficile de repérer un chicot à demi desséché dans une forêt. Comment faire?

La sorcière rince sa poêle de fonte tout en cherchant une solution.

« Massif… Bien sûr! Massif saura repérer ses traces. »

Kalmia place ses mains en porte-voix et s'écrie :

- Massif! Massif! Viens vite, j'ai besoin de toi! Viens, j'ai des arêtes de poisson pour toi!

Il s'écoule à peine quelques minutes quand soudain la forêt paraît se plaindre sous l'effet de tous ces craquements que produit l'ours en répondant à l'appel.

La bête énorme surgit à l'orée du bois, l'œil avide, la langue pendue. L'animal court à vive allure, droit sur Kalmia.

N'importe qui s'empresserait d'aller se réfugier dans un endroit sûr, mais pas la bonne sorcière. Celle-ci sourit en voyant venir son compagnon à toute épouvante.

- Tu te casserais volontiers une patte pour un festin, n'est-ce pas gros glouton? lui lance Kalmia tandis que l'animal se rue sur les restes de poisson jetés au sol.

- Mange bien, car je vais avoir besoin de toi.

Massif gobe tout et, pour finir, il se pourlèche. Enfin calmé et quelque peu rassasié, il s'adresse à sa grande complice :

- Que puis-je faire pour toi?

- M'aider à retrouver Tremblant. Tu te souviens de Tremblant?

Massif cherche dans sa mémoire.

- Est-ce un de ces pauvres chicots qui ont survécu à l'inondation?

- Exactement. Tremblant était mon élève. Tu l'as rencontré à l'occasion, rappelle-toi.

- Oui, je me rappelle. C'était avant le déluge. Il était vif d'esprit et il possédait une mémoire phénoménale.

- C'est pour cette raison que je l'ai instruit de tous les secrets de la montagne.

- Il connaît l'existence de Barbarée et il sait ce qu'elle a fait aux ogres?

- Tremblant sait tout ça. Du moins, il le savait.

- Que veux-tu dire?

- L'inondation a tué beaucoup d'épineux et Tremblant ainsi que Franc-Boisié, Craquante et Crépite en sont sortis vivants, mais partiellement desséchés. Tremblant a perdu la mémoire l'espace d'un moment. Je m'applique à ce qu'il la retrouve.

- C'est pour ça que tu as fait de la magie ce matin? Pour qu'il se souvienne à nouveau?

- Parfaitement. Et je crois que ça marche. Du moins, je l'espère. La magie blanche fait appel aux forces de la nature : le vent, les pierres, l'eau, la terre… et les plantes. Tremblant est une plante, un épineux. Les suppliques que je lance se répercutent dans le cosmos et rejaillissent sur lui. J'en ai la conviction.

- Quand on est convaincu d'une chose, habituellement, le résultat est positif.

- Dieu que tu es évolué pour un ours!

- J'ai un bon professeur.

Le gentil ours lance des regards doux à sa maîtresse. Kalmia est attendrie.

- Maintenant, il faut se mettre en route, décrète-t-elle en caressant la grosse tête poilue.

En d'autres lieux, les dix ogres valides se sont réunis devant la cabane d'Ogratteux pour discuter de la tournure des événements. Selon toute évidence, Ogratteux a réellement disparu. Ogriloup n'est plus qu'une coquille vide et l'ogresse menace de le faire disparaître.

- Il y a quelqu'un qui s'en prend à nous, avance Ogrillon, le fils qui est mandaté pour attraper et faire griller des insectes de toutes sortes.

- Qui donc oserait nous attaquer? interroge Ogrinoir.

Ils sont tous assis en cercle, à même le sol, dégustant un sanglier cuit sur la broche.

- Les chicots, suppose Ogrisant, celui qui a été choisi pour concocter l'absinthe.

- Les chicots! reprend Ogrivol. Ces êtres sont sans malice et dépourvus de toute intelligence. Qui pourrait croire qu'ils sont à la source de nos problèmes?

Ogrigri réfléchit un instant puis commente :

- Autrefois, bien avant l'inondation, les chicots n'étaient pas des chicots. C'était des épineux.

- On sait tout ça, sombre idiot! le coupe Ogrisant en plantant ses crocs dans une cuisse de sanglier.

Sans se laisser perturber par les remarques, du gras suintant aux commissures de ses lèvres pâteuses, Ogrigri poursuit sur sa lancée :

- L'un d'eux avait comme amie la sorcière…

- Barbarée?

- Non, Kalmia. Celle qui pratique la magie blanche. Il paraît qu'elle et Tremblant entretenaient des liens particuliers, qu'ils se côtoyaient sur une base régulière. Mère avait appris ce fait de la bouche même de Barbarée, car cette dernière surveillait de près les allées et venues de Kalmia. Ce sont deux ennemies, il ne faut pas l'oublier.

- Et qu'est-ce que tout ça a à voir avec nos préoccupations actuelles?

- Kalmia a probablement doté Tremblant d'un pouvoir magique.

- Comme nous? interroge bêtement Ogrimonde, le préposé à la pêche à la truite saumonée.

- Si tu veux, répond Ogrigri. Je pense que mon piège a fonctionné... ajoute-t-il avec une pointe de malice dans les yeux.

- Quel piège?

- La bouteille...

- La bouteille sur la rivière? lui demande Ogricole tout excité. Tu veux dire qu'il y a des enfants qui ont répondu à ta demande?

Ogrigri se contente de faire oui de la tête en affichant l'ébauche d'un sourire machiavélique sur son visage grotesque.

Tous les autres se lancent des regards confondus en poussant des « ahhhh » d'ébahissement.

- Qu'est-ce qui te fait croire une telle chose? s'enquiert Ogricole en arrachant distraitement des lambeaux de chair au cochon grillé.

- La subite disparition d'Ogratteux et l'état d'Ogriloup. Ces deux événements n'ont rien d'habituel.

- Et comment des enfants pourraient-ils réussir à faire autant de dommages?

- Ils ont les chicots comme alliés et Tremblant les aide dans leur projet de rentrer chez eux. Kalmia aussi... peut-être...

- Alors, il faut vite avertir notre mère, s'empresse d'annoncer Ogrisant, lui qui commence à en avoir assez de concocter de l'absinthe et de subir les assauts de l'ogresse lorsqu'elle est enivrée. Tous les ogres savent qu'Ogressive compense son manque de chair d'enfants par l'absorption excessive d'alcool.

- Je ne crois pas qu'il faille le dire tout de suite à Mère, s'oppose Ogrigri. Je suis celui qui a le pouvoir de lui amener des enfants ici et si jamais il n'y en a pas, j'aime mieux ne pas savoir ce qui se passera. Vous savez comment elle est quand elle se fâche…

- Elle m'a déjà fait attacher à un arbre pendant une semaine, déclare tristement Ogricole, parce que je ne lui servais que de simples bouillons. Elle réclamait de la chair. Comme ce matin d'ailleurs.

Moi, reprend Ogrimonde, elle m'a fait enfermer dans la grotte suintante près de la crique, où je suis resté sans manger pendant des jours et des jours.

- Et c'est là, renchérit Ogrinoir sur un ton irrité, qu'on a appris qu'il y avait une colonie de chauves-souris qui s'y terrait et depuis, je ramène sans cesse de ces foutues bestioles pour la contenter, elle.

- Notre mère est un monstre en déduit Ogricole en plantant doucement ses longues canines dans la chair graisseuse. Ses yeux globuleux cherchent l'assentiment dans le regard des autres.

Aucun n'ose proférer un son. La dernière affirmation d'Ogricole a fait l'effet d'une bombe. Finalement, c'est lui qui relance le débat :

- Cette grosse empâtée ne pense qu'à manger, qu'à s'empiffrer, qu'à se remplir comme une laie, la femelle du sanglier…

- Une truie, tu veux dire? renchérit Ogrivol.

- Une gloutonne! ajoute Ogrinoir.

- Une omnivore sans raffinement qui mangerait même des fientes si l'idée lui en prenait! relance Ogricole.

Toute la bande se met à rigoler à gorge déployée. Ils se bidonnent et tapent sur leurs grosses bedaines bien remplies tout en se roulant sur le sol, martelant la terre à coups de poing. Ces moments heureux se font rares au sein de la bande. Leurs rires prennent fin abruptement quand un appel menaçant les ramène à la réalité.

- Je veux de la chair! Amenez-vous ici immédiatement!

La voix agressive et impérative de l'ogresse les fait tous se redresser et se lancer des regards inquiets. Même s'ils ont fait son procès et qu'ils ont condamné l'ogresse, celle-ci continue d'exercer sa suprématie sur eux dans leurs têtes.

- Vite, Ogricole, va la retrouver! s'empresse de dire Ogrivol.

- Pourquoi moi? Elle a eu son bouillon ce matin!

- Et moi, je lui ai apporté un faisan, se défend Ogrippeur.

- C'est moi qui l'ai fait cuire! renchérit Ogricole.

- Je l'ai gavée de petits fruits, soutient fermement Ogribou.

- Elle a mangé des chauves-souris aussi, les informe fièrement Ogrinoir.

- Tu ne lui as pas attrapé de truites aujourd'hui, Ogrimonde. L'accuse Ogricole.

« Venez m'apporter de la chair! » La voix retentit à nouveau dans la montagne.

Quand leur mère affamée réclame à manger, mieux vaut réagir très vite, ses fils le savent.

- Je vais lui attraper quelques truites, décide Ogrimonde en se levant, essuyant vivement sa bouche graisseuse du revers de la main. Toi, Ogrisant, va la voir et pour la faire patienter, parle-lui de l'absinthe que tu vas lui préparer ce soir.

- Ouais...

Les autres voient courir Ogrimonde à toutes jambes et dévaler la côte qui mène à la rivière.

Pour procéder à la capture de truites saumonées, Ogrimonde doit se métamorphoser en ours. N'est-ce pas la meilleure façon de capturer un poisson?

Précisément, les enfants ainsi que Coquette rôdent aux abords de la rivière, au pied de la montagne. C'est dans ces lieux que l'on retrouve, aux dires des habitants de la forêt, les plus beaux tapis de fraises des champs. Un pré en fleurs s'étend sous leurs yeux. Célia remarque immédiatement la présence de nombreux papillons qui virevoltent au-dessus d'eux. Sa passion se réveille :

- Mon Dieu, comme ils sont beaux et comme ils sont gros! s'émerveille la jeune fille en admirant au passage tous ces spécimens jusque-là inconnus. Il y en a de toutes les couleurs et de toutes les grosseurs. Célia sait très bien qu'il n'existe pas de papillons semblables à ceux-ci dans son monde.

- Regarde celui-là! lance Irina fascinée par un papillon géant aux couleurs irisés.

- J'adorerais l'ajouter à ma collection.

- De quoi parles-tu, Célia? s'informe Coquette qui ne s'étonne plus de voir tous ces papillons, aussi beaux qu'ils puissent être.

- Je collectionne ces insectes. J'en ai plusieurs d'épinglés dans ma chambre.

- Ta chambre?

- C'est là où je dors.

- D'accord. Et, qu'est-ce que tu fais avec tous ces papillons dans ta chambre? Tu les nourris?

Célia sourit.

- Non, Coquette, je les admire. Ils sont morts. Je les ai piqués sur du velours.

- Du velours…

Coquette est de plus en plus mélangée. Elle préfère conduire les enfants au champ de fraises.

Irina marche lentement tout en scrutant les alentours, surtout le bord de la rivière. Elle craint l'arrivée subite d'un ours ou, pire encore, celle d'un ogre. Après tout, ne viennent-ils pas d'entrer en territoire hostile?

Les garçons ne soufflent mot. Ils ont hâte de manger des fruits et ils apprécient ces quelques moments de répit. La matinée a été passablement mouvementée.

En marchant dans les hautes herbes, Coquette en profite pour se régaler de quelques spécimens qu'elle aime. Célia, qui la suit de près, remarque à quel point elle semble capricieuse et sélective.

- Ce que je préfère, confie la biche en mâchouillant des herbes, ce sont les pissenlits. Mais ici, ils se font rares. Trop rares. Je dois me contenter de ces plates graminées à longueur de journée. Si j'avais de l'audace, la nuit, j'irais piller le jardin d'Ogricole. Ce que Tremblant m'a ramené de là-bas était délicieux. Ogricole cultive toutes sortes de plantes comestibles. J'ai entendu parler d'une laitue...

- Hum! C'est savoureux, abonde Irina en se frottant le ventre.

- Vraiment? Tu en as déjà mangé?

- Souvent. Chez nous, dans notre monde, les laitues sont très abondantes. Presque tout le monde a son propre potager. Comme celui d'Ogricole.

Coquette est estomaquée. Toutes ces informations l'épatent.

- Tu saurais faire pousser ces laitues ici, dans notre forêt?

- Bien entendu. Cependant, il me faudrait des graines pour les ensemencer.

- Des graines?

- Oui. Il doit y en avoir sur les plants dans le potager d'Ogricole.

Nicolas, le spécialiste de la flore et de tout ce qui l'entoure capte des bribes de conversation et s'approche :

- Il me ferait vraiment plaisir, Coquette, d'obtenir ces graines pour te semer un immense jardin. Si je l'avais su hier soir, je t'en aurais ramené.

- Vous êtes trop mignons, mes petits. Je ne veux pas que personne prenne de risque pour moi. Peut-être que la divine providence se chargera de réaliser mon souhait. En attendant, je vais me contenter de ce que mère Nature a à m'offrir.

La biche se remet à tirer sur les minces brins d'herbe qu'elle mâchouille sans grande conviction.

Les ayant précédés un peu, Lucas et Nicolas annoncent d'une voix forte qu'ils ont trouvé les fraises.

- C'est un tapis rouge! lance Lucas, l'air ravi, les bras levés bien haut.

Tout le monde accourt. En apercevant toutes ces fraises au sol qui couvrent une aussi grande superficie, les filles s'exclament à leur tour en exultant :

- On va se régaler! acclame Irina en se jetant à genoux dans une talle gorgée de petits fruits.

Célia l'imite et commence à goûter les fruits. Hum! quel délice! Tous ont l'impression de retrouver un goût de leur pays, un peu comme ils l'ont fait avec les framboises.

Pendant que tout le monde s'empiffre, Kalmia, qui a emprunté un sentier sillonnant en flanc de côte, s'amène tranquillement avec Massif à ses côtés. La sorcière désire retrouver la trace de Tremblant et renouer le contact avec lui. Tel un chien renifleur, Massif suit tant bien que mal une odeur laissée au sol. Il pense qu'il pourrait s'agir de celle de Tremblant. Mais à la vérité, un chicot ne laisse pas tellement d'odeur derrière lui. L'ours agit surtout pour encourager sa maîtresse et l'aider à retrouver son ami.

Mine de rien et sans trop le savoir, ils se dirigent droit sur le pré où sont rassemblés les enfants…

Plus loin, longeant la rivière, sous l'apparence d'un ours identique à Massif, Ogrimonde essaie de capturer des truites.

La grosse bête vient d'entrer dans le cours d'eau agité dans l'espoir d'y saisir quelques poissons au passage. Il ne doit pas oublier que l'ogresse ne mange que des truites saumonées. Ici, dans la rivière, on y retrouve beaucoup de truites grises et arc-en-ciel.

En réalité, à la hauteur où il se tient, Ogrimonde n'aurait qu'à traverser sur l'autre rive pour se trouver à quelques pas du lieu où les enfants avaient érigé leur premier campement. Et qui plus est, l'abri qui a été construit pour dissimuler Ogrippeur, est à quelques centaines de pieds de là. L'ogre est beaucoup trop occupé et empressé à capturer des truites pour s'intéresser à quoi que ce soit d'autre. Ogressive réclame de la chair et quand elle crie de la sorte, vaut mieux réagir très vite. Cette vieille enquiquineuse pourrait fort bien réduire l'un des ogres à néant pour le montrer en exemple.

N'eût été du bruit que fait le courant de la rivière et le léger bruissement du vent dans les feuilles, Ogrimonde aurait peut-être pu percevoir le son étouffé produit par les éternuements fréquents de son frère impotent.

Les enfants sont en liesse. Cette manne que leur offre mère Nature est incroyable. Par moment, ils en oublient l'état de précarité dans lequel ils se trouvent. Irina se gave comme jamais encore. Elle a les doigts et les genoux rougis par les fraises. À quatre pattes dans le pré, elle crie à son amie Célia, qui se trouve à quelques mètres d'elle :

- Ne mange pas tout, Célia! Laisses-en pour les autres!

Irina blague, bien entendu, et Célia sourit en lui envoyant la main. Elle aussi a les doigts rougis.

Cependant ce cri qu'a lancé la fillette bien enrobée a fait relever la tête de l'ours. Pas la tête de Massif qui marche calmement aux côtés de sa maîtresse, mais celle d'Ogrimonde.

Ce dernier est certain d'avoir entendu une voix...« Une voix humaine? Des enfants? Ainsi, Ogrigri disait vrai? »

Sous l'aspect d'un ours, Ogrimonde ressort de la rivière du côté donnant accès à la montagne. Il n'a pas attrapé une seule truite, mais il décide quand même de laisser tomber la pêche. Il prête plutôt l'oreille et attend la suite des choses.

Nicolas exulte à son tour :

- Je n'ai jamais vu de si grosses fraises des champs! Et j'en ai jamais vu autant à la fois!

Sa voix se répercute très loin. Cette fois, tout le monde l'a entendue, même Kalmia.

Au trot dans les hautes herbes, Coquette arrive trop tard pour les avertir qu'il ne faut pas crier, qu'ils sont en territoire ennemi.

L'euphorie générée par la générosité du petit fruit rouge semble leur ôter tout sens pratique.

Cette fois, c'est sûr, il y a des enfants dans le sanctuaire! Ogrimonde veut le constater de ses yeux. L'ours noir commence à remonter la rivière en longeant le bord, se dirigeant vers l'endroit d'où ont semblé lui venir les voix.

- Tu as entendu, Massif? questionne Kalmia qui s'est arrêtée de marcher.

- On aurait dit une voix humaine. Est-ce possible?

- Ogrigri tend constamment des pièges pour attirer des enfants dans cette forêt. Il a peut-être réussi cette fois. Cela s'est déjà passé autrefois. Je sais que de pauvres petits ont été victimes de la méchanceté de l'ogresse.

- Elle les a dévorés?

- Comme un carnassier l'aurait fait. Cette grosse obèse n'est qu'un monstre.

- Alors, il faut vite avertir cet enfant qui a crié des dangers qui le menacent.

- Tu as raison, Massif. Pressons le pas.

Eux aussi, tout comme Ogrimonde, se dirigent là où les voix ont retenti.

Au même moment, les chicots atteignent cet endroit en flanc de montagne où poussent en abondance des épineux rougeoyants. Dressés au milieu d'une forêt luxuriante et diversifiée, les nombreux épineux dessinent une fantastique mosaïque.

Franc-Boisié suggère qu'ils s'arrêtent tous pour cueillir la résine si précieuse.

Comme ils en ont coutume, chacun se met au travail. Le but est de faire couler la substance sur le tronc des arbres en effectuant de légères entailles. La procédure est simple et efficace. Le danger est qu'à tout moment, un ogre peut surgir de nulle part pour les attaquer. L'ogresse s'est juré qu'un jour, elle fera de ces chicots un ingrédient de plus à ajouter à ses bouillons.

- Soyons prudents, les avertit Franc-Boisié et ne traînons pas. Les enfants ont encore besoin de nous.

Tout en brisant l'écorce d'un épineux, Tremblant abonde :

- Tant mieux si Coquette peut leur occuper l'esprit l'espace d'un moment avec toutes ces fraises. Ils ont bien besoin d'un peu de répit. Je crains pour les filles, elles sont si vulnérables, si délicates... surtout Irina. Elle est impulsive et entêtée. J'ai peur qu'elle finisse par s'attirer de gros ennuis. Par moments, elle ne semble pas réaliser qu'ici, dans le sanctuaire des ogres, il n'y a pas de place pour les caprices.

- Mais c'est une enfant, Tremblant, lui rappelle Craquante, qui elle aussi grappille sur les troncs le moindre soupçon de résine.

- Et c'est ce qui ferait justement l'affaire d'Ogressive, confirme Franc-Boisié.

Tremblant opine du chef.

- On peut difficilement demander à ces enfants d'agir autrement. Ils ont la peur au ventre.

Crépite, qui ne parle pas souvent, s'agite. Lui, le nerveux, croit avoir entendu des voix.

- Taisez-vous! Il y a quelqu'un dans les environs, les informe-t-il en stoppant ses activités.

Les autres redressent la cime et écoutent. Ils observent les alentours. Puis un éclat de voix lointain... la voix caverneuse d'un ogre.

Franc-Boisié s'approche de Tremblant.

- Il y a des ogres pas très loin, constate-t-il.

L'autre approuve.

- Si on allait voir de quoi ils discutent? suggère Tremblant.

- Bonne idée.

Les deux complices prennent le pas en invitant les autres à continuer la cueillette.

- Nous ne serons pas longs, annonce Tremblant avant de filer.

Les enfants commencent à avoir le ventre plein. Ces bonnes fraises complètent plutôt bien un copieux repas. Célia s'assoit à même le sol et respire un bon coup. L'air est pur et le soleil darde ses rayons sur son joli visage. Le vert de ses yeux éclate dans cette éblouissante luminosité comme des pierres précieuses. Irina l'observe un instant. Bien potelée, la jeune fille décide aussi qu'elle s'est suffisamment gavée et s'assoit sur le sol. Elle songe à sa famille et à l'inquiétude que chacun doit vivre. Les garçons se sont regroupés à l'ombre d'un arbre et discutent de ci et de ça. Quant à elle, Coquette se veut remuante et très vibrante. Elle sautille dans le pré en remuant le bout de queue qui lui reste. Légère et libre comme jamais elle ne s'est sentie, la biche veut exprimer, par ses cabrioles, toute l'exultation qui l'habite depuis que le loup a été éliminé.

Mais voilà qu'une chose inattendue survient... La tête d'un ours surgit à l'orée du bois aux abords de la rivière. C'est Coquette qui l'aperçoit la première.

- Alerte! Alerte! s'écrie-t-elle en s'adressant aux enfants. Un ours!

Les jeunes se redressent vivement et effrayés, ils cherchent dans la direction où regarde la biche. Très vite, ils voient venir cet ours énorme, cette bête menaçante qu'est Ogrimonde. Vite, il faut fuir!

Irina et Célia rejoignent les garçons en vitesse. Ils fuient dans la direction opposée, mais à peine ont-ils couru quelques mètres que l'inimaginable survient : un autre ours identique au premier surgit devant eux. Irina crie à fendre l'âme puis, sous le regard atterré de ses compagnons, elle s'évanouit en tombant mollement dans l'herbe. Kalmia arrive à la suite de ce deuxième ours qui n'est autre que Massif, l'inoffensif.

S'apercevant que ces pauvres enfants sont paniqués, la sorcière prend sur elle de les rassurer sur-le-champ :

- N'ayez crainte, Massif est un ours très docile. Il ne vous fera aucun mal. N'est-ce pas, Massif?

- Absolument, répond l'ours en affichant un air attendri.

Coquette, qui avait craint le pire, se calme, mais elle s'empresse aussitôt de répliquer :

- Merci de vouloir nous rassurer, mais je crois que cet autre ours nous veut du mal.

La biche a pointé son nez en direction d'Ogrimonde, qui s'amène ventre à terre.

Nicolas tapote la joue de sa sœur qui commence à reprendre ses esprits. Massif sent qu'il doit intervenir en affrontant l'ours qui accourt vers eux.

- Les enfants, venez tous auprès de moi, les invite Kalmia. Massif se charge de cette sale bête, ajoute-t-elle à l'endroit d'Ogrimonde.

Jusqu'à ce moment, personne ne se doutait qu'il s'agissait d'un des douze ogres.

Lorsqu'elle réalise à nouveau ce qui se passe, à la vue des deux ours, Irina pousse un autre cri déchirant. Les autres tentent de la calmer en lui expliquant que l'une des deux bêtes est là pour les protéger.

Kalmia s'inquiète pour le sort de Massif, son protégé.

Voyant venir ce dernier à sa rencontre, Ogrimonde stoppe sa course en plein milieu du champ. Il se dresse sur ses pattes d'en arrière et hume l'air. Il aperçoit au loin des enfants aux côtés de Kalmia, l'ennemie jurée de Barbarée et l'adversaire d'Ogressive.

Cette fois-ci, Ogrigri a frappé fort : cinq enfants d'un coup!

Quand l'ogresse apprendra cela, ce sera l'euphorie dans le sanctuaire.

Il en a assez vu. Ogrimonde juge qu'il vaut mieux faire demi- tour et aller prévenir les autres d'une telle trouvaille.

- Ne le laisse pas s'enfuir! s'écrie alors Kalmia s'adressant à Massif. Elle vient de comprendre... La bonne sorcière sait d'instinct que cet ours n'est en réalité qu'un ogre métamorphosé.

- Rattrape-le, Massif! C'est l'un des douze ogres!

« Quoi? » Les enfants sont ahuris, effrayés, anéantis.

Massif court avec toute l'énergie du désespoir. Il sait qu'il doit empêcher cet ours... cet ogre... d'aller avertir les autres de la présence des enfants.

Les jeunes regardent la scène avec le cœur qui bat très fort la chamade. Pour se rallier à leur cause, Kalmia leur décline son nom et leur dit qu'elle est du côté du bien et non du mal. Coquette se présente en précisant qu'elle est là pour veiller à la sécurité des enfants.

Massif talonne sa proie de très près.

- Ne pouvez-vous pas intervenir? lance alors Irina désespérée à la face de Kalmia.

- Oui, faites de la magie, faites quelques chose, je vous en prie! renchérit Célia le visage empourpré par l'effroi qui lui serre la gorge.

- Laissez-moi me concentrer, bredouille la sorcière en creusant sa mémoire.

Elle cherche dans ses souvenirs la façon de désamorcer...

- Ogrimonde... laisse-t-elle tomber subitement.

- Comment? interroge Célia qui n'est pas sûre d'avoir bien entendu.

- Il s'agit d'Ogrimonde, l'ogre qui pêche des truites pour l'ogresse. C'est lui qui s'est changé en ours. Quoi de mieux qu'un ours pour attraper des poissons?

Les garçons ne quittent pas des yeux les deux ours qui sont à la veille de se rejoindre.

- Qu'adviendra-t-il si cet ogre s'échappe et retourne auprès des autres? demande Lucas bien qu'il craigne déjà de la réponse.

- Cela ne se produira pas, le rassure Kalmia en avançant de quelques pas, le regard porté vers cet ours que Massif vient de coincer au pied d'un rocher.

La brave dame dit aux enfants de rester là sans bouger, qu'elle va revenir.

Ils la voient marcher dans le champ; elle semble glisser dans les hautes herbes avec sa longue robe de couleur ocre aux pans évasés. Elle avance, la tête haute, l'esprit en alerte. La mémoire commence à faire ressurgir en elle les enseignements si précieux dont elle est instruite.

Les deux ours sont de tailles identiques. Massif est dressé sur ses pattes arrière et menace d'écraser son adversaire de tout son poids. Ogrimonde n'est pas en mesure de lutter contre cet ours combattif. Le seul pouvoir que peut lui apporter sa métamorphose est bien celui de capturer des truites, rien de plus. Alors, se sentant acculer au mur, par instinct de survie, l'ogre reprend sa forme initiale. Ce qui déstabilise complètement Massif qui se remet à quatre pattes. Le combat n'aura pas lieu. Cet ogre, si imposant et si laid soit-il, ne représente plus aucun danger pour lui. Toutefois, pour les enfants, il représente une menace.

- Tiens-le bien en joue, Massif! retentit la voix rassurante de Kalmia.

Cette dernière s'amène à grandes enjambées. Maintenant, elle sait ce qu'il faut faire pour contrer Ogrimonde.

La sorcière arrive enfin auprès d'eux. Massif se radoucit un peu. L'ogre se recroqueville au pied du rocher.

- N'aie pas peur de moi, Ogrimonde. Tu me reconnais? C'est moi, Kalmia, l'amie des bêtes et de tous les êtres qui peuplent la forêt. Je ne suis pas là pour te faire du mal.

- Oh oui! je sais que tu vas me détruire, geint l'ogre en couvrant sa tête de ses mains tremblantes.

- Relève-toi! lui ordonne Kalmia. Je vais faire un marché avec toi.

Ogrimonde relève craintivement la tête.

- Un marché?

- Oui. Tu as vu qu'il y avait des enfants ici? Tu sais que ta vilaine mère ne ferait qu'une bouchée de chacun d'eux?

L'ogre opine. Alors, reprend Kalmia, si tu veux avoir la vie sauve, tu vas devoir faire ce que je te dis. Tu es d'accord?

- Tout ce que tu voudras.

- Premièrement, il faut que tu saches que si je le veux, j'ai le pouvoir de t'anéantir sur-le-champ.

Ogrimonde se couvre à nouveau la tête de ses mains et supplie :

- Je t'en prie, ne me fais pas de mal…

- Cesse de geindre et écoute! Ces enfants ne sont pas chez eux. Ici, leur vie est menacée. Ogrigri les a piégés et ils veulent repartir dans leur monde. Tu comprends ça, Ogrimonde?

- Oui, oui…

- Alors, tu vas les aider à retourner chez eux.

- Comment?

- En suivant à la lettre ce que je vais te dire. Cependant, je te mets tout de suite en garde si jamais l'envie te prenait de me désobéir. Regarde là-bas!

Kalmia désigne un arbre très branchu sur le bord de la rivière. Ogrimonde y fixe son attention. La sorcière lève les bras au ciel, murmure quelques paroles étranges, puis tout d'un coup, des éclairs jaillissent de sa main droite, qu'elle pointe en direction de l'arbre. Une grosse branche est foudroyée par le faisceau lumineux, elle se détache et tombe au sol avec fracas. Ogrimonde sursaute.

- Tu vois ce que je peux faire si tu me désobéis? lui lance Kalmia en se retournant vers lui.

L'ogre remue la tête vivement pour montrer sa soumission.

- Eh bien! Vous avez vu ce que j'ai vu? laisse tomber Éthan qui a du mal à croire ce qui vient de se passer.

- C'est vraiment une sorcière! constate Lucas.

- Elle va nous sauver... murmure Irina en affichant un faible sourire.

Kalmia continue de servir ses avertissements à l'ogre en précisant que s'il révèle la venue des enfants en ces lieux, l'un de ses bras sera aussitôt sectionné telle la branche de l'arbre. La sorcière précise qu'elle est en communion directe avec les éléments : le soleil, la lune, le vent... et que toutes ces choses conspirent en sa faveur.

- Ce que tu devras faire, Ogrimonde, l'informe Kalmia, c'est me ramener Ogrigri. C'est grâce à lui que les enfants pourront retourner dans leur monde.

- Ogrigri?

- Oui. Tu devras l'emmener dans un lieu précis que j'aurai choisi. Tu le feras?

- Oui, je le ferai.

- J'y compte bien sinon tu sais ce qui va t'arriver.

L'ogre remue sans cesse la tête pour exprimer son assentiment. Kalmia lui confie un secret à l'oreille, puis, l'entretien terminé, Ogrimonde s'enfuit sans demander son reste. Massif emboîte le pas à sa maîtresse qui retourne auprès des enfants.

- Pourquoi l'avez-vous laissé partir? s'enquiert aussitôt Irina très anxieuse quand la sorcière arrive près d'eux.

- Parce qu'il va vous aider à rentrer chez vous, répond Kalmia en affichant un sourire rassurant.

- Et qui nous prouve qu'il ne va pas tout raconter à son ignoble mère? intervient Coquette qui se porte à la défense des jeunes.

Alors la vieille femme leur parle de la branche d'arbre tombée au sol et du bras que l'ogre pourrait perdre.

- Je n'ai pas tellement confiance en ces ogres, soutient Coquette, douteuse.

- De toute façon, reprend Kalmia, il fallait bien faire quelque chose. J'ai agi pour le bien de ces enfants. Vous voulez retrouver vos familles, n'est-ce pas? Tous disent oui de la tête. Alors, faites-moi confiance, on va vous sortir d'ici.

- Pourquoi ne pas l'avoir séquestré avec l'autre? interroge Lucas.

- L'autre? De quoi parles-tu? demande la bonne sorcière.

- De cet ogre qu'on garde en captivité.

- Il s'agit d'Ogratteux, précise Coquette. Il a été dépossédé de ses pouvoirs et on l'a enfermé dans un abri pour ne pas qu'il soit vu par les autres. Maintenant, cet imbécile ne fait plus qu'éternuer.

- Il a respiré l'achillée sternutatoire?

- Oui.

- Qui a pensé à cela? Tremblant?

- Qui te l'a dit? interroge la biche plutôt étonnée d'une telle clarté d'esprit.

- Mon petit doigt me l'a dit, lui répond Kalmia des plus mystérieuses. Ceci dit, il faudrait faire quelque chose avec Ogratteux. Il y a longtemps que vous le gardez prisonnier?

Depuis ce matin seulement, l'informe Nicolas.

- D'accord...

La sorcière paraît réfléchir, puis elle ajoute :

- Bon, je voudrais voir Tremblant. Vous savez où il est? Tu le sais, Coquette?

- Tremblant est parti avec les autres chicots pour recueillir de la résine. Ils sont allés dans la montagne.

- Sur le versant où vivent les ogres?

- C'est là qu'on y trouve la meilleure résine dans toute la forêt.

- C'est très périlleux... Ils auront peut-être besoin de nous, Massif. Suis-moi, on va aller à leur rencontre.

- Vous partez! s'alarme aussitôt Irina en affichant un air déconfit.

- Ne sois pas effrayée, petite, je vais revenir. Je veux simplement retrouver Tremblant et le ramener ici.

- Nous vous attendrons au campement, qui est situé de l'autre côté de la rivière. Les chicots connaissent l'endroit.

- C'est parfait.

Kalmia les gratifie d'un très large sourire, puis elle ajoute, confiante :

« N'ayez crainte, tout rentra dans l'ordre. »

Tremblant et Franc-Boisié entendent clairement des voix dans la clairière où ils viennent de faire irruption. Ils aperçoivent des ogres assis autour d'un feu en train de déguster un cochon sauvage. En fait, il s'agit du même clan qui a envoyé Ogrimonde à la pêche à la truite. Ils sont tous là sauf Ogrisant, qui tient compagnie à sa mère affamée le temps que son frère rapporte les poissons.

- De quoi discutent-ils? interroge Franc-Boisié caché derrière un arbre.

- Je ne sais pas, je ne distingue pas leurs propos, répond Tremblant qui tente de prêter l'oreille. Avançons un peu plus près, suggère-t-il.

Les chicots contournent l'arbre et, presqu'invisibles dans leur allure desséchée, ils s'approchent à quelques pas des ogres. Ils se dissimulent à l'arrière d'un sureau flamboyant.

- Je commence à en avoir assez de ses exigences.

C'est Ogrigri qui a parlé. Ogricole renchérit :

- Je n'en peux plus de lui concocter des bouillons et de m'éreinter dans ce foutu potager et tout ça, pourquoi? Pour recevoir en retour des tonnes de bêtises et de réprimandes. Elle n'est jamais contente, jamais satisfaite, toujours en train de réclamer de la chair!

Les chicots constatent que les ogres sont en train de faire le procès de leur chère mère adorée. Y'aurait-il une mutinerie à venir?

- J'ai droit à tous les qualificatifs les plus dégradants, raconte Ogrigri, parce que je n'arrive pas à lui amener des enfants. Elle croit que ces créatures devraient tomber dans mes pièges aussi facilement qu'une truite dans les pattes d'Ogrimonde. Est-ce de ma faute si les humains sont si intuitifs?

- Mais ne disais-tu pas que tu croyais que cette fois-ci, ton plan avait réussi?

- Je l'ai dit, en effet. Ce qui expliquerait la disparition d'Ogratteux et l'état dans lequel se trouve Ogriloup.

- Je ne vois toujours pas le rapport entre ces événements et la venue d'enfants dans le sanctuaire, soutient Ogricole.

- Je vous l'ai expliqué tout à l'heure. Avec l'aide des chicots et de Kalmia peut-être, des enfants peuvent se montrer très astucieux.

Franc-Boisié et Tremblant sont témoins que les ogres croient à la présence d'enfants dans la forêt. Ce qui signifie qu'il faudra redoubler de prudence et que ces affreux monstres se mettront bien vite à la chasse aux enfants.

- Tu as jeté une bouteille dans la rivière comme d'habitude, Ogrigri? interroge Ogrivol.

- Oui, c'est ce que j'ai fait. L'arc-en-ciel est apparu au moment où la bouteille a été mise à l'eau. Cela se passe toujours de la même manière.

- Et quand tu es allé voir, est-ce que l'arc-en-ciel avait disparu?

- Évidemment, pauvre imbécile! L'arc-en-ciel ne dure que l'espace qui sépare le jour de la nuit!

- Et si un enfant pénètre dans le sanctuaire en traversant dans notre dimension, est-ce que l'arc-en-ciel disparaît?

- Oui, il s'évanouit aussitôt.

- Donc, reprend Ogrivol très perspicace, tu ne peux jamais savoir si l'arc-en-ciel s'est évanoui à cause de la venue d'enfants ou non...

- Je ne peux pas le dire, en effet. Mais cette fois-ci, j'ai un fort pressentiment.

- Surtout, on ne dit rien à Mère comme nous en avions convenu, recommande Ogrinoir qui grignote un os.

- Non, nous n'en parlerons pas tout de suite. On va attendre la suite des événements.

Ogrigri se gratte la bedaine et fait courir son regard sur ses frères. Il annonce, machiavélique :

- Et si on les gardait ces enfants pour nous!

Les autres sont saisis : Ogrinoir reste coi avec son os ballant dans sa bouche, Ogrivol balaie vivement son visage sale de sa main, Ogricole recrache un lambeau de viande tandis que les autres en sont tous restés baba.

C'est Ogricole qui s'exprime le premier. Avec mille précautions, il avance :

- Et si elle l'apprenait?

- Qui le lui dira? demande Ogrigri. Toi, Ogrinoir? Ou toi, Ogriflamme? Ou encore toi, Ogrillon?

Tous ceux qui ont été nommés remuent la tête en signe de négation.

- Tu vois, Ogricole, personne ne le dira à Mère. Elle ne le saura jamais. Je n'aurai qu'à lui dire que mon piège ne fonctionne plus, que les enfants ne se laissent plus prendre. Et nous, nous pourrons nous régaler de la chair de ces petits diables autant qu'on le voudra. Je n'ai qu'à utiliser la bouteille. Tôt ou tard, je finis toujours par en attraper.

- Mais en attendant, propose Ogricole en se relevant, si on allait débusquer ceux qui se sont probablement fait piéger?

« Bonne idée! »

Ils se lèvent tous, bien déterminés à retrouver ces enfants qui se sont supposément fait arnaquer par la fourberie d'Ogrigri.

Les chicots s'écartent juste à temps pour laisser passer ces enragés qui dévalent littéralement la côte.

- Vite, Franc-Boisié!, Il faut aller rejoindre Crépite et Craquante pour repartir au camp. À notre arrivée, il sera peut-être déjà trop tard…

**

- Tu as entendu, Massif? questionne Kalmia qui s'arrête.

Elle et Massif longent le flanc de la montagne en souhaitant y rencontrer les chicots, mais un brouhaha inexplicable les a figés sur place. À travers la dense végétation, ils aperçoivent les ogres qui descendent la côte à vive allure, apparemment attirés par quelque chose d'incontournable.

- Qu'est-ce qui leur prend? s'étonne l'ours.

La sorcière s'inquiète. Tous ces êtres malfamés semblent se diriger vers la rivière. Auraient-ils eu vent de la venue des enfants dans leur forêt? Ogrimonde n'aurait pas osé...

- Je crois qu'il vaut mieux faire demi-tour, Massif, et aller rejoindre les enfants à leur camp. Je sens qu'un danger les menace.

- Tu as raison, Kalmia. Partons vite!

De leur côté, les chicots se sont rassemblés pour clore aussitôt la récolte de résine et retourner au camp des enfants.

Tremblant craint qu'il ne soit trop tard pour ces pauvres malheureux.

Coquette, qui se prélasse langoureusement dans les herbes fraîches qui garnissent le sous-bois, redresse subitement les oreilles. Les cervidés ont l'ouïe particulièrement développée et la charmante biche n'échappe pas à la règle. Irina et Célia, qui se sont allongées sur les galets au bord de l'eau, perçoivent l'agitation de Coquette. Cette dernière remue sans cesse les oreilles et hume l'air. Pendant ce temps, les garçons essaient de pêcher de la truite en amont de la rivière.

- Il y a quelque chose qui ne va pas, Coquette? l'interroge Célia en se retournant sur le ventre pour la regarder.

- Je sens vibrer le sol, répond l'interpellée. Vous n'entendez pas ce grondement?

Les filles tentent de déceler le bruit, mais elles n'y parviennent pas. Irina s'offusque :

- Tu essaies encore de nous effrayer! Ce n'est pas parce que le loup n'est plus qu'il faut nous torturer!

- Je n'essaie pas de vous malmener, au contraire, je dis que j'entends un bruit de pas précipités. Des pas de course faits par une troupe de...

- Arrête! la coupe la grosse fille, cinglante. Moi, j'aime mieux m'en aller que d'entendre ces balivernes.

Irina se lève et va se reposer dans l'abri. Célia s'approche de la biche et l'interroge sur ces soi-disant bruits qu'elle seule peut entendre. Coquette lui assure qu'elle ne blague pas, qu'il y a réellement quelque chose qui s'approche. Finalement, en prêtant bien l'oreille, la jolie fille blonde croit percevoir aussi un bruit étrange.

La biche commence à s'énerver. Elle réalise que cette chose vient vers eux.

- Je ne sais pas ce que c'est, Célia, mais ce bruit se rapproche de nous.

- Et si c'était les ogres?

Cette supposition lancée à tout hasard fait s'agrandir les yeux clairs de Coquette.

- Ne traînons pas ici, suggère cette dernière.

Toutes les deux repartent au camp et entraînent Irina avec elles. Les brindilles se portent volontaires pour aller au-devant de ce bruit.

- Nous sommes pratiquement invisibles, précise Filine.

- Oui, nous ne risquons rien, ajoute Maligne.

Et Tordante de renchérir à la blague :

- Le pire qu'il puisse nous arriver, c'est qu'on nous marche dessus.

- Ne sois pas sotte, la rabroue Filine. Je ne suis pas une vulgaire mauvaise herbe que l'on peut piétiner allégrement! Toi non plus d'ailleurs. Tu devrais avoir plus de respect pour ta vie…

- Assez! la coupe Maligne. Ce n'est pas le temps de se chamailler. Il faut aller voir ce qui fait tout ce boucan.

Cette fois, les filles peuvent clairement sentir une vibration au sol. Irina panique :

- Partons vite! On va se faire attraper!

Déjà, la fillette s'enfonce dans les bois, dans la direction opposée au danger qui s'amène. Célia part à sa suite.

- Attends-moi, Irina!

Mais la grosse fille a déjà de l'avance sur son amie, l'instinct de survie ayant pris le dessus sur sa logique.

Coquette ne sait plus sur quel pied danser. Doit-elle suivre les filles où attendre que les brindilles reviennent avec un compte-rendu de ce qu'elles ont vu? Et les garçons?

Célia court à toutes jambes, mais elle ne voit plus Irina au-devant d'elle. Celle-ci devance son amie de bien peu, mais un bocage formé d'un bouquet de moussus les empêche de se voir. Irina a bel et bien perçu les cris de Célia, mais elle préfère ne pas s'arrêter tout de suite. Elle sait que son amie finira bien par la rattraper. Cependant, au moment où elle réfléchit à tout ça tout en courant, le sol se dérobe sous ses pieds. Elle tombe dans une fosse creusée à même le sol et elle atterrit sur un matelas de feuilles de fougères. Célia, qui passe tout près de là, ne s'aperçoit de rien et continue de courir droit devant.

Allongée sur le flanc au fond du trou, à sa grande horreur, Irina prend subitement conscience qu'il y a un sanglier à côté d'elle. Elle vient de tomber dans un piège à cochons sauvages. Tout comme elle, la bête paraît un peu assommée, mais elle ne présente pas de signe d'agressivité. La fillette s'éloigne tant qu'elle peut de l'animal et s'écrie :

- Célia! Célia! viens me chercher! Je suis tombée dans un trou! Célia! Célia!

Mais Célia n'entend pas. Elle est déjà trop loin.

À peine les brindilles ont-elles atteint l'autre côté de la rivière qu'elles voient surgir des ogres à l'orée du bois. Ils sont : deux, trois, quatre, cinq... Ce n'est plus le temps de compter. Vite, il faut faire demi-tour et alerter les enfants!

Coquette a finalement décidé d'attendre les nouvelles en restant près de la rivière. En apercevant les brindilles toutes affolées sur l'autre rive, la biche comprend qu'une menace s'annonce. Filine lui fait un signe en direction des ogres qui envahissent littéralement l'orée du bois. Sous l'effet de la surprise, la biche fait un bond et part se trouver une cachette.

Restées sur le versant opposé de la rivière, les brindilles entreprennent d'aller avertir les garçons.

Lorsque Ogrimonde arrive à la porte de la cabane d'Ogrigri, quelle déception pour lui de constater l'absence de son frère. Pourtant, Kalmia s'était montrée bien claire sur un point : il se doit de lui ramener Ogrigri le plus tôt possible sinon...

Ogrimonde craint pour l'un de ses bras.

Il décide d'aller visiter les autres ogres dans l'espoir qu'on lui dise où se trouve Ogrigri. Toutefois, derrière chaque porte qu'il ouvre, il n'y a personne. Il comprend alors qu'ils ont mis leur plan à exécution et qu'ils sont tous partis à la recherche des enfants. Pour le moment, personne d'autre que Ogrimonde peut réellement affirmer qu'il y a des enfants qui se sont fait piéger...

Pour une vieille dame de son âge, Kalmia court quand même assez vite; Massif la précède de peu. Ils entrent dans la rivière et traversent de l'autre côté. Les enfants leur ont dit que le campement était du côté de la rive opposé à la montagne, mais c'est tout. Normalement, les chicots auraient dû être là avec eux pour les conduire au camp.

- Dans quelle direction cherche-t-on? questionne Massif.

Kalmia fait face à la rivière et regarde sur sa gauche, puis sur sa droite. Elle alterne entre l'envie d'aller dans une direction ou dans une autre.

C'est alors que Massif résout le dilemme :

- Les ogres sont par là-bas! annonce-t-il en désignant la droite.

La sorcière acquiesce. Elle aussi vient de percevoir le vacarme que font tous ces ignobles monstres en marchant dans l'eau.

- Il faut accélérer le pas, formule vivement Kalmia. Les ogres vont débusquer les enfants et ce sera terminé pour eux.

Pendant ce temps, insouciants du drame qui se joue, les trois garçons s'amusent à attraper des truites.

- Ça nous en fait déjà six, lance Nicolas qui vient d'enfiler la dernière, encore frétillante, sur une branche bien garnie.

- Une autre et ce sera tout, conclut Éthan en lançant la ligne.

Lucas s'est allongé sur le sol chaud pour relaxer un peu.

C'est alors qu'il bondit en s'écriant :

- Des orignaux dans la rivière!

- Qu'est-ce que tu racontes? lui demande Nicolas en se retournant vers lui.

- Je te dis qu'il y a des orignaux dans la rivière. J'entends le bruit de leurs pas dans l'eau. Je reconnaîtrais ce bruit n'importe où. Mon père et moi, on est passés maîtres dans la chasse aux orignaux.

Nicolas prête l'oreille et perçoit également du bruit provenant de la rivière. Éthan a entendu leur conversation. Il vient les rejoindre et affirme qu'il y a quelque chose qui se passe au tournant du cours d'eau.

- Il faut vite aller voir, propose ce dernier.

Ils partent donc en longeant les berges en direction de ces bruits bizarres.

Les premiers à arriver près du camp qu'ont érigé les enfants sont les ogres. Ogrigri ressort de l'abri avec une brassée de feuilles de fougères.

- Respirez l'odeur de ces divines créatures, les incite l'ogre presque envoûté en leur tendant des feuilles sur lesquelles les enfants se sont reposés.

Les horribles créatures sont en transe. Les effluves laissés par les enfants ont le pouvoir de les rendre fous. Ogrigri exulte.

- Je savais que j'avais réussi! J'ai fait venir des enfants ici! Si mère le savait...

Kalmia et Massif sont blottis derrière un bosquet et ils écoutent la conversation des ogres. Ils sont soulagés de voir que les enfants ont fui à temps.

- Mère ne doit pas savoir que tu as ramené des enfants, rappelle Ogricole le plus sérieusement du monde.

- Je sais, rétorque Ogrigri, et ce n'est pas moi qui vais le lui dire.

- Personne ne le lui dira, tranche Ogrivole. Comme convenu, nous les garderons pour nous.

« Ouais! » acclament-ils tous en chahutant comme des cinglés.

À quelques pas de là, les garçons s'arrêtent. Ils ont entendu des cris de jubilation. En regardant mieux, pétrifiés d'horreur, ils voient tous ces ogres réunis autour de leur campement. Aussitôt, la panique s'empare d'eux. Les filles ont été séquestrées...

- C'est ça tes orignaux? lance Nicolas avec ironie à l'endroit de Lucas.

- Célia... ajoute Éthan des larmes au bord des yeux.

- Irina... relance Nicolas avec inquiétude.

- Attendez, rien ne prouve qu'elles se sont fait attraper, les rassure Lucas.

Les trois garçons étudient la scène méticuleusement et, en effet, ils réalisent que les filles ne sont pas en vue.

- Dieu soit loué! proclame Éthan, elles ont fui à temps.

- Mais où sont-elles? interroge Nicolas. Il ne faut pas qu'on soit séparés sinon on est fichus.

- Elles ne doivent pas être bien loin, suppose Lucas qui se veut toujours aussi rassurant.

C'est alors que les brindilles se pointent sur l'autre versant du cours d'eau. Sans alarmer les ogres qui jubilent près du campement, par des gestes, elles font comprendre aux garçons que les filles se sont enfuies dans les bois. Maligne pointe la direction opposée au camp. Les garçons en déduisent donc que Célia et Irina se sont enfoncées plus loin dans la forêt.

- Comment va-t-on faire pour les retrouver? demande Nicolas qui craint de ne jamais retrouver sa sœur jumelle.

- Je ne sais pas, répond Ethan, priant en son for intérieur de pouvoir retracer sa petite sœur bien-aimée.

- Les chicots vont bientôt revenir avec la sorcière, leur rappelle Lucas. Tous ensemble, nous réussirons à les retrouver.

- Encore faut-il que ces affreux ogres s'en aillent.

Les jeunes observent les ogres près du camp. Ces derniers ont cessé de se réjouir. Maintenant, ils ont l'air de chercher des pistes au sol.

- Dommage qu'Ogratteux ne soit pas là pour flairer leur odeur, déplore Ogricole. Lui, il saurait qu'elle direction il faut prendre pour retrouver ces enfants.

- Que fait-on, Ogrigri, puisqu'on a la preuve que ton piège a fonctionné? Ces créatures ne doivent pas nous échapper.

- Ogricole a raison, soutient Ogriflamme. Il faut partir à leur recherche.

- Très bien, décrète Ogrigri. Nous allons nous regrouper par deux et balayer la forêt dans la direction opposée à la rivière.

- Parfait.

Kalmia voit les ogres se disperser dans les bois. Elle quitte son abri, suivie de Massif. Les garçons les aperçoivent et accourent auprès d'eux.

- Kalmia, les filles ont disparu! annonce Nicolas.

- Je sais, petit. Mais ne vous torturez pas outre mesure, nous allons les retrouver. Massif est doté d'un bon flair. Il saura les retracer. N'est-ce pas, mon beau?

L'ours répond par l'affirmatif.

- Et si les ogres les retrouvent avant nous? lance Éthan très apeuré.

- Je vais me charger de ces affreux ogres, précise la sorcière avec une pointe de mystère dans l'œil.

- Qu'allez-vous faire? s'enquiert Lucas.

- Laissez-moi le temps d'y réfléchir. Je trouverai bien un moyen quelconque...

Les jeunes réalisent assez vite que Kalmia est très indécise quant à la façon dont elle pourrait retenir les ogres.

Pendant qu'elle cherche dans sa mémoire, ils voient les chicots arriver en catastrophe. Tremblant s'exclame d'emblée :

- Les ogres sont sur la trace des enfants!

- Nous le savons, l'informe Kalmia.

En apercevant la vieille dame, malgré les circonstances, Tremblant se sent tout ravi. Il interroge cette dernière :

- Est-ce bien vous, Kalmia?

- Oui, et toi, tu es Tremblant?

- C'est bien moi.

- Oh! comme je suis heureuse de te revoir! Depuis le temps qu'on est séparés.

Les deux amis retrouvés se rapprochent l'un de l'autre. Kalmia ajoute :

- Il est triste que nos retrouvailles aient lieu dans de telles circonstances. Le plus urgent, Tremblant, c'est de retrouver les deux fillettes qui ont disparu.

Les chicots apprennent que Célia et Irina manquent à l'appel et que les ogres sont à leur poursuite.

- Dans quelle direction les deux amies se sont-elles enfuies?

- Par là-bas, précise Coquette qui vient de sortir de sa cachette. Elle non plus ne voulait pas être repérée par les affreux monstres.

- Les ogres ont envahi le territoire où les filles ont fui, observe Nicolas avec dépit.

- Cependant elles ont beaucoup d'avance sur eux, les rassure la biche.

- Irina ne court pas tellement vite, raconte Nicolas. Ils auront tôt fait de la rattraper.

- Il ne faut pas baisser les bras, les coupe Kalmia. On va partir à leur suite et tout faire pour retrouver les filles avant les ogres.

***

Ogrimonde a le devoir de ramener Ogrigri auprès de Kalmia, mais ce dernier reste introuvable. Devant le silence d'Ogrimonde, la sorcière mettra-t-elle son plan à exécution en l'amputant d'un bras? L'ogre est apeuré à la seule pensée d'une telle chose. Que peut-il faire? Il croit qu'il est encore le seul à avoir la confirmation que des enfants sont réellement entrés dans le sanctuaire. Kalmia lui a bien fait jurer de ne rien dévoiler à ce sujet. L'ogre ne sait plus sur quel pied danser.

Après quelques tergiversations, il décide finalement d'aller rencontrer Ogrisant, qui devait normalement tenir compagnie à l'ogresse.

Elle ne le sait pas, mais en criant comme elle le fait, Irina s'attire de bien gros ennuis. Pourquoi Célia ne vient-elle pas à son secours? Cette dernière aurait dû l'entendre depuis longtemps et la sortir de sa fâcheuse position!

La pauvre fille est de plus en plus horrifiée. Il lui paraît désormais évident que son amie ne viendra pas à son secours. Le sanglier qui lui tient compagnie semble calme et inoffensif.

Soudain, une voix surgit des entrailles de la terre :

- Cesse de crier comme ça sinon tu vas les alerter.

- Qui a dit cela? s'enquiert aussitôt Irina levant les yeux vers l'ouverture béante qui laisse filtrer les rayons du soleil.

- De toute façon, reprend la voix, ils viendront quand même. On finit tous sur la broche.

Irina se tourne vers la bête poilue armée de longues défenses recourbées. Elle jure que ce sanglier a parlé.

- C'est toi qui as dit ça? l'interroge-t-elle avec prudence.

- Bien sûr que c'est moi, répond l'animal en hochant sa vilaine tête. Je ne suis certainement pas la première bête sauvage que tu entends parler dans cette forêt...

La fillette réfléchit et déclare, stupéfaite :

- Non, mais je suis toujours fascinée lorsque cela se produit.

- Et moi, ce qui me fascine, petite, c'est de voir des enfants ici. Surtout avec moi, au fond d'une fosse, d'un piège à sangliers, devrais-je dire.

- Un piège?

- Évidemment, un piège! Tu crois que j'ai élu domicile ici?

Irina se doutait bien qu'elle était tombée dans un piège, mais elle prend subitement conscience du danger qui en découle.

- Qui a creusé ce trou? demande-t-elle, craignant fortement la réponse.

- Qui selon toi?

- Les ogres?

- Qui d'autre? Un loup peut-être ?

- Les ogres... reprend Irina effrayée. Cela veut dire qu'on va venir nous chercher ici...

- J'en ai bien peur. C'est pourquoi tu as intérêt à cesser de crier ce nom... Comment elle s'appelle déjà?

- Célia?

- Qui est-ce?

- Mon amie. Elle et moi, on a fui pour échapper aux ogres et c'est à ce moment-là que je suis tombée dans ce trou.

- Les ogres savent que vous êtes ici, dans leur forêt?

- Ils ont sûrement trouvé le campement. Actuellement, ils doivent être à notre recherche.

Le sanglier affiche un air désolé et formule doucement :

- Alors, petite, tu es perdue. Et je suis perdu aussi. Les ogres doivent être tout près et l'un d'eux viendra sous peu nous cueillir ici comme des fruits mûrs tombés de l'arbre.

Irina déglutit difficilement. Elle ne peut concevoir une telle fin. Prise de panique, elle recommence à crier à l'aide.

Elle crie à se rendre malade jusqu'à ce qu'elle s'arrête, s'écroule au sol et s'effondre en larmes.

C'est là, à travers ses sanglots, qu'elle entend enfin des bruissements au-dessus d'eux. Quelqu'un vient à son secours. Célia? Les garçons?

- Je suis là! s'écrie-t-elle en se mettant debout, les bras en mouvement pour attirer l'attention.

Dans l'ouverture circulaire et le bleu du ciel en arrière-plan surgissent alors les faces grimaçantes d'Ogrigri et d'Ogricole.

En les apercevant, la fillette hurle et s'évanouit sur-le-champ.

Ce cri terrible résonne si fort dans les profondeurs de cette sombre forêt qu'il retentit même aux oreilles des garçons.

- Vous avez entendu? demande Nicolas en s'arrêtant net.

Tous les autres se sont arrêtés également.

Kalmia, qui accompagne les jeunes, n'ose formuler ce qu'elle croit.

En fait, tout le monde pense que l'une des filles vient d'être capturée par les ogres. À cette pensée, Nicolas ne peut rester impassible. Il avance :

- Et si c'était Irina qui venait de se faire attraper?

- Une fille a crié, certes, reprend Tremblant, mais cela ne veut pas dire qu'elle a été séquestrée par les ogres.

- Rien ne sert de discourir, tranche Coquette très nerveuse, il faut aller au-devant de cette malheureuse. Quoi qu'il en soit, elle est en mauvaise posture.

- Coquette a raison, réplique Kalmia qui reprend le pas.

Tous avancent rapidement en direction de l'endroit d'où le cri a semblé venir.

Célia est toute à l'envers. Elle s'est arrêtée l'espace d'un moment pour reprendre son souffle. Elle n'a pas entendu crier son amie Irina. Une trop grande distance les sépare l'une de l'autre. Depuis son arrivée dans ce monde inconnu, la jolie fille aux yeux verts n'a jamais été plus inquiète qu'à cet instant. Irina et elle ont été séparées et les garçons ne sont pas en vue. Et pire encore, ce sont les ogres qui, assurément, les pourchassent. Célia couvre son visage de ses mains et pleure un bon coup.

Quand elle se calme enfin, elle se demande ce qu'elle doit faire. Il ne faut à aucun prix qu'elle se fasse prendre par les monstres qui la traquent. Vite, elle ne doit pas rester en vue. L'idée lui vient de grimper à un arbre.

Justement, il y a un moussu très volumineux devant elle. Célia songe qu'il serait aisé de se cacher dans ce somptueux feuillage duveteux. Elle entreprend son ascension dans l'arbre. Elle monte très haut vers le sommet et elle se blottit au creux d'un coussin plus que confortable qui lui servira de nid.

De là-haut, elle peut voir venir quiconque de très loin.

Une liane tombe à la verticale dans la fosse. Irina reprend conscience. Horrifiée, elle voit l'un des ogres descendre vers elle. Une fois de plus, la jeune fille crie à fendre l'âme.

Les garçons, ainsi que tous les autres complices, entendent les cris de détresse. Maintenant, plus de doute possible, l'une des filles est en mauvaise posture.

- Vite! lance Kalmia, il faut secourir cette malheureuse!

Tous partent à la course. Nicolas prie en son for intérieur, car il a reconnu la voix de sa sœur.

Ogrigri pose le pied au sol. Il aperçoit Irina et ses yeux se mettent à lancer des éclairs de félicité. Déjà, il salive à l'idée du festin qu'il va faire. L'écume coule de sa bouche. Le sanglier se fait tout petit dans le fond. Subjugué à la vue de sa captive, l'ogre ne s'aperçoit même pas de la présence de l'animal. Il saisit la fillette par la taille, la hisse sur son épaule et la remonte là-haut.

Arrivée à l'air libre, Irina se débat et hurle à pleins poumons, ruant de coups cet être nauséabond.

Ogricole passe une main tremblante dans les cheveux bruns d'Irina et se délecte à l'avance. Toujours affalée sur l'épaule de ce sale géant, la jeune fille continue de crier et de gesticuler dans l'espoir de s'arracher à son assaillant. Mais rien n'y fait. Ogrigri est trop heureux de sa capture pour la laisser filer.

Les deux affreux repartent avec leur trophée.

Entre-temps, Célia perçoit des bruits de pas de course tout près dans les bois. Jetant un œil inquiet dans la forêt, elle étouffe un cri en voyant surgir deux ogres. Il s'agit d'Ogrivol et d'Ogribou. Les monstres s'arrêtent à quelques pas de l'arbre où est blottie la jeune fille. Elle peut même les entendre discuter :

- Il serait peut-être préférable qu'on se métamorphose, suggère Ogrivol. De cette façon on pourra mieux se déplacer et mieux repérer nos cibles.

- Tu as raison, Ogrivol. Transformons-nous.

Célia n'y comprend rien, mais elle croit avoir la berlue lorsqu'elle voit les deux ogres prendre la forme d'oiseaux.

Ogrivol devient une grive tandis qu'Ogribou un hibou. L'horreur est à son comble quand la pauvre fille s'aperçoit que les deux oiseaux volent en direction de son arbre.

L'instinct de survie prend le dessus; Célia se forme un manteau de mousse avec le feuillage ouateux du moussu. Elle reste immobile. Le hibou et la grive viennent aussitôt se poser sur la cime de l'arbre, à quelques mètres d'elle. La jeune fille est complètement dissimulée. Elle peut capter leur conversation :

- Que va-t-on faire si on capture ces enfants? interroge Ogrivol.

- Les manger, bien sûr.

- Je le sais, mais où va-t-on les emmener? Si Mère l'apprend, c'en est fini pour nous. Elle ira voir Barbarée et cette maudite sorcière nous anéantira.

Ogribou réfléchit un instant et propose :

- Il vaudrait peut-être mieux les garder ici, sur ce territoire.

- Ne pas les emmener en flanc de montagne?

- Surtout pas. Ces créatures sont criardes comme des putois et Mère a l'oreille fine. Elle les entendra à coup sûr.

- Je suis d'accord avec toi, Ogribou. Quand on aura attrapé ces enfants, on va les enfermer dans une cage de ce côté-ci de la rivière.

- Alors, reprend Ogrivol, il faut vite retrouver les autres pour ne pas que l'un d'eux ramène un enfant dans la montagne.

- Oui, sinon ce serait catastrophique.

Les deux oiseaux repartent enfin, au grand soulagement de Célia qui déchire sa couverture juste à temps pour les voir s'envoler dans la direction opposée.

Sans perdre une minute, la brave fille redescend de l'arbre et décide qu'elle doit retourner vers la rivière. Elle sait qu'il y a plus de chances pour elle d'y retrouver les garçons et peut-être aussi Irina.

Pour ne pas risquer d'être vue, Célia se glisse dans une sorte d'enveloppe faite des fibres ouateuses de moussu. Seuls ses pieds, ses mains et son visage sont à découvert. De cette façon, si elle croise des ogres, elle est presque assurée de passer inaperçue.

Un couinement à peine perceptible attire l'attention de Coquette. Avec son oreille toujours aussi développée, c'est elle qui conduit la troupe auprès de la fosse où était tombée Irina. C'est le sanglier qui a poussé ces petits cris. Lorsque Lucas se penche pour voir ce qui se terre au fond de la cavité, il est plus qu'étonné d'y trouver un cochon sauvage.

- Il y a un sanglier là-dedans, annonce-t-il aux autres.

Franc-Boisié explique que les ogres se servent souvent de ces fosses pour capturer des bêtes.

- Sortez-moi vite de là! retentit la voix ténue de l'animal.

- Ce sanglier vient de parler, s'étonne Lucas.

- Moi, je suis bien un ours qui parle, renchérit Massif.

- Et moi, reprend Coquette, je grogne peut-être?

Kalmia intervient.

- Ne perdons pas de temps avec ce cochon sauvage. Même s'il parle, cela ne nous rendra pas les filles.

- J'ai vu l'une de ces filles, raconte le sanglier dont les petits yeux rouges luisent au fond de la cavité.

- Tu as vu l'un des filles, dis-tu? interroge Nicolas.

- Oui, elle est tombée ici, à côté de moi. Elle est restée assez longtemps, mais ses cris les ont alertés…

- Alerté qui? s'affole Éthan.

Nicolas et Éthan ne savent pas s'il s'agissait d'Irina ou de Célia.

- Eux, les ogres.

- Cette fille a été séquestrée par les ogres? intervient Kalmia agenouillée près de l'ouverture, la tête penchée au-dessus du vide.

- Oui, deux ogres sont venus ici et l'ont emportée avec eux. Je lui avais dit de ne pas crier pour ne pas les alerter…

- De quoi avait-elle l'air? demande Nicolas. Est-ce qu'elle était joufflue, bien en chair?

- Malheureusement, oui.

- Pourquoi dis-tu malheureusement?

- Parce que les ogres aiment la chair et cette petite en avait beaucoup.

Maintenant, Nicolas est fixé. Il s'agissait bien de sa sœur.

- Il faut faire quelque chose, lance-t-il, le regard envahi par un sentiment de panique.

- Kalmia, je vous en prie, insiste Éthan, faites un miracle!

- Je ne fais pas de miracle, Éthan. Je fais de la magie blanche.

- Alors, faites-en!

La bonne sorcière se rend bien compte que ces pauvres enfants sont complètement démunis et désespérés. Ils ne veulent pas qu'il arrive malheur à Irina et qu'au surplus, les ogres finissent par tous les capturer.

Nicolas fond en larmes. Les mains sur son visage, il bredouille :

- Je ne veux pas que ma sœur soit mangée par ces monstres. Encore moins par leur affreuse mère.

Le pauvre garçon est secoué de spasmes. Éthan lui prête son épaule pour pleurer.

Pendant ce temps, le sanglier les supplie de le sortir de sa fâcheuse position. Il soutient que d'autres ogres viendront bientôt le chercher pour le faire rôtir sur la broche.

Fort heureusement, la liane est restée contre la paroi et Lucas le chasseur, se porte volontaire pour aller chercher la bête.

L'exercice n'est pas de tout repos, mais avec maints efforts, le brave garçon réussit enfin à hisser le cochon hors du piège.

- Je ne sais comment vous remercier, laisse tomber vivement le sanglier lorsqu'il sent la terre ferme sous ses pattes.

- Tu vas nous conduire sur les traces des ogres qui ont enlevé la fillette, lui ordonne Kalmia.

La sorcière sait qu'un cochon sauvage est doté d'un odorat presque aussi puissant que celui d'un chien renifleur. N'est-ce pas eux, les sangliers, qui naturellement dénichent les truffes aux pieds des arbres?

- Je vais vous y conduire avec plaisir, répond la bête qui renifle déjà le sol. Ils ont pris cette direction. Suivez-moi!

Tout le monde emboîte le pas au sanglier.

- Et Célia? d'intervenir Éthan, hésitant à faire un pas de plus.

Les autres le regardent, décontenancés. Bien sûr, Célia... Où est-elle?

Franc-Boisié propose à Éthan de retourner au camp. Il a la certitude que la jeune fille y reviendra tôt ou tard.

- Les ogres y ont vu ce qu'il y avait à voir. Ils ne retourneront pas là-bas, poursuit Franc-Boisié.

Éthan acquiesce.

- C'est une bonne idée, Franc-Boisié.

Tremblant suggère que tout le monde se donne rendez-vous au premier campement lorsqu'ils auront retrouvé Célia.

- Les ogres ne connaissent pas son existence. Nous irons vous rejoindre là-bas avec Irina, affirme le chicot, bien déterminé à réussir dans sa mission.

Nicolas et Éthan sont à moitié rassurés, mais que peuvent-ils faire de plus?

Avant d'aller rejoindre Ogrisant chez sa mère, Ogrimonde a pris soin d'aller pêcher quelques truites. Lorsqu'il s'est pointé au repaire de l'ogresse, celle-ci s'est empressée de l'injurier en le traitant de sans-cœur, prétendant qu'il a voulu laisser mourir sa mère de faim.

- Cette truite, ça s'en vient? hurle-t-elle de l'intérieur de son abri.

Ogrimonde et Ogrisant font frire les poissons dans une poêle sur un feu à l'extérieur.

- C'est presque prêt, tendre Mère, répond Ogrimonde en serrant les dents. Les exigences d'Ogressive leur tapent de plus en plus sur les nerfs. Ogrisant chuchote à son frère :

- Tôt ou tard, cette grosse empâtée recevra son dû. Elle n'a qu'une idée en tête et c'est manger.

- Elle ne pense pas qu'à manger, le corrige Ogrimonde. Regarde comme ses yeux brillent quand elle admire ses bijoux et qu'elle voit miroiter son trésor derrière l'écran.

- Je sais, notre ignoble mère ne songe qu'à elle. Nous, nous ne sommes bons qu'à voir à tous ses caprices. Mais ce temps achève…

- Que veux-tu dire, Ogrisant?

- Je veux dire que les autres ont mis leur plan à exécution et qu'ils sont partis à la chasse aux enfants. Ogrigri est certain qu'il y en a qui sont arrivés dans le sanctuaire.

Ogrimonde se mord la lèvre pour ne pas confirmer les prétentions d'Ogrigri. Il sent qu'il a toujours cette épée de Damoclès au-dessus de la tête.

- Cette fois, on va les garder pour nous, formule Ogrisant à voix basse.

- Tu veux parler des enfants?

- Oui.

La voix impérative de l'ogresse retentit encore :

- Servez-moi à manger!

Toute la montagne en tremble. Même Barbarée, la sorcière noire, a entendu son cri. D'ailleurs, cette dernière se demande bien ce que cette grosse idiote a à crier autant. Telle une louve se mettant en chasse, la vieille femme aux cheveux blancs décide d'aller voir par elle-même.

Enfin, Ogressive voit venir les ogres avec une demi-douzaine de belles grosses truites fumantes sur un plateau.

- C'est pas trop tôt! maugrée, l'ogresse tandis qu'Ogrisant dépose le plat sur la table, près du lit dans lequel elle est allongée.

Sans ménagement, de ses mains ornées de bijoux, la gloutonne saisit une truite toute chaude et se met à la dévorer goulument. Les deux ogres sont estomaqués de la voir agir. Elle leur fait l'effet d'un carnassier s'arrachant une proie. La première truite disparaît toute entière en l'espace de quelques secondes. Ogressive recrache les arêtes sur le sol et elle s'empare d'un deuxième poisson.

L'ogresse s'empiffre en jetant des regards malsains sur sa progéniture, attendant la fin de ce repas frugal pour leur adresser des menaces bien senties.

Ogrimonde sait maintenant qu'Ogrigri est parti avec les autres pour rechercher les enfants. Il n'a pas oublié l'engagement qu'il a fait à Kalmia et plus le temps passe, plus l'ogre craint de perdre un bras. Il est à cent lieues d'imaginer ce qui se joue à l'instant de l'autre côté de la rivière…

Des ecchymoses fleurissent les reins et le bas du dos d'Ogrigri. Irina n'a pas cessé de le rouer de coups de pieds depuis qu'il l'a hissée sur son épaule. La fillette tire les cheveux sales et grisonnants de l'ogre tout en lui adressant les pires insanités.
Ogricole ricane à côté. Cette enfant, c'est une vraie furie.
- Elle va se débattre comme une folle quand on va commencer à la manger, ironise l'ogre.
- Je vais me régaler avec un appétit féroce, soutient Ogrigri qui endure un martyre depuis plusieurs longues minutes.
- Où va-t-on l'enfermer? lui demande Ogricole qui a l'impression qu'ils tournent en rond avec cette harpie.
Ogrigri s'arrête et, sans ménagement, il jette Irina au sol. Celle-ci tente aussitôt de s'échapper, mais Ogricole la saisit par une cheville et l'attire auprès d'eux. Les deux êtres abjects rient comme des fous en la voyant apeurée, pelotonnée dans la fougère. Une ondée envahit les yeux de la pauvre petite. Va-t-on venir à son secours ou bien ces monstres auront le temps de la dévorer toute crue?
Par moments, Irina ferme les yeux, prie très fort et souhaite que tout cela ne soit qu'un mauvais rêve, mais quand elle rouvre les

yeux, les ogres sont toujours là près d'elle, s'interrogeant sur la façon de dissimuler leur proie le temps qu'il le faudra.

- Je vais lancer un appel, décide subitement Ogrigri en plaçant deux doigts dans sa bouche. Un long sifflement très strident déchire la quiétude de la forêt. Irina redoute le pire.

- Pourquoi as-tu fait cela? interroge Ogricole.

- Pour que les autres reviennent. Tant pis s'il y a d'autres enfants qui errent. Nous finirons bien par les retrouver. En attendant, il faut s'occuper de cette petite. Je me languis de m'en délecter.

L'ogre pose sur l'enfant un regard si avide et bestial qu'Irina pousse un cri d'effroi. Elle pense que son heure vient de sonner.

Ses kidnappeurs éclatent d'un rire sadique et commencent à casser des branches pour fabriquer une cage.

Le sifflement lancé par Ogrigri a retenti aux oreilles des autres ogres partis à la chasse aux enfants. Ils ont tous reconnu l'appel d'Ogrigri et ils se sont mis en tête de retourner auprès de lui. Ce signal leur fait comprendre qu'un enfant a été séquestré et qu'il faudra bientôt passer à la table.

La housse faite de substance de moussu qui recouvre Célia se déplace rapidement dans la dangereuse forêt. La fillette n'a rencontré aucun obstacle. Elle a déjà parcouru plus de la moitié du trajet qui la sépare du campement. Elle espère de tout son cœur que les garçons seront là à l'attendre.

Éthan et Franc-Boisié y sont en effet. Ils n'avaient pas d'autre choix que d'attendre le retour de la jeune fille. S'ils étaient partis retrouver les autres au premier campement, peut-être n'auraient-ils jamais plus retrouvé Célia. Elle aurait cru qu'ils s'étaient tous fait capturer et dévorer par les ogres.

Le cochon sauvage n'a jamais perdu la trace des ogres qui ont enlevé Irina. Il conduit toute la bande directement là où les odieuses créatures s'activent à ériger la cage. Puis, l'animal repart, libre.

À quelques mètres de l'endroit, tout le monde se dissimule derrière les bosquets et songe à une façon de tirer Irina de sa fâcheuse position. Nicolas sent son cœur s'emballer quand il aperçoit sa sœur recroquevillée au sol, larmoyante.

Kalmia connaît la magie d'Ogrigri. C'est lui le sorcier de la bande. Si elle décide d'intervenir de la manière qu'elle l'a fait plus tôt avec Ogrimonde, elle redoute une riposte.

Lucas presse la sorcière de lancer un sort aux ogres. Coquette, impatiente, renchérit par des coups de sabots portés au sol.

- Arrête ça tout de suite, lui somme Tremblant. Hier soir, tu as attiré l'ours en trépignant de la sorte. Laisse Kalmia réfléchir en paix à ce qu'elle doit faire.

- Le temps est compté, réplique la biche. Les autres ogres vont bientôt s'amener et ils vont dévorer cette enfant. C'est ça que vous voulez?

- Bien sûr que non, la rassure Tremblant qui réfléchit aussi à une solution pour le grave problème qui se pose.

L'érection de la cage va bon train. Bientôt, les ravisseurs pourront y enfermer leur proie.

Kalmia n'en peut plus de rester impuissante. Elle décide de faire quelque chose.

- Massif, explique-t-elle, tu vas créer une diversion. Je veux que tu fonces tête première sur Ogrigri en affichant un air très menaçant.

Pendant le moment où l'ogre sera occupé à fuir, nous nous chargerons de délivrer Irina.

L'ours se montre partant. Cela peut fonctionner.

- Ton idée est excellente, Kalmia, approuve Tremblant.

Massif commence à vouloir contourner le bosquet pour mieux s'élancer, mais c'est précisément à ce moment-là que les ogres font leur arrivée en faisant bruire le sous-bois.

- Reviens ici, Massif, se presse de murmurer la sorcière d'un air dépité en les voyant apparaître.

Ogrillon et Ogriflamme sont les premiers à se pointer. Dès qu'ils aperçoivent Irina sur le sol, ils se ruent vers elle dans l'espoir de s'en emparer. La malheureuse tente de s'éloigner en rampant littéralement dans les herbes. Ogrigri stoppe l'élan des deux forcenés et leur fait comprendre qu'il faut attendre l'arrivée de tous les autres avant de penser à la manger.

C'est un réel cauchemar... Ils parlent de cette petite comme s'il s'agissait d'un vulgaire gigot.

Un bruit d'ailes se fait entendre. Coquette lève les yeux.

- Que mes bois tombent sur-le-champ si je me trompe, affirme-t-elle à sa grande horreur. Je parie que c'est Ogribou et Ogrivol.

Un hibou et une grive volent au-dessus d'eux. Il est trop tard pour se cacher.

- Si, c'est bien eux! confirme Kalmia en observant les deux oiseaux tournoyant dans les airs. Ils nous ont sûrement repérés.

C'est alors qu'un grand cri perçant résonne. Le hibou vient de lancer l'alerte. Les ogres lèvent aussi les yeux et reconnaissent leurs congénères.

Maintenant, le hibou et la grive vont se poser sur la branche basse d'un arbre et reprennent leur forme initiale. Il y a maintenant six ogres qui encerclent Irina.

- Nous avons des intrus, s'empresse d'annoncer Ogribou en pointant la direction où se cachent Kalmia et sa bande.

Déjà, celle-ci se disperse. Kalmia et Massif contournent les lieux où sont réunis les ogres et cherchent une façon d'approcher Irina pour lui faire savoir qu'ils sont venus la secourir.

Les secondes sont précieuses. Cette enfant risque à tout moment de devenir le prochain repas de ces monstres. Ogrigri s'approche d'Irina et l'interroge :

- Il y a d'autres enfants qui, comme toi, ont été piégés grâce à ma magie?

Agenouillée au sol, le visage barbouillé de larmes, Irina lève les yeux sur l'ogre et répond avec toute la colère qui l'habite :

- Tu crois peut-être que je vais te le dire, espèce de gros porc dégoûtant!

L'ogre est surpris par cette réponse et se contente de regarder ses frères et de rire. Les autres s'amusent également de voir cette fillette sans défense qui ose parler de la sorte.

- Tu sais que tu es maintenant en notre possession, lui fait comprendre clairement Ogrigri avec un air sadique. Bientôt nous allons nous régaler de ta chair. Nous, les ogres, nous sommes friands de la chair humaine, surtout celle des enfants comme toi. De plus, tu es rondouillarde et tendre à souhait. Je t'avoue que je me languis terriblement de croquer à belles dents dans un aussi somptueux repas.

Ogrigri parle en faisant courir sur elle des yeux avides et dépourvus de toute sensibilité. Irina tremble comme une feuille au vent.

L'ogre fait un pas de plus vers elle et se penche pour la toucher. La pauvrette aperçoit une grosse pierre, elle s'en empare vivement et frappe l'affreux monstre à la tempe. Surpris d'une telle riposte, tous les ogres poussent des ahhh… d'étonnement et accourent auprès de leur frère tombé au sol. Ces brefs moments permettent à Irina de se cacher derrière un moussu.

La petite étouffe un cri quand elle sent une poigne solide l'agripper par le bras. Elle reconnaît aussitôt Kalmia.

Les ogres s'agitent; leur proie a disparu.

Ogrivol a vu Irina se blottir derrière l'arbre. Il sait qu'elle est tout près. Il s'empresse d'accourir, mais quelle surprise lorsqu'il tombe nez à nez avec Massif!

L'ours s'est levé sur ses pattes arrière et fonce sur l'ogre, le forçant à retourner auprès des autres. Tous les affreux monstres sont acculés contre une paroi rocheuse. Massif les domine de toute sa grandeur et de toute sa force. La bête grogne et manifeste une telle hargne que les ogres se sentent démunis.

Kalmia en profite pour ramener Irina auprès de son frère. Elle est enfin sauvée.

Massif bat finalement en retraite.

Ogrivol et Ogribou soutiennent qu'ils ont vu d'autres enfants.

- Ils étaient là à vous observer, raconte Ogrivol.

- J'ai vu des garçons, précise Ogribou. Deux, au moins.

- Quelle déveine! déplore Ogrigri. Et dire qu'on tenait cette petite entre nos mains.

- On aurait dû commencer à la manger dès qu'on l'a trouvée, soutient Ogricole... au lieu de perdre notre temps à attendre les autres et à bâtir cette foutue cage.

- Taisez-vous! les coupe Ogribou. À présent qu'on a la preuve qu'il y a des enfants ici, il nous faudra tout faire pour essayer de les rattraper. Grâce à notre magie, nous y parviendrons assez facilement. N'est-ce pas?

Les ogres se regardent en affichant un air complice. Bien entendu, comment un enfant pourrait-il reconnaître un ogre sous l'aspect d'une plante grimpante ou sous les traits d'un oiseau ou d'une luciole...

- Ogrinoir peut devenir invisible, alors aucun enfant ne pourrait le voir venir, formule Ogrivol malicieusement.

Finalement, ils en concluent qu'il sera amusant et aisé de mettre la main sur ces petits diables et que le jeu en sera des plus divertissants.

Les autres ogres, soit Ogrillon, Ogriflamme, Ogrinoir et Ogrippeur arrivent auprès des autres et apprennent qu'une enfant leur a échappé. Ils apprennent aussi qu'il y a plus d'un enfant dans la forêt et qu'il faudra s'appliquer à les capturer.

***

Après une marche pénible et interminable, Célia approche enfin du campement. Elle entend des voix et croit reconnaître celle de son frère. Elle court à perdre haleine. En entendant des pas de course, Éthan et Franc-Boisié craignent qu'il s'agisse d'un ogre. Ils sortent de l'abri et ils n'ont d'autre choix que de pouffer de rire en apercevant cette masse de ouate verdâtre courir vers eux.

Célia tombe au sol devant eux.

- Célia, c'est toi? s'empresse de demander Éthan en se jetant par terre.

La jeune fille dévoile son visage et sourit un peu.

- Oh, Éthan! je croyais ne jamais te retrouver. Où est Irina?

Le jeune garçon aide sa sœur à se relever et la dépouille de son enveloppe végétale.

Il lui raconte la vérité concernant Irina.

- Les autres sont partis à sa recherche, explique-t-il. On a tous convenu de se retrouver au premier campement. Là-bas, nous ne risquons rien, car les ogres ne connaissent pas son existence.

D'ailleurs, il vaut mieux partir tout de suite.

Célia est assommée par les révélations de son frère. Elle ne peut concevoir qu'Irina soit livrée aux mains des ogres.

- Et s'ils ne la trouvent pas? Si les ogres ont le temps de la dévorer ou de la conduire à leur mère? Elle sera perdue!

La jolie fille est horrifiée d'une telle possibilité.

Éthan prétend qu'il faut rester positif et se hâter à retourner au premier campement. Avant de partir, ils emportent avec eux la besace contenant les truffes et surtout, ils n'oublient pas de récupérer les plantes magiques séchées.

Son repas est terminé. Ogressive échappe un rot retentissant et pose un regard chargé de mépris à l'endroit d'Ogrisant et d'Ogrimonde. Dans le plateau sur la table, il ne reste plus que des arêtes de poisson.

- Vous m'avez bien déçue aujourd'hui, leur reproche-t-elle avec hargne. J'ai dû crier cent fois avant qu'on vienne me donner à manger. Toi, Ogrimonde, tu m'as fait languir pendant des heures avant de m'apporter ces misérables truites! Qu'est-ce que j'avais dit si jamais l'un de vous n'obéissait pas?

Les deux ogres se regardent, apeurés.

- Qu'est-ce que j'avais dit? répète l'ogresse de sa voix puissante. Ses deux rejetons craignent le pire châtiment qui soit : la dépossession de leurs pouvoirs.

- Mais... bredouille Ogrimonde pour se défendre... nous avons obéi, divine Mère. Je vous ai apporté du poisson tel que vous l'aviez demandé.

- J'avais exigé de la chair! clame Ogressive qui en a le visage rougi par la colère. Je voulais manger la biche, pas des truites!

- Ogriloup a essayé d'attraper la biche, mais vous savez ce qui lui est arrivé...

- Non, je ne le sais pas. Je sais seulement qu'il est devenu légume. Comment cela a-t-il pu se produire, je n'en sais rien.

La méchante créature réfléchit un instant et formule :

- Je parie que c'est une intervention de Kalmia, cette vieille emmerdeuse!

Et pendant qu'elle crache son venin, la porte de sa cabane s'ouvre vertement. Telle une vision d'horreur, le visage hideux et machiavélique de Barbarée apparaît dans l'encadrement.

Sous l'effet de la surprise et de la menace que leur inspire la sorcière, les deux ogres se jettent à quatre pattes, courbant l'échine jusqu'à terre.

Barbarée referme la porte avec fracas et elle éclate de son rire sardonique. Ogressive n'attendait pas sa visite. Que vient-elle faire ici?

- Barbarée, quelle surprise! laisse tomber l'ogresse en se redressant un peu dans son lit. Relevez-vous, pauvres idiots! crache-t-elle à ses deux rejetons qui se remettent debout sur leurs jambes.

La nouvelle venue passe devant eux en les méprisant du regard.

- Je suis venue voir ce qui se passait ici, exprime Barbarée en explorant furtivement les lieux. J'ai entendu des cris. On aurait dit une fouine qui s'était pris la patte dans un piège. C'est toi, Ogressive, qui geignais de la sorte?

La sorcière s'exprime avec sarcasme et mépris.

- Oui, c'est moi, reconnaît l'ogresse.

- Pour quel motif?

- C'est à cause de ces deux incapables! Je réclamais à manger et personne ne répondait à mes appels. Ce sont tous des bons à rien. Si ça continue, je serai bientôt obligée d'aller chasser moi-même pour me nourrir.

- Tu manques de fermeté, Ogressive. Il faudrait peut-être faire un exemple.

- Que veux-tu dire?

- Retirer le pouvoir à l'un d'eux pour que les autres en tirent une leçon. Je n'ai pas permis à ta progéniture d'obtenir ces dons gratuitement. Ils ont le devoir de le garder vivace sinon...

- Quoi?

Les deux ogres tremblent devant la menace qui pèse sur eux.

- Sinon, répond Barbarée, quelqu'un devra en payer le prix. Les ogres te doivent obéissance absolue. Autrement, je serai dans l'obligation de les rendre impuissants et du même coup...

Ogressive est pendue à ses lèvres et redoute la suite.

- ...je reprendrai tous les trésors... laisse tomber Barbarée comme une sentence mortelle.

- Mes bijoux! Mes diamants! Mes rubis! Mes émeraudes...

- Oui...tes perles d'eau douce, tes pierres de jade, tes colliers miroitants, tes bracelets clinquants et toutes tes bagues... toutes ces choses qui brillent comme le soleil et qui ornent ta si généreuse personne en te rendant aussi grotesque qu'un clown de foire...

Sur cette tirade, la sorcière fait courir ses yeux moqueurs sur la grosse créature empâtée, empêtrée dans ses parures et finalement, elle s'esclaffe à plein poumons.

Ogressive voudrait réagir et répliquer, mais son opposante est trop puissante et trop vindicative. S'en faire une ennemie est la pire des choses. Cependant l'ogresse croit déceler un iota de sentiment de satisfaction dans l'œil d'Ogrimonde, posé sur elle. Pour une fois qu'il assiste à sa déconfiture.

- Je vais t'obéir, Barbarée, décide d'un coup la méchante ogresse. Retire ses pouvoirs à cet imbécile! lance-t-elle en pointant un doigt accusateur sur Ogrimonde.

- Oh non! je vous en conjure, supplie l'ogre en tombant à genoux. Ne faites pas cela, par pitié!

Les gémissements et les suppliques d'Ogrimonde n'ont aucune emprise sur le manteau de dureté de la sorcière.

- Lève-toi debout! ordonne-t-elle à l'ogre.

Il obéit en tremblotant comme une feuille, suppliant qu'on l'épargne, mais déjà la sorcière lève les bras très haut, ferme les yeux et baragouine des mots incompréhensibles. Tel que l'a fait Kalmia un peu plus tôt, Barbarée pointe alors l'ogre de sa main droite et le foudroie d'une décharge électrique. Une zébrure fluorescente suivie d'un crépitement secoue Ogrimonde de la tête aux pieds. Il pousse un hurlement à fendre l'âme et, comme si son corps tout entier s'ouvrait en deux, un ours dressé sur toute sa hauteur en surgit. La bête se remet aussitôt à quatre pattes et

Barbarée a juste le temps d'ouvrir la porte pour voir s'enfuir l'animal.

Affalé sur le sol, le corps d'Ogrimonde semble intact, mais pareil à Ogriloup et Ogratteux, il a perdu toute vitalité. Ogrisant se penche sur lui pour constater son état.

- Il est mort? demande-t-il à la sorcière.

- On peut dire ça, répond-elle sans le moindre regret.

- Sors-le d'ici! le somme Ogressive d'un geste dédaigneux de la main. Je veux que tu le cloues au pilori!

- Quoi?

- Avec l'aide des autres, je veux que vous construisiez une tourelle du haut d'un arbre et vous y enfermerez cet impotent. Il faut que chacun de vous sache ce qu'il vous en coûtera si vous me désobéissez! C'est bien compris, Ogrisant?

- Oui, Mère.

- Mère?

- Gracieuse Mère.

La sorcière ricane. Cette Ogressive semble beaucoup se plaire à faire régner sa dictature.

Ogrisant sort en entraînant son frère. Barbarée virevolte autour du lit de l'ogresse.

- Tu as l'air de prendre plaisir à les terroriser, fait-elle remarquer. Tu crois vraiment que cette idée de pilori va les effrayer?

- Certainement.

- Et que feras-tu lorsqu'ils auront tous perdu leurs pouvoirs? Comment survivras-tu?

- Ils ne perdront pas tous leur pouvoir, pourquoi dis-tu cela?

- Cela en fait déjà trois de moins : Ogriloup, ton chasseur de biche, de chair tendre, maintenant, Ogrimonde, ton pêcheur de truites et Ogratteux, qui a disparu. Attention, Ogressive, ta force réside dans le seul fait que tu sois entourée et protégée par ta progéniture! Toi seule, tu n'es rien. Je n'ai pas besoin de te répéter que tu n'as aucun pouvoir magique. Le seul pouvoir que tu as, c'est l'autorité que tu exerces sur les ogres. Si tu perds cela, tu es fichue.

Les yeux globuleux de l'ogresse sont soudés à ceux de la sorcière et, pour la première fois, la grosse vilaine sent qu'elle aussi a une faille.

- Tu m'effraies avec tes projections funestes, Barbarée, tranche Ogressive pour se redonner confiance. Les ogres sont mes petits, je les ai mis au monde et ils me sont très redevables.

- Tu es prête à en clouer un au pilori... tes petits...

Puis Barbarée s'esclaffe encore, tourne les talons et part sans demander son reste.

L'ogresse entend résonner son rire moqueur jusqu'au fond des bois.

Enfin tout le monde est réuni dans le campement initial. Les retrouvailles sont émouvantes. Célia a vraiment cru que son amie Irina avait péri aux mains des ogres. Les abandonnant aux bons soins des chicots, Kalmia regagne son abri, toujours escortée de Massif, son fidèle compagnon.

Tous les ogres qui erraient dans la forêt ont également réintégré l'asile de leurs cabanes. D'après Ogrisant, bientôt il y aura un rassemblement général commandé par l'ogresse. Selon toute apparence, l'heure est venue de mettre plein de choses au point. Entre-temps, Ogrisant, Ogrivol et Ogriflamme s'évertuent à construire la fameuse tourelle qui servira à clouer Ogrimonde au pilori.

Quant à elle, Kalmia s'interroge à savoir si Ogrimonde obéira à sa requête en lui livrant Ogrigri comme elle l'a exigé. La bonne sorcière ne peut pas deviner qu'Ogrimonde a été dépossédé de ses dons.

***

La montre de Lucas indique 17 heures. La faim recommence à tenailler les enfants. Irina est à peine remise de ses émotions.

Les garçons ont eu un élan de compassion pour Ogratteux et ils sont allés lui faire avaler quelques baies. Étrangement, l'ogre a momentanément cessé d'éternuer.

Lorsqu'ils reviennent au camp, c'est Nicolas qui informe Tremblant des faits nouveaux.

- Est-ce normal que l'ogre n'éternue plus, Tremblant?

Le chicot se dandine d'une racine à l'autre pour cogiter puis il confirme :

- Oui, c'est normal. À la longue, l'achillée sternutatoire peut perdre un peu de son effet, mais Ogratteux ne retrouvera pas pour autant ses pouvoirs.

- Comment pourrait-il les retrouver? s'enquiert Célia démêlant les cheveux d'Irina qui a été rudement malmenée dans sa mésaventure.

- Je crois que seule la sorcière pourrait y parvenir, avance Tremblant sous toute réserve.

- Quelle sorcière? intervient Coquette. Kalmia ou cette vieille chipie de Barbarée?

- C'est une bonne question. À la naissance de chacun des ogres, Barbarée est intervenue pour qu'ils aient des dons particuliers. Idéalement, ils ne devaient jamais les perdre. Je ne sais pas si Barbarée pourrait quelque chose pour les ogres qui ont perdu leurs pouvoirs. Peut-être bien…

- Kalmia pourrait-elle intervenir? questionne Coquette.

- Pourquoi ferait-elle une telle chose? s'empresse de demander Irina farouchement opposée à un tel scénario.

- Kalmia ne se mêlerait jamais de cette affaire, les rassure Tremblant. Le pouvoir des ogres fait beaucoup plus de mal que de bien.

- Qui rendra leur âme aux ogres qui ont été anéantis? poursuit la biche sur la même lancée.

- Après tout, peut-être que Kalmia y parviendrait...

- Je ne veux pas qu'elle fasse cela! s'oppose vertement Irina en s'écartant de son amie. Je veux qu'ils crèvent tous! Ces monstres puants avaient décidé de me manger toute crue et vivante, j'en suis sûre! Il ne faut pas qu'ils retrouvent leurs capacités. Tant mieux s'ils finissent légumes, pourrissant au fond des bois!

La pauvre fillette en a gros sur le cœur. L'épreuve qu'elle vient de vivre l'a beaucoup ébranlée. Toutefois, cela n'a pas altéré son appétit :

- Qui va nous pêcher des truites? lance-t-elle subitement au grand bonheur de tous.

- J'y vais, répond Lucas en marchant vers la rivière.

Nicolas lui emboîte le pas.

Lucas retrouve la première canne à pêche qu'ils avaient bricolée. Grâce à elle, il capture une demi-douzaine de truites en un temps record. « Et dire qu'on en avait toute une brochette cet après-midi, » rappelle Nicolas à son ami.

Lorsque les garçons reviennent au camp, déjà un feu crépite au creux du cercle de pierres.

Célia évide les poissons tandis qu'Irina les fait cuire au-dessus des flammes.

Pendant qu'ils se régalent, Célia fait remarquer en empruntant un ton funeste :

- Dorénavant nous n'aurons plus jamais la conscience en paix. Nous savons que les ogres connaissent notre existence. Même s'ils sont repartis, on sait très bien qu'ils vont revenir. Tant et aussi longtemps qu'ils ne nous aurons pas capturés, ils nous traquerons. Nous vivrons comme des proies en sursis.

Irina a de la difficulté à avaler son repas. Les sombres projections proférées par son amie ont de quoi glacer le sang.

Les garçons mangent du bout des dents. Aujourd'hui, ils ont été confrontés aux dangers réels qui les menacent. Toutes ces histoires à propos des ogres et de leur gloutonne de mère n'étaient pas le fruit d'une imagination débridée, mais bel et bien l'effroyable réalité.

- Kalmia saura vous protéger, intervient Tremblant pour chasser la morosité.

- Elle n'a rien fait pour libérer Irina! riposte Nicolas. Si vous voulez mon avis, cette sorcière n'a que très peu de pouvoir!

- Ne dis pas cela, Nicolas, réplique Tremblant. Kalmia est beaucoup plus puissante que tu ne le crois. Si elle n'a pas voulu intervenir, c'est qu'elle avait de bonnes raisons. Elle savait qu'Ogrigri allait répliquer. Comme Kalmia, cet ogre peut aussi faire de la magie. Et rappelez-vous ce qui s'est passé un peu plus tôt avec Ogrimonde. La sorcière a exigé qu'il lui amène Ogrigri, car c'est ce dernier qui possède la clé de votre liberté. C'est lui qui vous a fait entrer dans notre monde et c'est lui également qui peut vous renvoyer dans le vôtre.

Je le répète, si Kalmia n'a pas jugé bon de faire intervenir la magie pour libérer Irina, c'est donc qu'elle voulait ménager ses forces pour les confrontations à venir.

- Lesquelles? s'empresse de demander Coquette.

- Celle qu'elle livrera contre Ogrigri quand Ogrimonde le conduira à elle et celle avec...

- Avec qui? Ogressive?

- Barbarée.

- La sorcière noire?

- Elle-même.

- Pourquoi devraient-elles se confronter? continue d'interroger Coquette de plus en plus intriguée.

- Parce que mon intuition me dit que cela finira ainsi.

- Ça ne doit pas finir ainsi, rétorque Irina. Cela finira quand nous rentrerons chez nous! Un point c'est tout!

La petite tape du pied pour donner plus de poids à ses affirmations. Ce qui fait rire tout le monde.

La conversation coupe court. Ils sont tous épuisés.

Il vaut mieux penser à se reposer un brin pour affronter la nuit qui va bientôt venir.

Ogrinoir reviendra peut-être rôder pour attraper des chauves-souris et, qui sait, peut-être aussi qu'il osera traverser de l'autre côté de la rivière...

Voilà, c'est fait! La tourelle est terminée et Ogrimonde est assis derrière les barreaux, à plusieurs mètres du sol, le regard plongé dans le vide absolu.

Dans une longue échelle, Ogricole lui fait ingurgiter à la cuillère un bouillon de légumes. Ogressive a dépêché Ogrillon pour qu'il lui rapporte des tas d'insectes à faire griller et à déguster avant le repas principal.

Puisqu'Ogriloup n'est plus apte à rapporter de la chair, Ogressive n'a d'autre choix que de renvoyer Ogrippeur à la chasse.

- Cette fois, lui ordonne-t-elle bien enfoncée dans un hamac tendu sous les branches d'un arbre, rapporte-moi autre chose qu'un faisan. Je veux un dindon sauvage. Je veux de la…

- …chair… Je le sais, délicieuse Mère.

- Alors, si tu le sais, mets-toi vite en chasse, gros bêta!

Las de se faire insulter, l'ogre opine du chef malgré tout et il part en courant.

Restée seule, l'ogresse ricane à la vue d'Ogrimonde barricadé dans son perchoir. En le livrant en exemple, elle est assurée que les autres n'oseront jamais la défier et qu'ils continueront à pourvoir à ses moindres caprices.

- Laisse-le, Ogricole! Il a assez mangé, ce gros porc! lance-t-elle haineuse.

L'interpellé descend de l'échelle. Ogressive intervient à nouveau.

- Va me préparer mon bouillon. J'ai faim!

- Tout de suite, Mère sublime.

L'ogre s'enfuit en trottinant vers le potager.

***

Le manteau de la nuit s'étend lentement sur la forêt. Les enfants sont entassés dans l'abri, songeant à la suite des choses. Éthan manifeste ses inquiétudes.

- Je ne sais pas comment on parviendra à convaincre l'ogre Ogrigri de nous renvoyer chez nous. J'ai peine à croire que Kalmia réussira à le convaincre.

- C'est une magicienne, ne l'oublions pas, précise Célia allongée sur le lit de fougères.

- Une magicienne qui n'a pas levé le petit doigt pour tirer ma sœur des griffes des ogres, reprend Nicolas plein d'amertume.

- Tremblant nous a expliqué pourquoi elle a agi comme ça. L'ours s'est très bien occupé de ces ogres. N'est-ce pas, Irina?

- Oui, il leur a donné une de ces frousses, répond la fille joufflue, allongée sur le dos.

- J'ai confiance en Kalmia, soutient Célia. Bientôt, les choses vont changer. Elle va nous aider à sortir d'ici.

- Tu es bien optimiste, exprime Nicolas avec cynisme.

- Il le faut si on veut rester vivants, réplique Éthan.

À l'extérieur, les chicots sont en train de se gaver de résine. Leur maigre cueillette suffira à peine pour quelques jours.

Les brindilles songent qu'il faudra bientôt, pour leur survie à elles aussi, aller là-haut pour recueillir de la sève de sureau.

Les sureaux qui poussent dans les sous-bois n'ont pas la même teneur énergétique. C'est sur la montagne qu'on y retrouve les spécimens les plus vigoureux, mais c'est aussi sur ce mont que siègent tous les dangers. Quoique les brindilles sont si menues et si dépourvues d'intérêt aux yeux des ogres qu'elles ne risquent pas grand-chose à aller errer là-bas.

Justement, sur la montagne, l'action est à son comble. Ogressive, qui a convoqué une assemblée générale, trône sur un siège surélevé; deux torches allumées flambent de chaque côté d'elle. Les neuf ogres encore lucides forment un cercle autour d'elle. Ils sont assis à même le sol. Tout près d'eux, livré comme une bête de foire, Ogrimonde git dans sa tourelle, affaissé au plancher de sa cage. L'ogresse adresse des reproches à sa progéniture et met l'emphase sur le relâchement qu'ils exercent face au devoir qu'ils ont de pourvoir à ses besoins. Elle raconte :

- Ce matin, j'ai vu Ogrinoir, Ogrisant et Ogricole et… c'est tout! Où se cachaient tous les autres?

La méchante mère leur reproche leur absence inhabituelle.

- J'étais là moi aussi, précise Ogrippeur. Rappelez-vous, Mère adorée, je vous ai rapporté un faisan et un dindon sauvage.

L'ogresse commente, ironique :

- De bien maigres repas. C'est la biche que je réclamais. Personne n'a été capable de me rapporter une proie digne de ce nom. Aujourd'hui, je n'ai eu droit qu'à de frugaux repas, mais cela doit changer!

Ogressive fait claquer ensemble ses mains potelées. Elle désigne Ogrimonde dans son perchoir. Tous les ogres se tournent vers lui.

- Regardez dans quel état est votre frère, s'exprime-t-elle avec mépris. Il est devenu légume… comme Ogriloup, mais contrairement à lui, ce ne sont pas quelques chicots aidés de Kalmia qui l'ont mis dans cet état. Non, c'est Barbarée. Selon mes indications, d'ailleurs.

Ogressive fait courir son regard lourd de menaces sur la bande et raconte sur un ton de voix envoûtant :

- La sorcière noire est venue ici aujourd'hui et, avec sa magie, elle a arraché tous ses pouvoirs à Ogrimonde. L'ours qui sommeillait en lui a été extirpé de ses entrailles et il a pris la fuite. À partir de cet instant, Ogrimonde a perdu son âme et la conscience de tout ce qui l'entoure. Regardez-le comme il a l'air perdu. Il n'est plus qu'une loque, qu'un fantôme errant dans la nuit. Ogrimonde n'existe plus. Il ne reste de lui que son enveloppe charnelle.

Les ogres s'affligent devant le spectacle émouvant que leur offre la vue de leur frère ainsi démuni. L'ogresse continue sur sa lancée, toujours aussi méchante.

- Cet incapable n'a su me rapporter que quelques misérables truites comme repas. J'ai eu le ventre creux toute la journée. Par moments, j'ai même failli m'évanouir tellement j'avais faim. Je veux que vous l'observiez bien attentivement, car si l'un de vous ose me désobéir et négliger ses obligations envers moi, il connaîtra le même sort. Barbarée se tient prête à exécuter mes moindres désirs.

Les ogres n'osent pas se regarder entre eux. Ils sont tous complices d'une mutinerie qu'ils s'apprêtaient à mettre au point, eux qui espéraient capturer les enfants et les manger.

Devraient-ils aviser leur mère qu'il y a de ces créatures divines dans la forêt? Chacun des ogres se pose la question, mais aucun n'ose avouer un tel secret. Il vaut mieux attendre et prendre une décision en groupe. Par de longs soupirs qu'elle lâche, l'ogresse se montre harassée et très déçue. Elle caresse ses nombreux colliers et semble méditer. Puis elle redresse la tête et lance :

- Ogriflamme, va me chercher des escargots, Ogrillon, des insectes que tu feras griller et toi, Ogrisant, va me préparer une liqueur d'absinthe! Ogrinoir, retourne près de la rivière et rapporte-moi d'autres chauves-souris et aussi, essaie de retrouver Ogratteux. Cet imbécile ne doit pas être loin. Je l'avais envoyé dénicher des truffes ce matin... il va toujours près de la rivière. C'est là où les truffes sont les plus abondantes. Il doit s'être endormi quelque part ou bien il est tombé dans une fosse... De toute façon, Ogrinoir, je te somme de le retrouver!

L'ordre lancé par Ogressive n'a rien d'une suggestion, il s'agit d'une réelle sommation. Ogrinoir acquiesce en se levant, se mettant déjà en marche. Ogrisant, Ogriflamme et Ogrillon font de même.

- Toi, Ogricole, poursuit l'ogresse, va au potager et prépare-moi une copieuse salade! Allez hop!

Elle tape dans les mains et les force tous à se remuer. Les ogres qui n'ont pas été interpellés retournent illico à leur cabane.

La grosse créature méprisante s'extirpe tant bien que mal de son siège et, dans toutes ses rondeurs, elle marche jusqu'à sa cabane. Là, elle entre, tire le verrou et se rend jusqu'au fond de la pièce. Elle s'arrête devant le paravent bardé de ronces et de plantes sarmenteuses. Les yeux de l'ogresse reluisent sous la lueur diffuse de quelques torches qui éclairent l'espace. De sa main, elle pousse l'écran, qui dévoile une myriade de joyaux scintillant telles mille étoiles au firmament. Ogressive plonge les mains dans le trésor qu'elle a sous les yeux et, comme du sable, elle fait glisser les pierres précieuses entre ses doigts fébriles. Émeraudes, rubis, opales, diamants, saphirs, grenats, perles... toutes les plus belles pierres sont là à sa portée.

L'avide créature pose un fauteuil devant la table si merveilleusement garnie et elle ouvre une boîte de métal. À l'intérieur se trouvent tous les outils nécessaires à la joaillerie.

Ogressive se livre à sa passion favorite : la confection de bijoux.

C'est elle qui crée toutes les parures qui l'ornent.

Les heures passent. Ogrinoir a atteint le bord de la rivière. Il entre dans l'eau. Immédiatement, les chicots sont en alerte. C'est Craquante, celle qui demeure généralement en retrait, qui entend la première le clapotis de l'eau. Elle court avertir les autres. Aussitôt prévenu, Tremblant arrive à l'abri au pas de course.

- Vite, lance-t-il en glissant sa cime dans l'ouverture, sortez de là!
On a entendu du bruit dans la rivière.

Tous les enfants réagissent sur-le-champ et sortent dehors. Il y fait nuit noire. Aucune torche n'est allumée, consigne des chicots pour éviter d'alerter les ogres.

- On n'y voit rien, fait observer Éthan à voix basse.

- Restez ici, suggère Tremblant. Franc-Boisié et moi, on va aller voir ce qu'il y a dans la rivière.

Les deux chicots se rendent sur les berges et ils perçoivent le bruit que fait quelque chose en se déplaçant dans l'eau. Il fait trop noir pour y distinguer quoi que ce soit. C'est alors qu'une chose surprenante se produit. Tout comme la veille, la silhouette d'Ogrinoir s'illumine dans la nuit et commence à se dématérialiser. Telle une flamme qui se consume, le corps de l'ogre s'évanouit et laisse place à un tout petit point lumineux. Les chicots voient la petite lumière verte monter dans les airs.

- C'est Ogrinoir, murmure Franc-Boisié. Il cherche des chauves-souris. Il faut intervenir.

- Les plantes magiques…

Franc-Boisié et Tremblant retournent au camp. Ils racontent ce qu'ils ont vu.

- C'est le moment idéal pour désarmer Ogrinoir, soutient Tremblant, tout enthousiasmé.

- Comment allez-vous vous y prendre? intervient Coquette dont les yeux brillent dans le noir comme le feraient deux pépites d'or.

- Il faut révéler votre présence pour l'attirer jusqu'à nous, répond Tremblant en s'adressant aux enfants.

- Révéler notre présence? répète Nicolas abasourdi. Mais tu n'y penses pas, Tremblant? L'ogre va nous capturer. Et qui te dit qu'il n'est pas accompagné des autres? Maintenant qu'ils savent qu'on est là, les ogres ne nous lâcheront plus. Je crois que ton idée n'est pas très bonne.

- Attends! Ne sois pas si catégorique, Nicolas, reprend Franc-Boisié. Le but dans tout ça, c'est d'anéantir le plus d'ogres possible. Et vous savez tous qu'Ogrinoir est le plus dangereux de tous, car il devient complètement invisible. Plus on aura dépossédé d'ogres de leurs pouvoirs, plus vos chances de survivre seront grandes.

- Cela ne nous fera pas rentrer chez nous pour autant! exprime Irina toujours aussi pertinente.

- Tant et aussi longtemps qu'Ogrigri sera puissant, vos chances de retourner dans votre monde sont réelles. Mais, pour cela, Ogrigri ne doit jamais être dépossédé de ses pouvoirs sinon...

- Sinon? interroge Célia.

- Ce sera la catastrophe, laisse tomber Tremblant comme une sentence fatale.

Un court moment de silence, puis d'emblée tout le monde décide qu'il faut courir le risque de désamorcer Ogrinoir.

Selon toute apparence, il serait venu seul.

Tremblant se presse d'aller chercher les plantes magiques.

Elles sont parfaitement sèches. Les filles les émiettent dans leurs mains et recueillent la poudre qui en résulte au creux d'une grande feuille de bardane.

- Que fait-on maintenant? interroge Lucas.

- Le porteur de flambeau devra s'approcher de la rivière pour qu'Ogrinoir l'aperçoive.

- Je serai le porteur de flambeau, décide subitement Nicolas.

- Pourquoi toi? lui demande sa sœur.

- Parce que c'est de ma faute si on est coincés ici. C'est moi qui vous ai entraînés dans ce guêpier. Je veux réparer mon erreur.

- Comme tu voudras, intervient Tremblant. Remettez-lui la poudre magique.

Nicolas prend la grande feuille dans ses mains. Pendant ce temps, sous les recommandations de Tremblant, Éthan allume une torche.

- Tu vas marcher jusqu'à la berge et là, tu t'arrêteras, explique Tremblant au jeune garçon. L'ogre ne pourra pas manquer de te voir. Toi, tu ne dois jamais perdre de vue la petite lumière phosphorescente... Suis-moi, je vais te montrer.

Le chicot entraîne Nicolas aux abords de la rivière pour lui faire voir la fameuse lumière. Il explique que c'est sous cette forme qu'Ogrinoir se retrouve lorsqu'il se désintègre.

- En t'apercevant, l'ogre va se précipiter sur toi et quand je te le dirai, tu lanceras la poudre en direction du point lumineux. Tu as bien compris?

- Oui.

- Allons chercher la torche.

Le flambeau à hauteur d'épaule, Nicolas marche jusqu'à la rivière. Tremblant est tout près de lui, à quelques pas. Les autres épient la scène, cachés derrière les arbres.

Voilà, ça y est! Nicolas est à moins d'un mètre du rivage, la torche flamboyante à la main l'éclairant outrageusement.

Les yeux rivés sur le point lumineux sur l'autre rive, le brave garçon semble y percevoir soudainement un tressaillement.

- L'ogre a vu votre ami, chuchote Franc-Boisié aux autres.

Les jeunes ont le coeur qui bat la chamade. Si jamais l'expérience tournait mal, ce serait fini pour eux.

La lumière se déplace vers le bas. Elle longe la paroi rocheuse et glisse dans la nuit en direction du garçon. Ce dernier la voit venir vers lui; elle survole la rivière.

- Il approche, commente Franc-Boisié.

Tremblant n'ose plus bouger d'un iota et garde bien à l'œil le point lumineux.

Mais soudain, l'inattendu survient. Un bruit sourd mais facilement reconnaissable surprend tout le monde : un éternuement. Ogratteux a recommencé à éternuer. Catastrophe! Ogrinoir aussi a entendu le bruit. Il ne sait pas d'où cela provient. Est-ce l'un des autres enfants qui a fait cela?

Tout le monde perçoit l'agitation qui s'empare de l'ogre lorsque le point lumineux se met à osciller tel le soleil qui danse à l'aurore. Vite! Tremblant dit à Nicolas d'agiter le flambeau pour attirer l'attention de l'ogre.

Le jeune garçon s'exécute et, au grand soulagement de tous, le point lumineux se fige et brusquement fonce droit sur la cible en mouvement. Il arrive si vite que Nicolas s'affole et laisse tomber la torche dans la rivière. C'est la noirceur totale. Plus moyen de percevoir le garçon. Tout le monde panique. Tremblant voit Ogrinoir filer sous sa forme lumineuse à toute vitesse, mais dans cette totale obscurité, plus personne ne peut évaluer la distance qui sépare l'ogre de Nicolas. Les filles et les garçons tremblent de peur. Tremblant s'écrie alors :

- À toi de juger Nicolas!

Tout se passe très vite. À la surprise de tout le monde, brusquement, la silhouette gigantesque de l'ogre se dessine dans le noir, encerclée d'une aura bleutée. L'ogre paraît figé, paralysé dans des gestes captés sur le vif. Nicolas a réussi. Il a jeté la poudre juste au bon moment. C'est l'euphorie générale.

Toute la bande émerge de sa cachette et accourt auprès du valeureux garçon. Éthan allume un briquet pour les éclairer. Irina est très fière de son frère et l'embrasse sur la joue. Ogrinoir se tient sur une seule jambe. Il a l'air ancré au sol, de l'eau au mollet, le regard aussi vide que ceux qui ont péri.

- En voilà un qui va aller retrouver son frère, formule Franc-Boisié avec fierté.

- Il fallait qu'il décide d'éternuer à ce moment-là, fait observer Célia en parlant d'Ogratteux.

- J'ai bien pensé que tout allait échouer, confie Franc-Boisié.

- Moi aussi, avoue Tremblant.

Nicolas leur raconte combien il a eu peur quand la torche s'est éteinte et qu'il n'y voyait plus rien.

- J'ai pensé à mes parents, explique-t-il, et à l'envie que j'avais de les revoir. C'est cela qui m'a donné le courage de croire à l'impossible. Toute cette magie qui nous entoure paraît si folle à nos yeux. N'est-ce pas?

Nicolas s'adresse aux autres enfants.

- Ici, dans ce monde, exprime Éthan, nous sommes perdus, si vulnérables parce que pour nous, la magie n'est pas une chose réelle. Dans notre monde, elle appartient aux contes de fées, aux histoires inventées pour endormir les enfants, elle n'existe pas. Chez nous, personne ne croirait qu'une poudre magique puisse faire apparaître un ogre…

- Premièrement, renchérit Célia, dans notre monde, les ogres n'existent pas. Ils font juste partie des contes de fées et de toutes ces histoires inventées. Nous sommes actuellement dans un conte de fées, réalise-t-elle.

- Dans une histoire de sorcières, oui, reprend Irina.

- On va bientôt en sortir, de l'encourager Nicolas qui d'un coup semble avoir pris de l'assurance.

- Je le souhaite de tout mon cœur, conclut sa sœur.

Tous retournent au camp. Ogrinoir sera bientôt conduit auprès d'Ogratteux.

***

C'est le lendemain matin. Le soleil est encore au rendez-vous. Les enfants ont passé une nuit dont le sommeil a été truffé de cauchemars. La surveillance des chicots et des brindilles leur a permis au moins de dormir suffisamment pour qu'à l'aurore chacun se sente reposé.

L'ogre le plus dangereux a enfin été réduit à néant. Il repose maintenant aux côtés d'Ogratteux. C'est un réel soulagement de savoir que ce monstre invisible ne rôdera plus jamais dans les parages.

C'est l'heure de la toilette matinale. Les filles se rafraîchissent dans la rivière pendant que les garçons cueillent des framboises. Tremblant accompagne ces derniers tandis que Filine et Maligne tiennent compagnie aux filles. Les habitants de la forêt sont doués pour voir venir les ogres avant tout le monde. Il ne faut surtout pas oublier que les huit ogres qui restent représentent encore plus une menace depuis qu'ils savent que des enfants ont mis le pied dans leur sanctuaire.

Quant à elle, Kalmia se demande sérieusement si Ogrimonde remplira sa part du marché. Il doit lui amener Ogrigri à l'endroit désigné. Cependant, Ogrimonde git toujours dans sa tourelle. Il ne pourra pas accomplir sa mission. Est-ce que Kalmia lui amputera un bras, comme elle lui avait dit? À quoi cela servirait-il maintenant puisque les ogres ont appris par eux-mêmes qu'il y a des enfants dans la forêt?

L'heure est aux questionnements et aux réflexions. Il devient primordial que les enfants quittent les abords de la rivière. Les ogres y reviendront sous peu et il deviendra impossible pour tout intrus d'y trouver un endroit sûr pour se cacher. La sorcière pense qu'il vaudrait mieux pour eux qu'ils trouvent une autre cachette. C'est alors qu'elle songe à l'endroit idéal, soit son territoire à elle.

- J'ai trouvé, Massif! lance-t-elle subitement en cassant des œufs de cailles dans la poêle brûlante.

L'ours est couché près d'elle tel un chien fidèle. Il attend la suite de ses propos.

- Je dois ramener les enfants ici. Personne ne songera ou n'osera, venir les traquer sur mon territoire. Les ogres me craignent et l'ogresse n'y a jamais posé le pied...

- Tu as songé à l'autre?

- L'autre?

- La sorcière noire.

- Barbarée? Cette vieille emmerdeuse? Elle ne me fait pas peur. Qu'elle vienne si elle est brave. Je saurai bien me défendre.

Kalmia remue les œufs qui cuisent dans la poêle graisseuse et formule :

- Oui, c'est ici que les enfants doivent venir se cacher. Je pourrai les surveiller en tout temps et les chicots m'épauleront.

- Tu vas inviter Ogrigri, ici? l'interroge Massif qui essaie de deviner les plans de la sorcière.

- J'ai demandé à Ogrimonde de m'amener Ogrigri près de la falaise de la mort, confie la sorcière.

- C'est donc cela que tu lui as murmuré hier?

- Exactement. Cette falaise est un lieu particulier que je compte utiliser pour influencer Ogrigri. C'est là qu'est mort Ograisseux, son père.

- Tu crois qu'il a fait une chute dans le vide? Qu'un ours l'a fait tomber?

- Non, je connais la vérité. Quand il a été jeté dans le vide, Ograisseux a poussé un grand cri que j'ai entendu. J'étais tout près de l'endroit précis où il s'est écrasé. J'ai accouru et dans un dernier souffle, il m'a murmuré que c'était, Elle qui l'avait poussé.

- Qui ça, Elle? Barbarée?

- Non, Ogressive.

- Pas possible!

L'ours a les yeux écarquillés.

- Ograisseux était bon et généreux. Il était l'opposé de l'ogresse. D'ailleurs, les douze ogres ont hérité du tempérament de leur père, mais la magie de Barbarée et la méchanceté d'Ogressive les ont rendus avides. Seule l'ogresse avait le goût de la chair des enfants avant que Barbarée ne corrompe l'âme de sa progéniture.

- Tout cela peut-il se réparer?

- Je crois que rien n'est impossible, répond Kalmia en déposant les œufs cuits dans son assiette. Toutefois, nous sommes encore loin de la coupe aux lèvres si tu vois ce que je veux dire.

- Bien loin, tu as raison.

La bonne fée jette une portion de son repas à l'ours et l'informe qu'ils retourneront voir les enfants dès la matinée.

Ogressive ouvre les yeux. L'absinthe qu'elle a bue la veille lui cause de violents maux de tête. Son humeur est massacrante. Même si elle s'est empiffrée d'escargots et de délicieuses salades comme une truie pendant toute la soirée et presque toute la nuit, Ogressive réclame encore de la chair. Ogrinoir ne s'est jamais pointé avec les chauves-souris. Où est cet imbécile?

- Quelqu'un a vu Ogrinoir? hurle la vilaine encore affaissée dans son lit.

Ogricole arrive au pas de course, ouvre la porte et annonce, alerté :

- Ogrinoir a disparu!

- Quoi? Ogrinoir? C'est normal, pauvre idiot, il s'est désintégré tout simplement! le fustige l'ogresse.

- Non, Mère chérie, je dis qu'Ogrinoir a réellement disparu. Il est parti hier soir à la chasse aux chauves-souris et depuis, plus personne ne l'a revu. Ogrinoir ne manque jamais de vous servir vos chauves-souris grillées tous les matins.

Ogressive se met à réfléchir. Les yeux encore rougis par l'effet de l'alcool et le visage bouffi, elle profère entre ses lèvres épaisses :

- Qu'on me le ramène afin que je le cloue lui aussi au pilori!

- Ne faites pas cela, Mère! Ogrinoir est votre plus fervent pourvoyeur. Lui seul peut errer çà et là sans être vu.

La méchante mère commence à croire qu'il se passe des choses extraordinaires dans la montagne. Ces mystérieuses disparitions et ces dépossessions de pouvoirs lui révèlent qu'une catastrophe s'annonce.

- Je ne peux pas rester comme ça immobile, déclare-telle en se relevant péniblement. Un long collier de rubis, que l'ogresse a elle-même créé la veille, vient alourdir ses nombreuses parures. La grosse femme se lève sur ses jambes et en titubant, elle pointe un doigt sur Ogricole en formulant :

- Rassemble tous les autres, on va aller se recueillir. J'ai une demande à formuler.

L'ogre consent à sa requête en hochant la tête, la laissant seule.

Ogressive ouvre la porte, faite de planches d'épineux, et elle marche jusqu'à ce siège où elle s'était assise en soirée pour le grand rassemblement.

Ogrimonde gît toujours dans sa haute cage. À l'aurore, Ogricole a cru bon lui servir un autre bouillon chaud. Ogressive lui jette un regard vide de toute compassion. Cet être, qui jadis est sorti de son ventre, ne lui inspire que dégoût et mépris.

Elle songe à la naissance de ses rejetons. Il y eut quatre accouchements, donc trois petits à la fois. Ogressive se souvient des trois premiers qui sont nés. Elle revoit le visage euphorique de Barbarée, penchée sur le lit des nouveau-nés et entaillant la paume de leurs toutes petites mains pour y recueillir quelques gouttes de sang.

Par la suite, la sorcière s'était retirée dans son repaire pour offrir au Maître l'âme des rejetons par un quelconque rituel de sorcellerie.

Rien ne semblait avoir affecté l'apparence ou le caractère des petits jusqu'au jour où ils eurent sept ans et qu'ils furent instruits du pouvoir qu'ils possédaient.

Une année avait séparé chaque accouchement. Donc, en l'espace de quatre ans, les douze ogres étaient nés et la famille avait été formée. Désormais, l'ogresse saurait se débrouiller toute seule. Elle n'avait plus besoin de l'assistance d'un géniteur et encore moins d'un empêcheur d'aller de l'avant.

Ogressive voulait contrôler tout le monde et elle avait compris que grâce aux interventions de Barbarée, elle dominerait sur toute vie dans la montagne. Au surplus, la sorcière la couvrait de richesses pour la remercier d'avoir consenti à marchander les âmes de sa progéniture. Ograisseux s'opposait à tout marchandage et accusait Barbarée de se livrer à la magie noire. Lui, il adorait Kalmia. Il savait que le cœur de cette dernière était rempli de bonté et que jamais cette dernière ne voudrait faire de mal à personne. Cependant, l'intervention diabolique de Barbarée avait pourri le cœur de tous ses fils et il n'était plus possible de cohabiter avec eux.

Ograisseux tentait vainement de raisonner sa compagne pour lui faire comprendre qu'elle risquait gros à vouloir continuer à fréquenter Barbarée. Il disait que cette mauvaise femme finirait par la détruire et la précipiter aux enfers, mais aveuglée par la convoitise et le pouvoir, l'ogresse s'opposait fermement à ce discours.

Un matin, tandis qu'Ograisseux s'affairait à casser du bois sec pour le feu, quelqu'un s'est approché sans dire un mot. Il s'est retourné et elle était là… son épouse… la mère de ses enfants…

Ograisseux s'est redressé, il l'a regardée franchement et lui a demandé :

- Pourquoi me regardes-tu comme ça, Ogressive?

Les yeux de sa compagne exprimaient un tel sentiment mauvais que l'ogre avait eu un mouvement de recul. Sans trop s'en apercevoir, il s'était dangereusement rapproché du haut de la falaise. L'ogresse avait fait quelques pas vers lui en proférant :

- C'est moi qui règne sur le sanctuaire, pas toi pauvre minable!

Décontenancé, l'ogre avait répliqué :

- Tu as perdu la tête? De quel sanctuaire parles-tu au juste?

- Du mien… le sanctuaire des Ogres. Je viens de le nommer ainsi. C'est mon asile, mon abri, mon sanctuaire, avait décrété la méchante femme en balayant les alentours de ses bras levés pour ajouter du poids à ses propos.

- C'est de la démence. La sorcière noire est en train de te rendre folle. Même notre progéniture commence à se comporter de drôle de façon.

- Évidemment, pauvre crétin, ils sont investis de pouvoirs magiques! Tu ne le savais pas?

- Je sais que Barbarée s'est penchée sur leurs berceaux, mais je ne savais pas ce qu'elle leur a fait...
- Elle les a rendus invincibles! s'était écrié Ogressive pour surprendre Ograisseux et le forcer à reculer davantage. L'ogresse avait avancé vers lui et elle avait continué de vociférer :
- Mes rejetons sont des demi-dieux et toi, tu n'es rien!
En crachant ces paroles cruelles, l'odieuse avait littéralement foncé sur Ograisseux et l'avait poussé dans le vide.
Un cri déchirant comme celui d'un daim tombant sous les crocs d'un loup avait troublé la quiétude de cette matinée.

Accourant aussitôt auprès de ses petits et semblant alarmée, le visage déconfit et barbouillé de larmes, Ogressive leur avait annoncé la triste nouvelle :
- Votre père vient de mourir! Il est tombé en bas de la falaise! Venez vite m'aider, il faut lui faire une sépulture à la mesure de sa dignité.

Ils avaient creusé une tombe au pied du ravin et y avaient déposé le corps d'Ograisseux. Puis, ils l'avaient recouvert de pierres. Pour ajouter à l'outrage, l'ogresse avait levé les yeux au ciel et offert à Dieu l'âme de celui qu'elle prétendait être son bien-aimé. Les douze ogres avaient pleuré la mort de leur père; dorénavant, ils s'en remettraient totalement à leur mère pour la suite des choses.

Pour que jamais aucun de ses rejetons ne se doute qu'elle avait été responsable de la mort de son compagnon, Ogressive instaura un rituel. Tous ensemble, ils devaient aller se recueillir sur la tombe du disparu aussi souvent qu'ils en ressentaient le besoin.

Et justement, aujourd'hui, alors que deux ogres ont été dépossédés de leurs pouvoirs et que deux autres manquent à l'appel, Ogressive croit qu'il est temps de rendre visite à Ograisseux. Étant donné que les ogres vénéraient leur père, l'ogresse croit bêtement que toute demande qu'ils lui adresseront pourra se réaliser. Toutefois, le sort en est-il jeté? Les prémonitions d'Ograisseux seraient-elles en train de se réaliser? Lui qui prétendait qu'un jour, Ogressive serait précipitée en enfer?

Filine, Maligne et Tordante partent pour la montagne en quête de sève de sureau. Il est temps pour elles, comme ce fut le cas pour les chicots, de faire le plein d'énergie. Mais, pareil aux autres également, il va sans dire que l'aventure se veut toujours aussi périlleuse. Que ferait-on d'une brindille si jamais l'une d'elles devait se faire surprendre par les ogres? Elle serait à coup sûr ajoutée aux bouillons de l'ogresse pour en relever un peu la saveur. Donc, il est de mise de demeurer sur ses gardes et de ne prendre aucun risque.

Voilà qu'Ogressive entend venir toute la bande. Les huit ogres se regroupent autour d'elle, restée assise dans le siège à l'extérieur.
- Maintenant que vous êtes tous là, commente-t-elle, vous allez me suivre. On va rendre une petite visite à votre père.
Habituellement, c'est le bonheur quand il est question d'aller se recueillir sur la tombe d'Ograisseux, mais ce matin, les ogres auraient mieux à faire. Ils tardent de retourner à la chasse aux enfants. Mais l'ogresse ne doit jamais se douter de quoi que ce soit, alors vaut mieux obtempérer à ses demandes plutôt que d'éveiller le moindre soupçon.
Ils se mettent tous au pas. C'est Ogressive qui prend la tête.

Pour accéder au bas de la falaise maudite, il leur faudra suivre un sentier qui s'en va en déclinaison, serpentant le flanc rocailleux d'immenses rochers. L'exercice se veut très périlleux et hasardeux. Avec ses kilos en trop et sa souplesse douteuse, l'ogresse prend peut-être des risques en s'aventurant de la sorte, mais il est temps de rallier les troupes et de réconcilier les cœurs.

Ogressive sait que le reste de sa progéniture est meurtri par les disparitions des autres et, surtout, par l'état végétatif dans lequel elle a précipité Ogrimonde. Barbarée a bien précisé que le pouvoir de l'ogresse résidait dans l'obéissance de sa progéniture. Elle ne doit jamais perdre cela de vue.

Ça y est! C'est décidé. Kalmia se rendra au rendez-vous comme prévu. Elle avait demandé à Ogrimonde d'être de bonne heure au pied de la falaise avec Ogrigri.

Plus que jamais accompagnée de son ours, la bonne vieille dame se met en route. Pour se rendre à l'endroit choisi, elle devra traverser la forêt sur une bonne distance en flanc de montagne pour finalement s'engager dans un raidillon qui mène précisément au pied de ladite falaise. Comme c'est le cas pour Ogressive, l'exercice n'est pas des plus reposants pour Kalmia.

De leur côté, les enfants s'arrangent assez bien en compagnie des chicots. Les garçons ont rapporté tout plein de framboises et les filles, escortées de Tremblant et de Coquette, sont allées cueillir des fraises de l'autre côté de la rivière.

Maintenant, à huit heures trente précises, ils sont tous assis dans l'abri, sur un lit de feuilles de fougères fraîches, et ils dégustent leur frugal déjeuner.

Des pierres aux arêtes tranchantes s'effritent au passage des ogres. La corniche sur laquelle ils avancent est rigoureusement friable et dangereuse. Ce passage étroit longe la falaise par son flanc en opérant une sorte de spirale. Lourde et dépourvue de toute agilité, l'ogresse marche en surveillant chacun de ses pas. À la lumière de ce petit matin, il lui semble que la traversée de ce simple passage est plus difficile que jamais. Quelle en est la cause? Par moments, alors qu'elle jette un œil en bas de la falaise, Ogressive craint de succomber à l'étourdissement et de faire une chute dans le vide. Est-ce son embonpoint qui la rend si chancelante ou les effets de l'absinthe qui se font encore sentir? Difficile de répondre.

Cependant, elle est bien contente quand enfin elle pose son énorme pied sur la terre ferme.

- Dépêchez-vous, s'empresse-t-elle de dire à ses fils qui la talonnent de peu.

Ceux-ci arrivent un à la suite de l'autre en trottinant.

Il n'y a pas de croix pour marquer l'emplacement de la tombe d'Ograisseux. Seul un amas de pierres en délimite la forme.

L'ogresse s'agenouille dans l'herbe et arrache quelques plants de bardane qui ont poussé là. Les huit ogres s'agenouillent à leur tour, encerclant la tombe.

- À présent, propose Ogressive, l'un de vous va demander une faveur à Ograisseux. Qui veut le faire?

- Je veux bien, répond Ogrigri. Que voulez-vous que je lui demande, Mère adorée?

- Qu'on retrouve les enfants qui sont assurément entrés dans le sanctuaire, laisse tomber l'ogresse à la surprise générale.

- Les enfants, Mère? reprend Ogrigri très embarrassé.

- Oui, je sais qu'il y en a. Je peux presque sentir leur odeur.

La grosse vilaine hume l'air. Les ogres s'inquiètent à savoir s'ils ne portent pas sur eux l'odeur des enfants.

- Mais je le saurais s'il y en avait, se défend Ogrigri.

Les autres se lancent des regards entendus. Ogressive poursuit sur sa lancée :

- N'argumente pas avec ta mère, Ogrigri. Je sais ce que je dis. Mon nez et mon estomac ne me trompent pas. Je te répète qu'il y a des enfants qui se sont fait piéger. Allez! Invoque l'âme de ton père et demande-lui de nous conduire à ces enfants.

L'ogre n'a pas d'autre choix que d'obéir. Il ferme les yeux, croise les doigts et prie :

- Père, s'il y a des enfants ici, je veux que tu nous y conduises...

- Continue! le somme l'ogresse de sa voix autoritaire. Mets-y plus de coeur, gros taré!

- Nous voulons retrouver ces enfants, Père! Accorde-nous la grâce de les retrouver...

- Dis-lui que je meurs de faim, intervient Ogressive, et que je ne me suis pas régalée de la chair d'enfants depuis une éternité.

- Mère réclame la chair de ces enfants plus que tout, elle souhaite ardemment que vous réalisiez son souhait...

Pendant qu'ils sont tous là à implorer la clémence d'Ograisseux, Kalmia et Massif émergent enfin du sentier caillouteux par lequel ils sont passés. Blottis derrière un bosquet, la sorcière et son compagnon peuvent apercevoir la bande au complet agenouillée sur le sol. Plusieurs mètres les séparent des ogres. La sorcière et l'ours décident d'avancer un peu plus pour entendre ce qu'ils disent.

À pas feutrés, ils contournent quelques arbres et s'installent en retrait.

Kalmia est déçue lorsqu'elle réalise qu'Ogrimonde n'a pas respecté son engagement. D'ailleurs, plus elle regarde et plus elle réalise que ce dernier est absent. Comme c'est étrange! Pourtant, Ogrigri est là…

La sorcière entend l'ogresse exprimer clairement qu'elle sait qu'il y a des enfants dans la forêt. Les ogres le lui ont dit? Pourtant, il semblait évident que ces derniers étaient résolus à dévorer Irina eux-mêmes.

Alors que la demande faite à Ograisseux semble terminée, Kalmia a une idée géniale. Il faut que cette ogresse sache que le temps où elle terrorise tout le monde tire à sa fin.

Les yeux mi-clos, implorant les éléments tout en exprimant quelques formules secrètes, dans de grands gestes, la sorcière provoque une rafale de vent qui vient balayer les ogres.

Ceux-ci se relèvent vivement et s'interrogent sur une si subite action de mère Nature.

Ogressive titube et, les cheveux en broussaille, elle s'écrie dans la tourmente :

- Il faut vite partir! C'est une tornade!

Mais aussitôt le vent cesse et le calme revient. Tous les ogres sont atterrés, n'y comprenant rien au phénomène. Brusquement, un énorme bloc de roc se détache de l'escarpement et vient s'écraser lourdement près d'eux. Ogrigri a failli être touché. Plus que jamais, Ogressive décrète qu'ils doivent partir.

Mais à l'instant où ils s'apprêtent à reprendre le pas, voilà qu'une voix venue de nulle part les interpellent.

- Hypocrite! lance cette voix semblant surgir du néant.

Ogressive croit reconnaître cette voix.

- Ograisseux? murmure-t-elle.

- Tel ce bloc de roc, je suis tombé de la falaise, continue de dire la voix d'outre-tombe. Je ne suis pas tombé malencontreusement dans le vide parce qu'un ours m'y a obligé...

- Père? constate Ogrigri au grand étonnement de ses frères qui sont tous abasourdis.

- C'est bien moi. Méfiez-vous, mes enfants. Ce qu'on raconte sur ma mort n'est qu'un ramassis de mensonges. Je ne suis pas mort ici par accident... On m'a jeté dans le vide.

À ces mots, une minitornade s'empare de l'ogresse et la fait tournoyer telle une toupie. Le spectacle est hallucinant. Les ogres n'y comprennent plus rien. Puis, aussi brusquement que cela a commencé, tout s'arrête et l'ogresse se ramasse tant bien que mal au sol.

Ogricole accourt pour l'aider à se remettre debout.

La voix s'est tue. Ces révélations sont choquantes. Pourquoi avoir malmené ainsi l'ogresse?

Celle-ci presse tout le monde de fuir l'endroit. Apparemment, ce qui vient de se produire l'a terriblement ébranlée.

Kalmia les voit s'enfuir en toute hâte et s'amuse comme une bonne.

Les brindilles s'affairent minutieusement à recueillir la sève des sureaux. Les spécimens sur lesquels elles opèrent sont flamboyants et pétants de santé. Les malheureuses brindilles aimeraient bien redevenir de splendides sureaux comme c'était le cas avant l'inondation. D'ailleurs, les chicots aussi souhaitent de toutes leurs forces retrouver un jour l'allure majestueuse qu'ils avaient quand ils étaient de beaux épineux.

Maligne constate qu'elles ont bien travaillé et que la récolte suffira à les sustenter pendant quelques semaines. D'un commun accord, les trois brindilles décident de rebrousser chemin avec leurs réserves.

Chemin faisant, Filine s'arrête et s'adresse à ses deux compagnes en ces termes :

- Vous ne trouvez pas cela étrange qu'on n'ait vu aucun ogre dans les parages ni entendu quoi que ce soit? Nous sommes sur leur territoire. Habituellement, nous entendons des voix au loin ou les cris de l'ogresse réclamant à manger.

Tordante reconnaît que c'est une matinée plutôt calme. Le genre de matinée qu'elles n'ont encore jamais connue.

- Les ogres ont peut-être quitté le territoire, l'espace d'un moment, soulève Maligne comme hypothèse.

- Ce qui signifierait que le sanctuaire est libre de toute entrée ou sortie, en déduit Filine qui se veut perspicace.

- Que comptes-tu faire? lui demande Tordante qui a perçu une pointe de malice dans l'œil minuscule de son amie.

- On pourrait aller jeter un œil là-bas, propose Filine.

- Et risquer de se faire capturer, lance vivement Maligne.

- Nous sommes pour ainsi dire invisibles, reprend Filine, comment veux-tu que ces ogres empotés puissent nous apercevoir?

- Je ne sais pas, mais j'aime mieux ne pas prendre de risque.

- Tu n'es qu'une froussarde, Maligne! Moi, j'y vais! Tu viens, Tordante?

Cette dernière est hésitante. Doit-elle suivre Filine l'intrépide ou rester avec Maligne la prudente?

- Nous restons ensemble, tranche finalement Tordante. Ou bien on va toutes sur la montagne ou bien on s'en retourne à la rivière, mais on ne se sépare pas! D'accord?

Les deux autres acquiescent. L'audace l'emporte finalement sur la peur et elles se remettent à gravir la montagne.

Tout en remontant la côte, les brindilles passent à quelques mètres de la cabane d'Ogriloup. Elles savent que ce dernier a été vaincu; alors elles sont intriguées de savoir s'il a été ramené chez lui. Donc, poussées par une audace peu commune, les trois complices décident d'aller jeter un œil à la fenêtre.

Filine est la première à se glisser le long de la paroi de la petite construction de bois rond. Elle aperçoit l'ogre, couché sur un lit rudimentaire. Il est inerte et sans vie, semblant attendre une rédemption.

- Il est là, les informe la brindille, l'œil rivé aux carreaux. Il paraît aussi amoché que les deux autres près de la rivière. C'est bien fait pour cet affreux loup! De cette façon, il ne viendra plus nous embêter ou pourchasser notre amie Coquette.
- Je suis bien d'accord avec toi, Filine, argumente Maligne, mais ne traînons pas ici. On pourrait nous surprendre.
- Tu as raison, consent Filine en s'éloignant de la cabane. Allons plutôt voir ce qui se passe là-haut.

Elles grimpent encore plus haut sur le sommet de la montagne jusqu'à ce qu'elles arrivent sur un plateau. C'est là que vit Ogressive. Les trois audacieuses aperçoivent la petite habitation de l'ogresse et aussitôt elles sont attirées par cette cage dans l'arbre.
- Vous voyez ce que je vois? interroge Filine, intriguée.
- On dirait qu'il y a quelque chose d'enfermé là-dedans, constate Maligne.
Tordante leur rappelle qu'elles se doivent d'être prudentes et discrètes, car elles sont à découvert.

- Qui peut nous voir? réplique à nouveau Filine, toujours aussi sûre d'elle.

- Tordante a raison, abonde Maligne. Soyons sur nos gardes.

Pendant qu'elles s'avancent en longeant l'orée du bois, elles reconnaissent Ogrimonde affalé sur le plancher de la tourelle.

- Ogrimonde? s'étonne Maligne. Que fait-il là? Ne devait-il pas conduire Ogrigri à Kalmia?

Elles sont toutes perplexes devant ce sinistre spectacle. Tous ces ogres qui s'éteignent l'un après l'autre... Cela a quelque chose de macabre.

- Je n'ai aucune sympathie pour ces monstres, déclare Filine, mais je les trouve pitoyables dans leur état d'immobilité.

- Ils seraient mieux morts, réplique Tordante qui se veut cinglante.

- Je pense qu'ils le sont d'une certaine façon.

Elles s'éloignent d'Ogrimonde et, furtivement, s'approchent de l'antre de l'ogresse.

- Je pense qu'il n'y a personne, observe Filine qui, une fois de plus, jette un œil par une fenêtre.

Elle pousse même l'audace jusqu'à vouloir ouvrir la porte. Elle se rend compte que celle-ci est verrouillée.

- Zut! La grosse dégoûtante a barré la porte!

Très choquée, Maligne intervient.

- Partons d'ici immédiatement! On va se faire prendre et finir dans un bouillon! C'est ça que tu veux, Filine?

Tordante approuve son amie. Maligne en a assez de pousser l'audace à ce point. Filine n'en démord pas.

Elle contourne la cabane et pousse chacun des battants des fenêtres. À son grand étonnement, l'un d'eux n'offre aucune résistance.

- Venez vite, on va pouvoir entrer! annonce-t-elle aux autres, tout heureuse.

Maligne et Tordante détestent se retrouver dans des situations aussi précaires et recommandent à Filine de ne pas entrer là-dedans. Mais la malicieuse s'est déjà habilement faufilée dans l'ouverture. Ses deux amies l'observent à travers la vitre.

Elles voient l'aventurière explorer les lieux.

Filine fait l'inventaire de ce que possède Ogressive; elle termine sa fouille en se dirigeant vers le paravent bardé de ronces.

- Que cache cet écran?

Filine frémit de toute sa substance quand elle découvre le trésor qui y est caché.

- Venez voir! Venez voir! crie la brindille tout excitée.

C'est bien à contrecœur que les deux autres acceptent de s'infiltrer par la fenêtre pour venir voir.

Elles sont toutes abasourdies devant l'étendue de la richesse qui s'offre à leurs yeux. Filine ne peut résister à la tentation et elle enfile aux extrémités de ses tiges rigides des pierres que l'ogresse a percées de petits trous dans le but de les monter en collier.

- Ne fais pas ça, Filine! s'oppose vertement Maligne. Tu vas nous attirer des ennuis!

Déjà, Filine s'est parée d'une demi-douzaine de pierres différentes. Sa vanité est comblée.

Puis, malheur! des voix retentissent à l'extérieur. Les ogres reviennent. Les brindilles reconnaissent nettement la voix d'Ogressive.

- Dépêchons-nous de sortir d'ici! s'empresse de dire Maligne qui déjà court à la fenêtre.

Un cliquetis à la porte. Une clé dans la serrure…

Maligne et Tordante se sont extirpées à toute vitesse tandis que Filine s'introduit prudemment dans l'ouverture de la fenêtre de peur de perdre des parures.

La porte s'ouvre et le battant de la fenêtre retombe. Au même moment, Ogressive entend quelque chose tomber sur le sol. Elle porte son attention sur la fenêtre. Le bruit a paru venir de cet endroit. La géante s'approche et scrute à travers les carreaux. Elle n'y voit que la forêt, mais quand elle s'apprête à faire demi- tour, elle pose le pied sur quelque chose.

- Satané! Qu'est-ce que ça fait là?

Ogressive se penche et ramasse une émeraude aussi grosse qu'un œuf de caille.

- Qui a osé s'introduire ici pour me voler?

L'ogresse est furibonde.

- Ogrigri! Ogrigri! s'écrie-t-elle à pleins poumons.

Tout épouvanté, l'interpellé arrive au pas de course en surgissant par la porte.

- Mère, que se passe-t-il?

- On a essayé de me voler! déclare Ogressive en montrant l'émeraude.

- Qui oserait faire une telle chose? D'ailleurs, vous verrouillez toujours la porte… Comment…

- La fenêtre n'était pas fermée, le coupe la méchante mère. Quelqu'un s'est introduit ici et m'a chapardé une partie de mon butin.

S'empressant d'accourir auprès de sa réserve de pierres précieuses, Ogressive reconnaît qu'il est impossible pour elle de savoir s'il manque quelque chose mais elle en a la conviction.

Elle se retourne vers Ogrigri et lui ordonne :

Réunis toute la troupe, nous partons à la chasse aux enfants. Il n'y a que des humains pour s'intéresser à un trésor. N'est-ce pas, Ogrigri? Tu as bel et bien spécifié qu'il y avait un trésor sur ce message envoyé dans la bouteille?

- Parfaitement.

- Cela confirme ce que je pensais. Il y a des enfants dans le sanctuaire. Je les veux! Mais avant, je veux manger du sanglier!

- Tout de suite, Mère divine.

Les yeux globuleux et avides d'Ogressive brillent dans la pénombre tels ceux d'une louve qui s'apprêterait à bondir sur sa proie.

***

Près de la rivière, c'est la cacophonie totale. Au retour des brindilles, tout le monde commente l'audace de ces dernières. Les enfants sont séduits par les pierres qu'a ramenées Filine tandis que les chicots voient de mauvaise augure le geste irréfléchi qu'elle vient de poser.

- Ogressive est très perspicace, explique Tremblant. Elle s'apercevra qu'il lui manque des pierres.

- Elle croira que l'un des ogres les ont volées, prétend Filine qui se pavane sous les yeux des autres, enjolivée de toutes ces pierres miroitant au soleil.

Nicolas admire les joyaux et s'extasie :

- Je le savais qu'il y avait un trésor au bout de ce parcours! On va devenir riches! Tu vas nous y conduire, Filine?

- Tais-toi! le coupe sa sœur sur un ton cinglant. Tu oublies que j'ai failli être dévorée par les ogres. Tu crois qu'on a du temps à perdre et qu'on peut risquer notre vie pour aller sur cette damnée montagne juste pour quelques pierres précieuses?

- Quelques pierres précieuses? Mais, Irina, ce que l'on a sous les yeux vaut à lui seul une fortune. Filine prétend qu'il y en a des masses...

- Ta vie vaut plus cher que tous ces trésors! On ne sait pas si on va s'en sortir vivants, alors comment peux-tu penser à t'enrichir dans de telles circonstances?

Nicolas n'ose pas répliquer. Le raisonnement de sa sœur a trop de poids.

Pour abonder dans le même sens que Tremblant, Franc-Boisié soutient :

- Pourvu que l'ogresse ne s'aperçoive pas que quelqu'un a essayé de la voler. Sinon elle croira qu'il s'agit d'enfants. Les ogres l'ont probablement informée de votre présence.

Éthan réfléchit et enchaîne :

- D'autant plus que le plan d'Ogrigri nous invitait à trouver un trésor.

Plus personne n'ose souffler mot.

- On ne vous l'a pas dit, lance subitement Maligne, mais Ogrimonde a été enfermé dans une tourelle en haut d'un arbre.

- Il a été cloué au pilori, en déduit Franc-Boisié.

- Qu'est-ce que cela veut dire? s'enquiert Coquette qui, jusque-là n'avait fait qu'observer et constater l'étourderie des brindilles.

- Ogrimonde a été enfermé là-dedans pour être cité en exemple. Il a dû désobéir à l'ogresse et celle-ci aidée de Barbarée l'ont dépossédé de ses pouvoirs.

- Lui aussi? s'étonne Célia qui fait le calcul dans sa tête. Ça nous en fait quatre en moins, conclut-elle.

- Il en reste encore huit, reprend Tremblant sans vouloir se montrer défaitiste. Et ça, c'est sans compter Ogressive. À elle seule, elle en vaut au moins trois!

- Tu fais allusion à sa grosseur? questionne Coquette, moqueuse.

Les autres s'amusent de sa remarque.

- Non, je dis qu'elle vaut la méchanceté et la fourberie d'au moins trois de ses horribles rejetons.

- Tu es bon pour elle, le corrige Coquette. Moi, je dis qu'elle les vaut tous, car c'est à cause d'elle et de son esprit de domination s'ils sont si odieux et si vilains. N'est-ce pas, Tremblant?

-Tout à fait. Ces ogres ne seraient peut-être pas aussi mauvais s'ils n'avaient pas été investis de leurs pouvoirs dès la naissance. La magie noire de Barbarée a agi sur eux comme l'aurait fait une moisissure.

- Elle les a tous corrompus? insiste Coquette.

- Jusqu'à l'os.

- En attendant, de se permettre Franc-Boisié, si on apportait quelques baies aux prisonniers?

Il fait allusion à Ogratteux et Ogrinoir. La cache où ils sont enfermés est à une trentaine de mètres du camp.

Lucas se prête volontaire pour accompagner Franc-Boisié.

Entre-temps, Nicolas et Éthan en profiteront pour capturer quelques truites. Même si tout le monde commence à en avoir assez de manger du poisson, il n'en demeure pas moins que c'est là le seul repas digne de ce nom qu'ils peuvent se mettre facilement sous la dent.

Après ce qui vient de se passer au pied de la falaise, Kalmia a maintenant la certitude que la vie des enfants ne tient plus qu'à un fil. Puisque Ogressive a deviné qu'ils sont dans la forêt, le temps presse pour emmener les enfants en lieu sûr.

Le plan échafaudé avec Ogrimonde a visiblement échoué, donc inutile de perdre du temps avec lui.

La sorcière se met en route pour aller chercher les jeunes.

Ogriloup n'est plus là pour attraper les biches ou les sangliers, mais face aux exigences de leur mère, Ogrivole, Ogribou et Ogrippeur ont uni leurs forces pour capturer un sanglier.

Premièrement, la bête s'est empêtrée dans les tiges sarmenteuses d'Ogrippeur et, ainsi livrée aux mains des deux autres, l'animal a rendu l'âme dans un cri strident quand la pointe impitoyable d'un couteau est venue lui traverser le cœur.

Bien installée dans son siège à l'extérieur, Ogressive festoie. Ce cochon sauvage grillé sur la broche est tout simplement délectable; la gourmande s'empiffre depuis plus d'une heure. La bête a déjà été délestée d'au moins la moitié de sa chair.

Pendant que leur grotesque mère mange à s'en faire éclater l'estomac, les huit ogres sont regroupés devant la cabane d'Ogrigri, où ils discutent d'un plan à échafauder.

L'ogresse vient de décider de partir avec eux à la chasse aux enfants, mais cela ne leur convient pas. Les ogres s'étaient juré de garder pour eux ces créatures. Comment évincer Ogressive?

- Si on la jetait dans une fosse? lance Ogrivole à tout hasard.

- Tôt ou tard il faudra la sortir de là, répond Ogrigri. Imaginez ce qui se passera alors!

L'idée n'est pas très bonne. Il faut songer à une façon plus réaliste.

Puis Ogrigri leur explique que la meilleure manière d'agir, c'est de partir avec elle et, chemin faisant, la solution s'imposerait à eux.

- Je peux faire de la magie, précise-t-il. Ogrivole peut se changer en oiseau, Ogrippeur en une plante grimpante... Nous n'aurons qu'à la faire tomber dans un piège quelconque. Nous avons l'embarras du choix et elle n'y verra que du feu.

- Et que fera-t-on d'elle par la suite? questionne Ogrippeur.

- Nous verrons en temps et lieu.

- Je me demande bien si c'était réellement notre père qui a parlé ce matin, laisse tomber subitement Ogrillon.

- Bien sûr que c'était lui, confirme Ogrigri en hochant la tête pour donner plus de poids à ses affirmations.

- C'est la première fois qu'il s'adressait à nous, fait observer Ogricole.

- Il prétendait qu'il n'avait pas été jeté dans le vide à cause d'un ours, poursuit Ogrivol d'un air triste.

- Et pourquoi la rafale de vent s'en est-elle prise à Mère? intervient vivement Ogrippeur.

Un long silence pèse, chargé de regards lourds d'accusations, puis Ogrigri lance à la cantonade :

- On va venger notre père!

Les soupçons pèsent sur l'ogresse. De toute façon, les ogres avaient prévu la rendre inoffensive une bonne fois pour toutes.

- Si c'est elle qui a tué Père, nous lui ferons cracher le morceau! conclut Ogrigri.

Ils s'en vont tous au repaire de leur mère, comme elle l'avait exigé.

Après avoir un peu nourri les deux ogres séquestrés, Franc-Boisié décide qu'il est temps de les reconduire chez eux. Il expose son idée aux autres. Tremblant approuve et suggère d'escorter les deux malheureux avec l'aide des brindilles.

- De cette façon, explique Franc-Boisié, nous n'aurons plus à nous charger de les nourrir.

Ces ogres sont un poids mort et la situation précaire dans laquelle tout le monde baigne ne peut souffrir aucune contrainte.

Le repas est terminé. La truite était excellente. Tremblant et les trois brindilles se mettent en route pour reconduire les ogres sur la montagne.

Quant aux enfants, ils n'ont d'autre choix que d'attendre la suite des choses. Kalmia viendra peut-être leur apporter de bonnes nouvelles. Ils se doutent bien que son plan échafaudé pour Ogrimonde a raté étant donné que les brindilles ont trouvé ce dernier enfermé dans une cage…

Plus que jamais, l'ogresse verrouille sa porte à double tour. Cette fois-ci, elle prend bien soin de fermer les fenêtres correctement.

Les huit ogres l'attendent à l'extérieur. Ogrimonde gît, assis sur le plancher de sa tourelle. Il n'a ingurgité qu'un pauvre bouillon de légumes depuis le matin.

Ogricole murmure à Ogrigri :

- Dès qu'on aura pris le contrôle, on va le sortir de là. Il ira rejoindre Ogriloup dans sa cabane.

Pendant que les frères chuchotent entre eux, la plus inattendue et détestable des choses survient : Barbarée se pointe aux abords du sentier, vêtue de sa robe noire, ses cheveux grisonnants en broussaille et l'œil perçant comme celui d'un faucon. Un carcajou de taille respectable marche à ses côtés. Cette bête est l'une des plus féroces de la forêt. Même un ours n'oserait pas se mesurer à une telle créature du diable.

Surprise d'apercevoir la troupe au complet devant la cabane d'Ogressive, moqueuse, la sorcière noire leur lance en pleine figure :

- Que faites-vous là plantés comme des poireaux dans un potager, bande de grosses légumes?

Ogressive, qui s'assurait que sa porte était bien barrée, se retourne et s'étonne de voir Barbarée à quelques mètres d'elle.

- Tu as besoin de quelque chose, Barbarée? lui demande d'emblée la créature adipeuse.

- Une visite de courtoisie en passant. Cannibale avait le goût d'une promenade.

En entendant prononcer son nom, reluquant les ogres, le carcajou réplique d'une voix grincheuse :

- Pendant que j'y suis, je me mettrais bien une grive ou un hibou sous la dent.

Ogrivol et Ogribou se sentent interpellés.

Le premier argumente :

- Encore faudrait-il que tu arrives à nous attraper, gros puant!

Tout le monde sait qu'un carcajou est une bête des plus nauséabondes.

La sorcière intervient en caressant la vilaine tête de son fidèle compagnon :

- Cannibale a toujours le mot pour rire. Il est comme sa maîtresse, mortellement drôle.

Puis le rire grincheux de Barbarée retentit avec force; elle vient d'apercevoir Ogrimonde dans la tourelle. Elle commente, ironique :

- Ça n'a pas dû être facile de hisser cette grosse pâte molle jusque-là.

Ogressive ne réplique pas à la remarque, mais l'informe plutôt qu'ils sont sur le point de partir à la chasse.

- À la chasse? répète la sorcière. Toi, Ogressive, tu vas aller chasser? Que la merde de Satan me tombe sur la tête si cela est vrai!

- Alors, couvre-toi bien la tête, Barbarée, car je pars vraiment à la chasse.

- Aux perdreaux? ironise la vieille en ricanant.

- Non, aux enfants.

Barbarée reste interloquée. Elle plante son regard dans celui de l'ogresse et formule avec circonspection :

- Tu es certaine qu'il y en a ici?

- Oui, je le sais, je le sens, je pourrais le jurer, même si je ne les ai pas encore vus. Mes sens ne me trompent pas souvent.

L'ogresse songe aux pierres précieuses qui lui ont été chapardées.

Barbarée s'approche d'Ogressive et lui expose ses plans :

- Je vais aller avec vous et nous allons trouver ces enfants. Ça te ferait plaisir, Ogressive, que je vous accompagne?

- Bien sûr. Grâce à ta magie, on va assurément les retrouver.

- À une seule condition cependant.

- Laquelle?

- J'en garde un.

- Un enfant?

- Oui. Garçon ou fille, cela m'est égal, mais j'en veux un.

- Pour quoi faire? Le manger?

- Non, lui passer flambeau.

- Que veux-tu dire?

- L'initier à la sorcellerie, voyons! J'ai besoin de quelqu'un pour me succéder. Seul un humain peut tenir ce rôle. C'est pour ça qu'il me faudrait l'un de ces enfants. Mais comment sais-tu qu'il y en a plus d'un?

- Mon intuition.

Ogressive lève les yeux au ciel et confie à la sorcière que les ogres ont demandé à Ograisseux de les aider à capturer les enfants.

- Ograisseux? répète Barbarée moqueuse. Puis elle se met à rire comme une démente.

Ogressive décide de prendre le pas en entraînant les ogres avec elle.

Tout en continuant de ricaner, la sorcière ferme la marche, suivie de son affreux compagnon.

Le temps file; il est de plus en plus urgent de mettre les enfants en lieu sûr. Pour se rendre au camp initial, où se cachent les enfants, Kalmia n'a d'autre choix que de se fier au flair de Massif. Elle en déduit que le camp doit se situer un peu plus en aval de la rivière et qu'il suffit de longer la berge pour y accéder.

S'engageant dans un sentier bordé de fougères aux couleurs multicolores, les deux acolytes prennent le pas.

Comme ce fut le cas pour chaque jour passé en cette damnée forêt, le soleil est encore au rendez-vous. Et les enfants en profitent. Ils sont tous assemblés à l'extérieur du camp, regardant les brindilles et Tremblant partir avec les ogres impotents.

Enfin, un poids de moins à supporter.

Avant de s'en aller, Tremblant a mis tout le monde en garde. D'après lui, les ogres reviendront aujourd'hui pour tenter une fois de plus de s'emparer des enfants. Il soutient que l'ogresse a dû être informée de leur présence et qu'il doit être prioritaire pour elle qu'on lui amène ces intrus le plus vite possible.

Irina ne tient plus en place. Elle a été durement éprouvée. Elle raconte qu'elle a fait un horrible cauchemar :

- J'étais couchée dans l'abri sur un lit de fougères et je dormais profondément quand soudain, j'ai été réveillée par un bruit étrange. J'ai glissé la tête à l'extérieur et j'ai vu la face grimaçante d'une créature effroyable.

- Qu'est-ce que c'était? interroge Célia le regard fixé sur son amie.

- L'ogresse.

- Mais tu ne l'as jamais vue, reprend Célia.

- Non, mais je l'ai vue dans mon rêve. Elle était énorme et laide à faire peur aux loups et ses yeux étaient aussi brillants que ceux d'une bête sauvage.

- Cela décrit assez bien Ogressive, observe Franc-Boisié, railleur.

Irina poursuit sur sa lancée.

- Là, la méchante a plongé ses grosses mains potelées dans l'abri et elle m'a saisie par une cheville. Elle m'a ensuite tirée à l'extérieur. Je me suis réveillée en sueur alors qu'elle s'apprêtait à planter ses énormes canines dans mon mollet.

Célia sent un frisson lui courir dans l'échine.

- Tu me donnes la chair de poule! exprime la jolie fille en frictionnant ses bras.

- Le pire dans tout ça, ajoute Irina, c'est que j'ai vécu quelque chose d'encore plus terrifiant hier.

- Il en faudrait moins pour faire de tels cauchemars, intervient Coquette. Ce que tu as vécu hier, petite, ressemble à peu près à ce que le loup m'a fait vivre pendant plus d'une année. Chaque jour je craignais de tomber sous ses crocs. Moi aussi, j'en faisais d'horribles cauchemars. Une biche aussi, ça rêve!

Coquette appuie ses affirmations en frappant le sol d'un coup de sabot.

- Tu devais vivre un enfer, constate la grosse fille dont le regard exprime une sincère compassion.

- Oui, confirme la biche.

Et celle-ci redresse vivement la tête et proclame tout haut qu'elle n'a plus peur maintenant que le loup n'y est plus.

Tous ces beaux discours sont heureux, mais la réalité est tout autre. Cette forêt n'en est pas moins la prison de ces pauvres enfants et ils ne semblent pas prêts d'en sortir.

De son pas lourd et lent, l'ogresse ralentit beaucoup la troupe. Ils se sont lancés sur une piste aléatoire. Étant donné que les ogres ne veulent pas que leur mère s'approprie les enfants, ceux-ci tentent de la guider dans une mauvaise direction. Ils essaient de l'orienter en aval de la rivière, à l'opposé du camp qu'ils ont trouvé hier, mais, malheur, ce faisant, ils mènent tout le monde directement au premier camp, là où les ogres n'ont encore jamais posé le pied.

Le terrain va en déclinant et Ogressive avance avec prudence. Sa taille imposante et son habituelle inaction lui causent bien des difficultés. Elle pose le pied sur une pierre arrondie et oups! la voilà qui culbute à la renverse, tombant au sol. Elle se met à rouler dans la côte au grand ébahissement de tous. Les ogres s'amusent de la voir débouler au sol avec une telle rapidité.

Barbarée s'esclaffe et tombe à genoux pour rire à son goût. Ogressive tente de s'accrocher aux branches qui poussent en flanc de côte, mais chaque branche qu'elle agrippe se déracine aussitôt à cause de son poids.

Finalement, dans des cris de détresse, la grosse gloutonne termine sa descente en s'écrasant au pied d'un moussu.

Elle entend retentir les ricanements percutants et sardoniques de la sorcière juchée sur la côte.

Près du campement, Irina se redresse vivement comme si elle avait été piquée par une guêpe.

- Vous avez entendu? demande-t-elle aux autres assis près de la rivière.

Tout le monde tend l'oreille dans l'espoir d'entendre quelque chose.

Les rires ont cessé. Célia répond :

- Je n'entends rien.

Les autres non plus n'ont rien entendu.

Coquette, qui a l'oreille plus aiguisée, dort paisiblement à l'ombre des sureaux. Peut-être qu'elle aussi a capté le bruit... Irina va la secouer pour la réveiller.

- Qu'est-ce qui te prend? maugrée la biche en apercevant la grosse fille et ouvrant les yeux.

- J'ai entendu rire, prétend Irina.

- Je n'ai rien entendu, moi.

- Bien sûr que non, tu dormais. Écoute...

Coquette prête l'oreille puis formule en battant des cils :

- Tu as rêvé, ma petite. Il n'y personne qui rit ici.

- Je n'ai pas rêvé, soutient fermement Irina. Je suis certaine d'avoir entendu rire.

Célia propose d'attendre et de rester à l'affût. S'il y a vraiment quelqu'un qui a ri et qui rôde dans les parages, ils le sauront assez tôt.

- Quand on le saura, réplique Irina, il sera trop tard. Les ogres se jetteront sur nous pour nous séquestrer. Je crois qu'on ferait mieux de partir!

- Pour aller où? l'interroge Nicolas. Tu ne crois pas qu'on a suffisamment déménagé comme ça? Et Tremblant, comment ferait-il pour nous retrouver? Non, je pense qu'il faut rester ici et attendre.

- Attendre le retour des ogres... murmure Irina, mécontente, affichant une moue et croisant ses bras devant elle.

- Ne fais pas le bébé, la réprimande son frère.

- C'est moi qui ai été capturée par ce sale puant, pas toi! rétorque la jeune fille. Je n'ai pas envie de rester là à attendre qu'on vienne m'attraper à nouveau! Je veux quitter cette forêt maudite et rentrer chez nous!

En lançant cette dernière affirmation, Irina fond en larmes et se jette à genoux pour pleurer. Célia vient s'accroupir près d'elle pour la réconforter.

- Tout va bien aller, murmure la jolie fille. Il faut garder l'espoir. Kalmia va nous sortir d'ici.

Ogressive se remet péniblement sur ses jambes. Les huit ogres sont restés immobiles sur la côte à l'observer. Barbarée a cessé de rire, mais elle trouve étrange qu'aucun des rejetons n'aille au secours de leur mère.

Ceux-ci cherchent encore la façon d'évincer l'ogresse pour garder les enfants pour eux. Ils avaient bêtement espéré qu'elle se tuerait dans sa chute en se frappant la tête contre le tronc d'un arbre.

- Votre mère a besoin de vous, chuchote avec malice la sorcière. Personne n'ira l'aider?

Les ogres réalisent que cette maudite sorcière va faire avorter leur plan et qu'elle peut réellement conduire Ogressive jusqu'aux enfants. Il ne faut pas qu'une telle chose se produise. Comment évincer Barbarée?

Pour masquer tout soupçon, Ogrigri décide d'accourir auprès de l'ogresse.

- Mère chérie, s'écrie-t-il en dévalant enfin la côte, vous vous êtes fait mal?

- Non, je me suis amusée comme une vraie folle! réplique l'ogresse avec ironie alors qu'elle vacille sur ses jambes, s'accrochant au tronc d'un arbre.

Apercevant les autres tout au loin, elle leur lance, furieuse :

- Vous auriez été heureux que je me casse la tête, bande d'ingrats! Personne n'a levé le petit doigt pour essayer de m'arrêter! Barbarée, foudroie-les tous de ta magie!

L'interpellée descend tranquillement la côte avec son carcajou.

Suivie des ogres, Barbarée arrive près de l'ogresse; elle explique :

- Calme-toi, Ogressive. Ce n'est pas le temps de faire n'importe quoi. Je te l'ai dit, tu as besoin des ogres. Ils sont ta force et ce sont eux qui pourvoient à tes moindres désirs. Sans eux, que vas-tu faire? Tu as de la misère à marcher dans la montagne, imagine que tu sois obligée de pourvoir seule à tes besoins. Tu n'y arriverais pas.

Ogressive expire bruyamment en jetant sur sa progéniture un regard lourd de menaces.

- Je vous préviens, leur lance-t-elle, si l'un de vous a projeté quoi que ce soit qui puisse me nuire, il sera fouetté jusqu'au sang et suspendu par les pieds à la branche d'un arbre.

C'est bien compris?

Les ogres opinent de la tête. Les images qu'ils se font d'une pendaison renversée n'a rien de réjouissant.

Ogressive se remue et décide de se remettre en marche. La rivière n'est pas très loin, en bas de la côte, à la lisière du bois.

- Cette sale bête, lance brutalement l'ogresse en désignant le carcajou, elle saurait renifler les pistes au sol?

Barbarée est offusquée pour son animal.

- Cannibale n'est pas une sale bête! C'est un fidèle compagnon. Je te prierais, Ogressive, de t'adresser à lui en d'autres termes, car il pourrait très bien se fâcher. N'est-ce pas, Cannibale?

Ce dernier avance lentement près de la grosse vilaine et profère :

- Ma maîtresse a raison, je pourrais devenir très méchant. Et tu sais ce qu'on raconte sur les carcajous?

- Non...

- Qu'ils urinent sur leurs proies avant de les dévorer. Il paraît que l'odeur est intenable. Moi, je ne trouve pas, mais peut-être que toi, tu comprendrais ce que cela veut dire.

Ogressive recule. Ce puant l'effraie.

- Retire tes vilaines paroles, reprend la bête en marchant vers elle.

- Excuse-moi, Cannibale, je ne voulais pas t'insulter. Je suis furieuse après cette bande d'incapables, c'est tout.

- Dans ce cas, j'accepte tes excuses. Puisque tu veux que je flaire la piste des enfants pour t'aider à les retrouver, tu auras une dette envers moi.

- Laquelle?

- Je veux que tu me laisses tous leurs os à ronger.

Ogressive se met à rire de bon cœur.

- Avec plaisir, cher ami, répond-elle en se calmant.

Cette fois, Coquette aussi a entendu quelqu'un rire. Il s'agit du ricanement d'Ogressive.

Les enfants n'ont cependant rien perçu.

- Ils sont tout près, les informe la biche en se relevant brusquement.

Irina et Célia, qui baignent leurs pieds dans l'eau de la rivière, se retournent vers Coquette qui est très agitée.

- Qu'est que tu dis, Coquette? interroge Célia.

- Je dis qu'ils sont tout près.

- Qui ça?

- J'hésite à répondre…

La biche se montre très circonspecte.

- Parle, voyons! la somme Irina. Tu ne vois pas que tu nous effraies?

- L'ogresse s'en vient, laisse tomber Coquette comme le ferait le couperet du bourreau.

Irina se relève et elle enfile ses bas et ses chaussures à toute hâte. Célia fait de même. Les garçons qui paressent dans l'abri, voient arriver les filles tout épouvantées.

- Qu'est qui vous arrive? s'enquiert Éthan en sortant la tête par l'ouverture.

- L'ogresse s'en vient nous chercher! lance Irina en alerte, le regard fou et le visage empourpré.

Les garçons sortent à l'extérieur.

- Qui vous a dit cela? demande Nicolas.

- C'est moi, répond Coquette. J'ai entendu rire cette grosse légume dégoûtante. D'ailleurs, je me demande bien ce qu'elle fabrique dans le coin. Cette paresseuse ne sort presque jamais de sa cachette!

- Elle est venue nous chercher, en déduit Irina encore hantée par les images qu'elle a vues en rêve. Mon cauchemar est en train de se réaliser. Avant longtemps, cette monstrueuse créature aura planté ses crocs dans mon mollet...

- Assez de bavardages! tranche Célia. Il faut fuir!

- Encore! rétorque Lucas. Et pour aller où? Même si les ogres rôdent dans les parages, cela ne veut pas dire qu'ils vont nous trouver ici. Aucun d'eux ne sait que ce campement existe.

- Lucas a raison, reprend Éthan. Les ogres vont conduire leur mère au deuxième campement, car c'est là qu'ils nous ont trouvés hier. C'est logique. Coquette se calme.

- Bon, espérons que vous dites vrai. Moi, je fais ça pour vous, les enfants. Je me sens un peu responsable de votre sécurité. Tout comme toi, Franc-Boisié... n'est-ce pas?

Jusque-là le chicot était resté muet et observateur. Il intervient enfin.

- Nous sommes tous responsables de la survie de ces jeunes, soutient-il. Notre forêt est inhospitalière et elle est sous l'emprise d'une domination maudite. Avant la venue de cette sorcière noire et de ce damné déluge, la vie était très agréable ici. Nous avons laissé le mal étendre son lourd manteau de misère sur notre forêt adorée. Maintenant, plus personne n'y trouve le repos à cause de ces êtres impitoyables qui ont pris le contrôle. Tu as cent fois raison, Coquette, c'est à nous de rétablir l'ordre.

- Comment? Peux-tu me le dire, Franc-Boisié?

- Avec l'aide de Kalmia et de tous les habitants de cette forêt qui souhaitent retrouver l'harmonie qui existait jadis.

- Tu crois qu'on peut vous aider? questionne Éthan le plus naïvement du monde.

- C'est très gentil à toi, Éthan, mais pour le moment, l'important est que vous restiez en vie et qu'on arrive à vous renvoyer dans votre monde. Je crains que vous ne puissiez rien faire pour sauver notre forêt.

- Dommage...

Kalmia et Massif sont en train de traverser la rivière. Ils sont tout près du deuxième campement. La sorcière croit qu'il faut suivre la berge en allant en aval du cours d'eau. Elle se tarde de ramener les enfants auprès d'elle.

Lorsqu'ils atteignent la rive, l'ours se met aussitôt en mode de reniflement et ils reprennent le pas.

Barbarée suit le carcajou de très près. L'animal a repéré des pistes au sol. Les ogres marchent derrière et Ogressive se tient aux côtés de la sorcière. Le terrain va toujours en déclinant et ils sont à moins de cinquante mètres de la rive.

Cannibale semble avoir un odorat plutôt bien développé pour un puant de son espèce. L'ogresse se réjouit à l'avance, car cette bête répugnante va sûrement la conduire droit sur ces enfants qu'elle se meurt d'envie de croquer à belles dents.

Tremblant et les brindilles, qui s'amènent avec Ogratteux et Ogrinoir, ralentissent subitement le pas. Des bruits leur parviennent...

- Tu entends, Filine? questionne le chicot.

La brindille croit entendre des bruissements en flanc de montagne.

- On dirait que quelqu'un s'amène, fait-elle remarquer.

- Quelqu'un ou quelques-uns! renchérit Maligne qui, elle aussi, peut capter le bruit.

Tordante confirme qu'ils doivent être nombreux.

- Je sens vibrer le sol, soutient-elle.

Les deux ogres invalides sont plantés debout, inertes, et ils attendent qu'on reprenne le pas.

Tremblant prête l'oreille; il parvient à reconnaître la voix d'Ogressive.

- Par la toute-puissante mère des épineux! exprime-t-il, l'ogresse vient par ici!

- Ogressive? Tu veux rire? intervient aussitôt Filine.

- Pas du tout. J'ai entendu sa voix. Écoutez, vous allez l'entendre aussi.

Les brindilles s'appliquent à écouter et à leur grand étonnement, elles réalisent que Tremblant n'a pas menti. Ogressive est réellement dans les parages et elle s'amène en direction de la rivière.

- Il y a quelqu'un d'autre avec elle, fait remarquer Maligne.

- Évidemment, rétorque Filine, tu crois qu'elle discute toute seule?

- Tais-toi, Filine! Je n'ai pas besoin de tes remarques stupides!

- Taisez-vous! les coupe Tremblant. Il ne faut pas se faire repérer.

- Tu crois que les ogres sont en train de conduire leur affreuse mère aux enfants? demande Maligne.

- J'en ai bien peur.

Le chicot leur explique qu'en théorie, les ogres ne savent pas qu'il existe deux campements.

- Ils vont l'amener au deuxième abri, suppose Tremblant.

- Souhaitons-le sinon les enfants sont perdus!

C'est alors que Tremblant a une idée géniale.

- Suivez-moi! lance-t-il en reprenant le pas tout en entraînant les ogres.

Les brindilles n'ont d'autre choix que d'obtempérer.

Les enfants sont rassemblés près la rivière, cachés derrière les buissons. Franc-Boisié est là avec Coquette. Ils se tiennent tous prêts à déguerpir au moindre danger. Irina a le regard porté sur l'autre rive; elle appréhende la suite des choses. Dans son cauchemar, l'ogresse était si laide qu'elle est convaincue que dans la réalité elle l'est d'autant plus. La seule vue des ogres aurait le pouvoir de susciter en elle un tel sentiment de panique qu'Irina redoute ses propres réactions.

- Cette fois, confie-t-elle le plus sérieusement du monde à ses amis, on ne se sépare pas. Si on doit fuir, on le fait tous ensemble. C'est bien compris?

- Rassure-toi, Irina, lui répond son frère. On ne se laissera pas attraper par ces stupides monstres et on va rester groupés.

- Je suis prête à me sacrifier pour créer une diversion, lance Coquette comme proposition.

- Te sacrifier? intervient Franc-Boisié.

- Le loup n'est plus là, je ne crains rien. Je peux aller devant et entraîner les ogres sur une fausse piste.

- Ce n'est pas toi qu'ils recherchent, lui fait remarquer Irina. C'est nous.

- Peut-être bien, mais depuis des lustres, l'ogresse meurt d'envie de me dévorer le cœur. En m'apercevant, je suis sûre qu'elle en sera déroutée et qu'elle lancera la harde à mes trousses. Quand bien même ils se métamorphoseraient en plantes grimpantes, en grives ou en lucioles, je n'en aurais rien à faire.

- Cela pourrait les ralentir pour un moment... constate le chicot.

C'est décidé, dans le cas où cela deviendrait nécessaire, Coquette mènera à bien son projet.

Cette fois, plus de doute possible, il s'agit bien d'Ogressive. Tremblant peut même l'apercevoir à travers les feuillages. Il voit également Barbarée à ses côtés ainsi que la troupe des ogres qui ferment la marche.
- Elle a sa chasse gardée, ironise Tremblant.
- Qu'est-ce que tu comptes faire exactement? lui demande Filine.
Le chicot n'a encore rien dévoilé de ses plans.
- On va relâcher Ogratteux et Ogrinoir pour que les autres les croisent sur leur route. Si je ne fais pas erreur, cette stratégie aura pour effet de détourner l'ogresse de son but premier.
- J'espère que tu dis vrai.
- Ça ne coûte rien d'essayer. Si on ne fait rien, ils finiront par débusquer les enfants.

Comme convenu, Tremblant conduit les deux ogres et les abandonne tout près d'un gros rocher, assis au milieu d'une toute petite clairière. Là, les autres ne manqueront pas de les voir.
Le chicot retourne auprès des brindilles et ils se mettent en mode de surveillance.

Cannibale est le premier à émerger dans la clairière. Son odorat est immédiatement happé par l'odeur des ogres.
- Il y a quelque chose là-bas, annonce-t-il à sa maîtresse.
- Des enfants? interroge aussitôt l'ogresse avec avidité.
La bête court au-devant des ogres et s'arrête quand elle aperçoit les deux impotents.
- J'ai trouvé deux de tes rejetons, Ogressive! lance-t-il au loin.

L'ogresse accélère la cadence, puis quand elle arrive près du rocher et qu'elle voit Ogratteux et Ogrinoir, elle s'exclame :

- Vous voilà enfin, vous autres!

Mais l'état dans lequel les ogres se trouvent lui fait comprendre qu'ils sont aussi dépourvus qu'Ogrimonde et Ogriloup.

- Ils sont légumes, constate Barbarée.

- Comment ont-ils pu arriver jusqu'ici? interroge Ogressive, étonnée par sa propre question.

- Quelqu'un les a laissés là pour qu'on les trouve.

- Ce qui signifie que ce quelqu'un n'est peut-être pas très loin...

L'ogresse scrute les environs. Barbarée lance son animal sur la piste de l'intrus et ils se mettent en quête de le rattraper.

Quant à Ogriflamme et Ogrisant, sur les ordres de leur mère, ils reçoivent le mandat de reconduire leurs frères impotents à leur cabane respective.

Tremblant ainsi que les brindilles n'ont pas attendu qu'on vienne les cueillir. Ils ont fui dès qu'ils ont senti qu'il était urgent de le faire.

Ils courent en direction de la rivière. Ce faisant, ils ne réalisent pas encore qu'ils conduisent leurs poursuivants sur la trace des enfants.

Coquette guette impatiemment le moindre mouvement de l'autre côté de la rivière. Elle a hâte de pouvoir intervenir.

Pour calmer leur angoisse, Célia et Irina se remémorent d'agréables souvenirs qui les rattachent à leur vie d'avant.

- Ma mère m'avait acheté une robe bleue pour le mariage de mon oncle Paul, raconte Célia. Je ne sais pas si j'aurai le bonheur de la porter. Mon oncle se marie dans un mois. Si tu avais vu la tête de Catherine Saint-Laurent quand je lui ai montré ma robe…

- Elle a dû en pâlir de jalousie, commente Irina. Cette fille est tellement vaniteuse.

- J'ai fait exprès pour l'inviter chez moi pour qu'elle me voie dans ma robe. Son visage est devenu cramoisi. Je croyais qu'elle allait me déchirer la robe sur le dos.

Célia rigole. Irina enchaîne :

- Moi, c'est mon tempérament qui la rend jalouse.

- Je ne comprends pas.

- Tu sais que je suis entêtée quand je le veux? Catherine est envieuse, car je n'ai pas peur de tenir tête aux professeurs de l'école. Elle, elle courbe l'échine devant l'autorité et elle se venge sur les plus faibles.

- Elle est lâche.

- Oui. Je ne sais pas ce qu'elle ferait dans notre situation?

- Elle nous jetterait dans les pattes des ogres pour sauver sa peau, voyons!

Puis les fillettes se mettent à rire.

- Chut! Taisez-vous un peu! les rabroue Coquette.

- En tout cas, chuchote Irina à son amie, je prie de tout mon cœur pour que tu aies la chance de porter ta jolie robe.

- Merci, Irina.

L'ambiance tourne subitement au tragique. La biche s'énerve et décrète :

- Il faut rester cachés! Les ogres arrivent!

L'œil rivé sur l'autre côté de la rivière, tout le monde épie l'arrivée des indésirables.

Cannibale mène la marche en avançant dans les hautes herbes.

Tremblant et les brindilles ont fui plus avant et sont maintenant hors de portée du danger.

C'est alors qu'Irina sent son cœur battre à tout rompre : la face grimaçante d'Ogressive vient de surgir dans les buissons, suivie de Barbarée et des ogres.

- C'est elle que j'ai vue en rêve! confie la grosse fille en frissonnant. Elle est encore plus laide et repoussante que je ne l'aurais cru.

- Ne vous en faites pas, ils ne viendront pas ici, les rassure Franc-Boisié.

- Comment peux-tu en être aussi sûr? lui demande Nicolas, incrédule.

Pour toute réponse, Franc-Boisié fait signe à Coquette de se lancer à l'eau.

La biche s'exécute bravement. Puisque le loup n'y est plus, Coquette ne craint rien. Dans le but d'entraîner la bande dans la direction opposée au camp des enfants, elle court dans l'eau en remontant la rivière.

En l'apercevant, Ogressive s'empresse aussitôt de crier :

- C'est la biche! Vite, attrapez-la!

Sans attendre, Cannibale se jette à l'eau et fonce droit sur Coquette. La malheureuse voit venir l'affreuse bête et prend peur. La biche sait qu'un carcajou peut se montrer aussi redoutable qu'un loup.

Courant dans toutes les directions, apeurée au possible, Coquette s'écrie :

- Au secours, j'ai le diable aux trousses! Au secours!

Le carcajou fait des bonds impressionnants dans la rivière; il progresse avec une telle rapidité qu'en moins de temps qu'il ne faudrait pour le dire, la bête aura tôt fait de rattraper sa proie.

La biche crie à fendre l'âme et fuit droit devant.

Ogressive épie la scène avec des éclairs de félicité dans les yeux. Enfin cette biche finira dans son assiette! Barbarée s'amuse de voir son animal de compagnie aussi agressif. Quant aux ogres, ils sont tous attroupés en retraite et cogitent entre eux.

- Les enfants ne doivent plus être bien loin, commente Ogrigri. Je parie qu'ils ont quitté l'abri qu'on a trouvé hier.

- Tu as raison, abonde Ogricole. Ils savent qu'on peut y retourner à tout moment. Ils doivent se terrer ailleurs.

- Mais où?

- Je ne sais pas, mais le mieux serait d'emmener notre mère à cet abri pour qu'elle comprenne que les enfants ont fui.

- Et qu'elle ait ainsi la preuve qu'il y a vraiment des enfants qui ont été piégés par le message dans la bouteille? Non, ce n'est pas une bonne idée. Autant que possible, il faut éviter de lui fournir la preuve de la présence des enfants.

- Alors brouillons les pistes et conduisons-la dans la direction opposée.

- C'est tout ce qu'on peut faire pour le moment. Avec cette satanée sorcière et son sale carcajou dans nos pattes, il est impossible de mettre notre plan à exécution.

- Tu veux parler de l'idée qu'on avait d'évincer notre mère?

- Oui et de garder les enfants pour nous.

Les cris de détresse lancés par Coquette parviennent aux oreilles de Kalmia. Cette dernière approche du premier campement. Massif court au-devant et il voit la biche dans la rivière fuyant le carcajou qui la suit de près.

- Kalmia, c'est Coquette! Cannibale essaie de l'attraper!

- Pas ce puant! réplique la sorcière en accourant sur la berge. Elle aperçoit la scène : la pauvre biche aux abois qui se bat avec le courant pour échapper aux griffes de ce maudit carcajou.

D'où ils se trouvent, Ogressive et sa bande peuvent entrevoir la silhouette claire de Kalmia, en amont sur l'autre rive.

Barbarée croit reconnaître son ennemie jurée.

- Par les sabots de Belzébuth, c'est Kalmia que j'aperçois là-bas! laisse tomber la méchante sorcière.

Ogressive confirme qu'il s'agit bien d'elle.

S'apercevant que la bonne sorcière essaie de sauver Coquette, Babarée s'inquiète soudainement pour le sort de Cannibale.

- Reviens, Cannibale! Reviens! crie Barbarée en plaçant ses mains en porte-voix.

Mais la méchante bête est trop obnubilée par ses instincts primitifs de chasseur pour l'entendre.

La biche tombe dans la rivière. Elle s'est blessée à la patte sur les roches. Kalmia doit intervenir aussi vite que possible, car le carcajou arrive en bondissant dans les flots.

La sorcière se penche et remplit ses mains de sable. Elle lance une requête aux forces qui constituent la nature et, dans un grand geste majestueux, elle projette le sable au-dessus de Cannibale. En retombant, la terre ainsi projetée forme un immense filet dans lequel s'empêtre l'animal.

Complètement décontenancé, le carcajou perd tout intérêt à la poursuite de la biche et commence à se débattre dans les mailles du piège magique.

Coquette en profite pour regagner la sécurité du rivage. Kalmia va la rejoindre.

- Tu es blessée, Coquette?

- Oui, c'est ma cheville. Je crois que je me la suis tordue.

- J'ai de bonnes pommades pour ça.

- Tu l'as bien eu, ce sale dégoûtant! exprime la biche avec hargne en désignant le carcajou qui essaie en vain de sortir des mailles du filet.

- Ce truc marche tout le temps, explique fièrement Kalmia.

Cette dernière croit apercevoir Barbarée sur l'autre rive. Elle ne comprend pas ce qui se passe. Coquette lui brosse un tableau de la situation.

- Les enfants sont en sécurité? interroge Kalmia.

- Ils ne sont pas très loin là-bas.

La biche pointe l'endroit où se cachent les enfants.

- Je suis venue pour les ramener avec moi.

- À ta cabane?

- Oui. C'est le seul endroit où ils pourront être vraiment en sécurité.

- C'est une excellente idée, mais comment faire pour s'échapper des ogres et de Barbarée? Ils sont tous là de l'autre côté de la rivière et ils traquent les enfants. Ils les trouveront si on n'intervient pas.

Coquette est bouleversée et très inquiète. Qui aurait cru qu'un carcajou se mettrait à la chasser comme le faisait le loup? Quel coup du sort! Elle qui se croyait enfin à l'abri des dangers!

La sorcière noire longe la rivière par l'autre rive. Elle vient au secours de son animal de compagnie.

- Cannibale! Cannibale! Attends, j'arrive!

Kalmia comprend qu'il est temps de partir. Accompagnée de Coquette et de Massif, tous les trois entrent dans la forêt pour échapper au regard de Barbarée. Cette vieille sorcière vindicative pourrait fort bien s'en prendre à son ennemie jurée.

Barbarée entre dans l'eau et s'en va retrouver le carcajou. Elle le libère de son piège et le ramène sur les berges. Ogressive et les ogres viennent les rejoindre.

- J'ai aperçu Kalmia sur l'autre rive, raconte l'ogresse à Barbarée.

- Je sais, je l'ai vue aussi. C'est elle qui a piégé mon pauvre petit bébé chéri, répond la sorcière en tapotant la vilaine tête de son animal.

- Qu'est-ce qu'elle fait par ici?

- Je ne sais pas, mais je te parie qu'elle en sait plus que toi...

- À propos des enfants?

- Ouais...

- Que peut-on faire?

La sorcière n'est pas tellement contente de la façon que les évènements se déroulent. Elle exprime son mécontentement.

- Tu es certaine, Ogressive, que ces enfants existent vraiment? Moi, je n'ai pas de temps à perdre à pourchasser des chimères! Et je ne suis pas intéressée non plus, à ce que Cannibale paie pour tes erreurs! Si ces enfants sont réellement ici, trouve-les toi-même et ramène-moi-en un comme je te l'ai demandé. Sur ce, Cannibale et moi, nous repartons!

La sorcière tourne les talons et entraîne sa sale bête avec elle.

Ogressive les regarde s'en aller sans dire un mot, puis elle se retourne vers les ogres.

- Vous allez me dire la vérité! leur lance-t-elle au visage. Où sont ces foutus enfants?

Les ogres sont interloqués. Ogressive aurait-elle eu vent du complot qu'ils trament? Ogrigri prend la parole.

- Mère, je crois que c'est Babarée qui a raison. Vous vous êtes fait des idées, il n'y a jamais eu d'enfants ici. Du moins, pas pour le moment.

L'ogresse les observe étrangement. On dirait qu'elle essaie de percer un mystère dans leurs yeux.

- Vous êtes tous si étranges, commente-t-elle. Depuis un certain temps, vous me semblez distants et moins appliqués à mon service. J'ai l'impression que vous tramez quelque chose. Mais je vous ai bien avertis, si l'un de vous me trahit, il sera pendu!

- Personne ne veut vous trahir, chère Mère. Nous ne faisons qu'exécuter vos ordres, mais nous ne croyons pas qu'il y ait des enfants dans la forêt. Nous sommes ici avec vous pour ne pas vous contredire. Nous pensons tous que vous faites fausse route.

Les ogres font des signes de tête pour appuyer les dires d'Ogrigri. Ogressive leurs lancant des regards, puis dans un soupir, elle décide :

- C'est très bien. Faisons demi-tour. Je suis épuisée et je meurs de faim. Cependant, Ogrigri, je t'avertis, dès que tu auras la preuve de la présence d'enfants, tu me le dis! C'est bien compris?

- Parfaitement, Mère sublime.

Kalmia a rejoint les enfants. De l'endroit où ils se terrent, ils peuvent voir l'ogresse et sa ribambelle qui repartent dans la montagne. Personne ne sait le pourquoi d'un tel retournement, mais il est heureux qu'il en soit ainsi.

- Suivez-moi, les jeunes, je vous emmène chez moi, les informe la sorcière.

Les enfants sont ravis de la nouvelle. Enfin, ils ont l'impression qu'ils seront sous bonne surveillance!

- C'est bien loin chez vous? interroge Irina.

- Une bonne heure de marche.

- La sorcière noire ne viendra pas là-bas? s'enquiert Célia qui a été troublée à la vue de cette vieille femme et de son affreux animal de compagnie.

- Barbarée ne mettra pas le pied chez moi. Elle n'est pas la bienvenue.

À présent que les deux ogres qui étaient gardés en captivité sont retournés dans leur cabanes, plus rien ne retient personne au campement initial.

Ils emboîtent tous le pas à Kalmia. Même Franc-Boisié, Coquette et Craquante les suivent.

- Tu crois que Tremblant et les brindilles vont pouvoir nous retrouver? demande Irina à l'endroit de Franc-Boisié.

- Je l'informerai de votre déménagement. D'ailleurs, il ne devrait plus tarder à redescendre de la montagne. Je sais où il va se reposer quand il est seul. Il a un endroit de prédilection.

- Ah oui? Où cela se trouve-t-il? interroge Irina toujours aussi curieuse.

- C'est un lieu paisible et charmeur où poussent de très beaux épineux. Tremblant dit que ce sont nos ancêtres qui s'y trouvent.

- Est-ce vrai?

- Peut-être... je ne sais pas.

- Et cet endroit magnifique, où est-il? Sur la montagne?

- Non, plus en aval de la rivière. Beaucoup plus loin que le premier campement. Non seulement on y retrouve de fabuleux épineux, mais encore il y a des sureaux tellement flamboyants qu'on dirait des boules de feu frissonnant au vent.

- Ce doit être magique, imagine Célia qui ne manque rien de la discussion.

- Magique! reprend Franc-Boisié. C'est le bon terme pour parler d'un lieu aussi enchanteur.

- Pourrons-nous y aller un jour? s'informe Nicolas.

Lui non plus n'a rien manqué de ce qu'a raconté le chicot.

- Si vous y tenez, je vous y conduirai. Vous verrez, je n'exagère pas en prétendant que cette partie de la forêt est d'une beauté à couper le souffle.

- Et c'est là-bas que Tremblant aime se reposer? reprend Célia.

- Il dit qu'il communique avec l'esprit de ses ancêtres et que ceux-ci attendent désespérément le jour où nous irons les rejoindre.

- Les rejoindre? Que veux-tu dire, Franc-Boisié?

- D'après Tremblant, les ancêtres affirment que nous allons retrouver notre apparence d'antan et que nous cesserons alors d'errer çà et là.

- Vous serez enracinés à nouveau?

- Oui, comme cela devrait être. L'inondation nous a arrachés à la terre et laissés pour mort sur le sol. Si vraiment nous devons nous enraciner à nouveau, nous pourrons espérer vivre très longtemps et nous déployer allégrement comme tous nos semblables.

Franc-Boisié s'exprime avec des trémolos dans la voix. Kalmia intervient :

- Ce jour viendra, Franc-Boisié. Les ancêtres ne mentent jamais.

- Non, mais Tremblant a peut-être inventé cette belle histoire pour ne pas sombrer dans le désespoir.

- Je connais Tremblant, il ne raconterait pas de telles choses si cela n'était pas vrai. Il est trop responsable et honnête.

- Puisses-tu dire vrai, Kalmia!

***

Le temps a filé. C'est maintenant l'heure du repas du midi. Les enfants meurent de faim. Ils sont tous assis sur des souches coupées, disposées autour du feu de camp sur lequel fume une marmite.

La cabane de Kalmia trône à quelques pas; Massif dort près du perron bas.

La sorcière remue le contenu du chaudron. Irina sent que ses papilles gustatives se réveillent dangereusement.

- Ça sent bon! formule la petite en humant le fumet qui s'échappe.

- C'est un ragoût de lièvre, commente Kalmia. J'en fais au moins un par semaine. J'y ajoute toujours quelques herbes sauvages de mon cru pour rehausser le goût. Vous m'en donnerez des nouvelles.

Les enfants sont ravis. Ils vont enfin manger quelque chose qui leur rappellera un peu la cuisine de leurs mères.

- Ma mère aussi connaît de très bonnes recettes de lièvre, intervient Lucas. À l'automne, mon père et moi, on les capture dans des collets. J'adore la saison de la chasse au petit gibier. Je trouve cela exaltant.

- Et moi, reprend Célia, j'attrape des papillons. Je les collectionne. J'ai vu qu'il y en avait de splendides dans cette forêt. C'est dommage que je ne puisse pas les rapporter chez moi.

- Moi, je pêche des truites, renchérit Irina. Ici, je laisse cette tâche aux garçons, mais chez moi, je suis celle qui rapporte le poisson à la maison. Pour mes parents, la truite est un régal. Mon père la fait fumer et la conserve dans l'huile. C'est tout simplement divin.

Kalmia se lève.

- Attendez un peu. Je reviens tout de suite.

Les enfants la voient marcher vers cette porte inclinée au sol qu'elle soulève, puis elle entre dans le cellier.

Lorsqu'elle en ressort, elle tient deux pots de conserve dans ses mains.

- C'est de ça dont tu parles?

La sorcière remet un pot à Irina. Cette dernière s'excite en voyant son contenu :

- De la truite fumée dans l'huile! annonce-t-elle toute réjouie.

- Oui, confirme Kalmia, et vous pourrez en manger à votre goût. Je fume des truites régulièrement.

- Et cet autre pot, que contient-il? interroge Célia.

- De la confiture de fraises.

Irina ferme les yeux. Elle voit en images de belles grosses tranches de pain chaud beurrées, recouvertes de bonnes confitures.

- Vous pourrez en manger pour le dessert, dit Kalmia en déposant le pot sur la table de travail.

Une sensation de bonheur commence à remplir le cœur des enfants. Enfin le cauchemar dans lequel ils vivotent depuis quelques jours semble se dissiper peu à peu.

Kalmia leur raconte qu'elle cuit le pain dans un four à ciel ouvert. Ils peuvent même l'apercevoir à côté de la cabane. Le fumoir n'est pas très loin derrière.

Tout en continuant de remuer le ragoût dans le chaudron, Kalmia relate :

- De temps en temps, je tue un sanglier et je fais fumer les fesses dans le fumoir. Comme si je lançais une alerte aux animaux de la forêt, tous s'attroupent aux alentours pour humer le fumet. Les ours, les coyotes, les pumas, les mouffettes, même les oiseaux de proie sont au rendez-vous. Je les vois qui m'observent et qui épient mes moindres gestes.

- Vous n'avez pas peur qu'ils vous attaquent? intervient Célia.

- Non, je suis amie avec toutes les bêtes… sauf une…

- Le carcajou? demande Nicolas.

- Cannibale, l'animal le plus repoussant que je connais. D'ailleurs, il est comme sa maîtresse : sournois et méchant.

- Tremblant prétend que vous êtes ennemies elle et vous. Est-ce vrai? questionne Éthan.

- C'est malheureusement vrai.

- Pourquoi dites-vous malheureusement?

- Parce que je n'aime pas avoir des ennemis. Moi, je suis pour la paix et l'harmonie. Je vibre au rythme de la nature et si vous observez bien, vous constaterez comme moi que tout ce qui constitue la nature n'est que charme et beauté.

- J'adore aussi la nature, confie Éthan.

- Toi, le coupe sa sœur, tu aimes surtout les fruits sauvages.

- Et les plantes aussi, renchérit-il.

- Tu t'intéresses aux plantes sauvages? lui demande la vieille dame.

- Oui. Je crois que plus tard, je deviendrai botaniste.

Franc-Boisié qui, jusque-là n'a fait qu'écouter, intervient :

- Je crois qu'Éthan fera un très grand botaniste. Il nous a beaucoup aidés à évincer Ogratteux, Ogrinoir et Ogriloup. C'est lui qui a d'abord su quelle plante allait convenir.

- Vraiment?

Kalmia est impressionnée.

- Je t'enseignerai l'art de soigner avec les plantes.

Le repas est prêt. Kalmia leur sert chacun une généreuse portion.

Les enfants se régalent. Il y a du pain, du beurre, des marinades, car la sorcière a son propre potager, et il y a aussi du lait frais.

Kalmia garde aussi deux chèvres dans un enclos.

- Du lait! de s'émerveiller Irina qui ingurgite une grosse gorgée.

- D'où vient ce lait? interroge Célia.

- De mes chèvres.

- Des chèvres? s'étonne Coquette qui faisait semblant de dormir près d'eux.

- Oui, Coquette, deux chèvres. Regarde, elles sont dans l'enclos près du poulailler.

Coquette se lève pour aller voir. Irina questionne à nouveau :

- Un poulailler! Donc, vous avez des poules? Des œufs?

- Bien sûr. Des poules, des faisans, des cailles, des pintades. J'ai même un paon. Il est splendide. Je vous le montrerai quand vous aurez fini de manger. Et j'ai des œufs à profusion.

Kalmia voit la biche marcher en clopinant et songe qu'il faudra s'occuper de sa blessure.

Coquette arrive près de l'enclos où sont gardées les chèvres.

En l'apercevant, ces dernières s'esclaffent et commentent :

- Tu as vu, Blanche, ce qu'elle a sur la tête? On dirait un chicot.

- Je dirais même, Brunie, que ça ressemble à la griffe du diable.

Puis les deux mégères rient à s'en faire éclater la rate.

La biche réplique aussitôt :

- Je vous signale, pauvres idiotes, que ça s'appelle des bois!

Coquette reconnaît des débris de feuilles de carottes tombés au sol. Elle ajoute sur le même ton défensif, tout en glissant un pieu mensonge dans sa tirade :

- Contrairement à vous, je n'ai pas besoin qu'on daigne m'apporter des carottes, je peux aller les arracher moi-même et en manger autant que le veux! Je ne vis pas en cage, moi!

- Arrogante! Comment oses-tu te moquer de notre situation! rétorque Blanche. Tu crois peut-être qu'on est heureuses de vivre enfermées?

- Comptez-vous chanceuses que Kalmia ne vous ait pas encore fait cuire sur la broche.

Coquette fait mine de partir, puis elle ajoute :

- Je pourrais lui en donner l'idée. Les enfants se régaleraient.

Pour toute réponse, les chèvres lui tournent le dos et remuent la queue. La biche reprend le pas.

Mais qu'est-ce qu'elle aperçoit? Elle a la berlue!

- Kalmia! crie-t-elle à pleine voix.

L'interpellée arrive au pas de course.

- Qu'est-ce qui se passe? s'empresse de demander la vieille dame tout affolée.

Du bout de son nez, la biche pointe un endroit devant elle et formule en chevrotant :

- C'est un potager que je vois là-bas!

- Bien sûr. C'est mon potager. Pourquoi?

- Tu as de ces merveilleuses feuilles vertes... Comment ça s'appelle déjà?

- Des laitues?

- Oui, c'est ça. Des laitues. Tu en as?

Coquette en a des frissons sur tout le corps.

- Évidemment que j'en ai, répond la sorcière en entraînant Coquette vers le fameux potager. Un jardin sans laitue n'en est pas un.

- Tu appelles ça un jardin?

- On dit ça aussi.

En apercevant les grandes laitues vertes frisottées plantées en rangs, la biche se met à saliver.

- Je peux en goûter, Kalmia?

La bonne vieille se penche et déchire quelques belles feuilles et les donne à Coquette qui se met aussitôt à les mâchouiller.

- Hum, c'est un pur délice! marmonne-t-elle, la gueule remplie de feuilles.
- Tu pourras en manger tant que tu le voudras. Les laitues poussent et repoussent sans arrêt. C'est une vraie manne.

Elles retournent finalement auprès des autres.
Kalmia annonce que cette nuit, les enfants pourront dormir à l'abri dans la cabane. Elle prétend qu'il y a suffisamment de place pour tout le monde.
Quel soulagement pour les jeunes d'apprendre qu'ils auront enfin un toit sur la tête et une porte verrouillée.
Quand le repas se termine, la bonne vieille les emmène faire le tour de sa propriété. Elle en profite pour leur montrer le paon.
Quel spécimen coloré! Ils sont tous ébahis par la beauté de ses plumes. Toutes ces jolies choses qu'ils voient les aideront à faire de plus beaux rêves que ceux qu'ils ont coutume de faire depuis leur arrivée dans ce monde étrange.

Ogressive n'a finalement pas beaucoup d'appétit, à son grand étonnement d'ailleurs. Cette longue et pénible marche en forêt l'a laissée fiévreuse et fourbue. Sa chute dans la montagne lui a causé des courbatures et a couvert son corps d'ecchymoses.
La grosse ogresse est affalée sur son lit et, du bout des dents, elle grignote les quelques insectes grillés rapportés par Ogrillon et les escargots apprêtés à la mode par Ogriflamme.
Son obésité morbide lui cause de plus en plus de problèmes. Bientôt, elle ne pourra plus sortir de son lit, encore moins marcher dans la forêt.

Barbarée a bien raison de penser que les ogres sont vitaux à sa survie. Sans eux, elle mourrait.

Peut-être a-t-elle été trop exigeante envers eux depuis quelque temps? Ogrimonde gît dans sa cage depuis presque une journée entière, il serait sans doute temps de le délivrer.

Ogressive appelle Ogricole d'une voix moins autoritaire que d'habitude. Ce dernier arrive au pas de course en ouvrant la porte.

- Mère, vous m'avez appelé? lui demande ce dernier debout dans l'embrasure.

- Oui, Ogricole. Je veux que tu libères Ogrimonde.

- À vos ordres.

L'ogre s'apprête déjà à repartir.

- Attends, ferme la porte et assois-toi.

Ogricole croit qu'il va encore avoir droit à des réprimandes.

- Ne prends pas cet air dépité, je ne vais pas te gronder. Je veux seulement savoir si Ogriloup et Ogratteux sont ici.

- Ils sont dans leurs cabanes.

- Ils ont aussi perdu leurs pouvoirs?

- Malheureusement.

- Tu sais ce qui a pu leur arriver?

En hochant la tête négativement, Ogricole répond qu'il n'en a pas la moindre idée.

Ogressive se questionne. Serait-ce l'œuvre de Kalmia? Près de la rivière, cette vieille chipie a clairement démontré qu'elle pouvait être dangereuse.

- Je veux savoir ce qui leur est arrivé, Ogricole! Tu m'entends?

Le ton commence à monter. La vraie nature de l'ogresse reprend ses droits.

- Comment faire pour le savoir, Mère adorée?

- Je veux que vous alliez rendre une visite à Kalmia.

- Chez elle? de s'horrifier l'ogre.

Bien qu'ils sachent où se trouve la cache de la sorcière, aucun d'eux n'a jamais osé y mettre le pied.

- Oui, chez elle. J'ai l'intuition que cette vieille emmerdeuse trame quelque chose et je veux savoir ce que c'est.

Ogricole baisse la tête et répond qu'il obéira à sa demande.

- N'y va pas tout seul. Emmène Ogrigri et Ogribou avec toi. Si Kalmia se met en tête de vous jeter un sort, Ogrigri pourra peut-être le contrer grâce à ses pouvoirs.

- Il y a longtemps qu'Ogrigri n'a pas utilisé la magie, je ne sais pas si cela y changera quelque chose.

- Il faut mettre toutes les chances de votre côté. Cette sorcière est imprévisible et dangereuse. Quant à Ogribou, demande-lui de se transformer en hibou pour qu'il parte en éclaireur. De cette façon, vous ne risquez pas de tomber dans une embuscade.

- Une embuscade? Mère, je crois que vous fabulez.

- Avec cet ours qui colle aux trousses de Kalmia, j'aime mieux ne pas prendre de risque. Cette bête pourrait vous mettre en pièces.

À travers ces dernières paroles, Ogricole a senti une petite émotion dans la voix de sa mère. Commencerait-elle à se soucier de leur sort?

- N'ayez crainte, radieuse Mère, nous serons prudents.

- Je l'espère, réplique l'odieuse en révélant ses craintes réelles. Je ne voudrais pas me retrouver toute seule dans cette montagne. Vous êtes là pour pourvoir à tous mes besoins, alors j'ai besoin de vous!

À travers ces mots, Ogricole comprend que le seul souci d'Ogressive est sa propre personne.

- Pars maintenant! Sors Ogrimonde de la tourelle et va chez Kalmia comme je te l'ai demandé!

Le ton directif qu'emploie la vilaine révèle une fois de plus combien son cœur est dur et dépourvu de toute bonté.

Ogricole, Ogriflamme et Ogrigri, sortent Ogrimonde de sa fâcheuse position. L'ogre qui a été gardé en captivité fait peine à voir. Il ne tient presque plus sur ses jambes et il a le regard encore plus vide que jamais.

De peur que l'ogresse ne le voie et juge qu'il n'est bon qu'à être jeté en bas de la falaise, ses frères s'empressent de l'emmener hors de sa vue. Ils vont donc le coucher dans son propre lit.

Tout comme Ogratteux, Ogriloup et Ogrinoir, Ogrimonde repose maintenant sur sa couche en attendant un éventuel miracle.

Ogricole se charge de les garder tous en vie en leur faisant ingurgiter des bouillons de légumes. Mais combien de temps ce régime suffira-t-il pour pourvoir à leur survie?

À leur retour, les brindilles ainsi que Tremblant sont étonnés de voir que le camp initial était désert. Le chicot en conclut que les enfants ont été conduits à un endroit plus sûr. Mais lequel? Ni lui ni les brindilles ne sont habilités à suivre une piste au sol, alors il serait inutile pour eux de chercher à savoir quelle direction ils ont pris.

Ainsi, tout comme Franc-Boisié l'avait prévu, Tremblant s'en est allé se reposer dans la zone où vivent ses ancêtres. Les brindilles ont insisté pour l'y accompagner.

Ils sont tous là, déambulant dans l'espace magique peuplé de spécimens végétaux d'une splendeur ineffable.

Autour d'eux, les sureaux aux couleurs de feu semblent frétiller telles des flammes ardentes, déclinant des teintes de rouge et de jaune. Dispersés çà et là, des épineux forts et majestueux trônent pareils à de solides guerriers ayant survécu aux assauts de mère Nature. Pour enjoliver le tout, un immense tapis de fougères aux couleurs irisées recouvre tout le sol telle une jolie dentelle.

Tremblant s'arrête devant un épineux géant et s'exprime avec émoi :

- Pourrais-je un jour régner ici avec vous?

- Certainement si tu le désires vraiment, répond une voix sourde semblant venir du tronc de l'arbre. Tous les rêves peuvent se réaliser quand on le souhaite ardemment.

Face à ce géant, Tremblant se sent si petit, si démuni dans son état de dessèchement avancé. Il formule à nouveau :

- Comment avez-vous fait pour survivre à cette terrible inondation?

- Nous avons eu la chance d'être assez grands et solidement enracinés. Les pluies diluviennes ont tellement fait grossir la rivière que peu de choses ont survécu au déchaînement provoqué. J'ai vu des centaines et des centaines de petits épineux comme toi se faire arracher et anéantir. Moi-même, j'ai été ébranlé, tout comme mes vieux complices de toujours.

Tremblant jette un regard sur tous ces autres épineux qui se dressent en ces lieux.

- Pourquoi ne venez-vous pas vous ressourcer ici? questionne le géant.

- Vous voulez parler de la résine? interroge Tremblant.

- Oui. Vous courez des risques en allant sur cette montagne. Ici, il nous ferait plaisir de pourvoir à vos besoins.

- Franc-Boisié et moi, nous avons décrété que cette zone doit rester inviolée. Vous êtes nos ancêtres et nous ne pouvons pas toucher à ce patrimoine. Franc-Boisié pense que je fabule lorsque je dis qu'un jour, nous serons enracinés ici. Il n'y croit pas.

- Laisse-le dire. Franc-Boisié aime mieux ne pas se créer d'attente. De cette façon, il ne risque pas d'être déçu. L'épreuve que vous avez subie a laissé des traces.

- Ce sont des souvenirs que j'aimerais mieux oublier.

- Un jour tu comprendras le pourquoi d'une telle épreuve. Peut-être commences-tu déjà à le comprendre d'ailleurs?

Soudain, Tremblant est pris d'une illumination. Il s'exclame :

- Les enfants!

- Quels enfants?

- Ceux qui sont dans la forêt. Il y en a cinq en tout. Deux filles et trois garçons.

- Je ne le savais pas. Ils ont été piégés par Ogrigri?

- Malheureusement, oui.

- Et qu'est-ce que tu as à voir avec tout ça?

- Comme vous le disiez, je commence à comprendre pourquoi on a survécu à l'inondation. C'est pour aider les enfants.

- Explique-moi.

Tremblant raconte que lorsque les enfants sont arrivés dans la forêt, les chicots ainsi que les brindilles ont été les premiers à les accueillir. Et que depuis, ils n'ont jamais cessé de leur venir en aide.

- Ces enfants auraient péri sans nous, formule le chicot.

- Vos bonnes actions vous mériteront de belles récompenses. Soyez patients. Et où sont-ils maintenant?

- Les enfants? Je ne sais pas, laisse tomber bêtement Tremblant. L'épineux est consterné.

- Tu ne le sais pas? Explique-moi, je ne comprends pas. Pourtant tu disais veiller sur eux.

Tremblant brosse un tableau des derniers évènements et conclut en disant que Franc-Boisié et Coquette sont sûrement avec les enfants. Il précise également que Kalmia joue un rôle important dans toute cette histoire.

- Eh bien, ça fait beaucoup de monde! constate l'épineux.

- Il en faut, car les ogres sont à leurs trousses.

- Ils savent qu'il y a des enfants dans la forêt?

- Oui. Une petite fille a même été séquestrée par eux. Fort heureusement, on a pu la secourir. Mais ce matin, les ogres se sont remis à pourchasser les jeunes. Même Ogressive les accompagnait.

- Incroyable! Je crois rêver! La grosse empâtée qui décide de bouger sa graisse...

À ces propos, les brindilles qui se tenaient tout près se mettent à rigoler.

- On a fouillé son repaire, raconte Filine, toute fière de son audace.

- Vraiment? L'ancêtre est impressionné. Et qu'avez-vous trouvé? lui demande-t-il.

- Ces jolies pierres précieuses, répond Filine en se pavanant avec grâce avec ses parures miroitantes fixées à ses tiges.

- Je comprends pourquoi l'ogresse s'est mis en tête de fouiller la forêt. Elle croit que ce sont des enfants qui l'ont dépossédée d'une partie de son trésor, commente l'épineux.

- Voyons, ne me faites pas rire, très vénérable épineux. L'ogresse a des tonnes de pierres comme celles-là amassées en vrac. Comment pourrait-elle s'apercevoir qu'il lui en manque quelques-unes?

- Une chose est sûre, reprend Tremblant, les ogres ont dû l'informer de la présence des enfants. Et cela n'augure rien de bon. Ogressive se languit de goûter à la chair de ces êtres depuis trop longtemps. Maintenant qu'elle sait ou qu'elle croit qu'il y en a ici, elle n'aura de repos que lorsqu'elle les aura tous dévorés.

- C'est une abomination! exprime haut et fort l'épineux. Pourquoi a-t-il fallu que nous soyons ensemencés dans une contrée si funeste? Il n'y règne que terreur et domination. L'ogresse mange les enfants et tourmente sa progéniture tandis que la sorcière noire jette l'essence même du mal sur tout ce qu'elle croise sur sa route. Il faut que cela cesse une bonne fois pour toutes!

- Vous avez raison, noble épineux, acquiesce le chicot.

En attendant, je dois retrouver les autres. Ils auront besoin de moi.

- Alors, ne tardez plus et allez retrouver tout ce beau monde. Et faites en sorte que le bien triomphe sur le mal!

La voix tonitruante de l'ancêtre fait trembler le sol légèrement.

Les brindilles et Tremblant repartent.

***

Les rayons du soleil miroitent sur les flots de la rivière qui sillonne dans la coulée. La cabane de Kalmia se dresse en haut de la côte. Les enfants sont allongés dans l'herbe aux abords du rivage. Ils ont le cœur léger et rêvent du jour où ils retrouveront leurs familles. Kalmia s'affaire à désherber son potager. Elle tient à ce que ses petits protégés se paient du bon temps. La vie dans cette forêt n'a pas été facile pour eux depuis qu'ils sont là.

Pour la première fois, Irina manifeste un réel sentiment de contentement. Allongée au sol, les yeux fermés, le chaud soleil dardant sur sa peau, elle exprime avec quiétude :

- On se croirait au paradis. Kalmia est vraiment bonne pour nous. Je me sens enfin en sécurité. Et vous?

- Moi aussi, je me sens bien, répond Célia qui lézarde également. J'ai l'impression qu'on est sauvés, qu'on est retournés chez nous et que ma mère va bientôt me crier de mettre de la crème solaire pour ne pas que j'attrape un coup de soleil.

- La mienne me dirait d'aller lui cueillir des mûres sauvages, reprend Éthan. Actuellement, les mûres sont abondantes par chez nous. Je n'en ai pas vu ici. Je me demande s'il y en a...

- Laisse faire les mûres, intervient Lucas qui se veut taquin. J'aimerais bien mieux courir les bois pour y dénicher du gibier. L'automne sera bientôt là, mon père et moi, on va sûrement aller chasser l'orignal.

- Tu ne penses qu'à chasser, constate Nicolas. Il n'y a rien d'autre qui t'intéresse dans la vie?

- Comme quoi?

- Catherine Saint-Laurent, par exemple!

Lucas se redresse.

- Tu veux rire? Je ne veux rien savoir de cette fille. C'est une peste!

- Tu as bien raison, abonde Célia qui s'assoit. Irina et moi, on la déteste.

- Oui, approuve la grosse fille en se redressant également. Catherine Saint-Laurent est la pire emmerdeuse que je connais. Elle est jalouse de tout le monde et elle colporte n'importe quel mensonge sur tout un chacun.

Lucas s'adresse à Nicolas :

- Tu as le béguin pour elle, Nicolas?

- Bien sûr que non!

- Je l'espère, intervient aussitôt sa sœur. Je ne veux jamais voir cette fille dans notre maison!

Éthan, qui n'a pas encore donné ses impressions sur cette fille, lance soudain :

- Mais il faut dire qu'elle a de très beaux yeux.

- Ethan! réplique Célia, ne me dis pas qu'elle te plaît? Tu sais que c'est mon ennemie jurée!

Le jeune garçon se met à rigoler. Il ajoute, sur un air enjoué :

- Autant rester célibataire toute ma vie que de fréquenter une telle chipie!

Tout le monde s'esclaffe. Ils sont tous d'accord sur ce point.

Le cas de cette pauvre fille qui n'est pas là pour se défendre est classé.

Et pendant qu'ils s'amusent à bavarder pour des riens, un grand oiseau passe au-dessus d'eux. Une voix forte et alarmante leur crie alors :

- Revenez ici au plus vite, les enfants!

Ils se retournent et voient Kalmia sur le bord de la côte, leur faisant signe de venir.

Sans perdre une seconde, les jeunes se lèvent et accourent auprès de leur hôte.

- Kalmia, qu'est-ce qui se passe? interroge aussitôt Éthan.

La sorcière pointe l'oiseau qui virevolte dans le ciel.

- Je crois que c'est Ogribou, exprime-t-elle au grand désespoir des enfants.

- Il nous a repérés, intervient Irina qui a déjà des larmes au bord des yeux.

- Attendez, je vais lui montrer qui fait la loi ici!

D'un pas déterminé, Kalmia va à la cabane et en ressort avec un fusil de chasse. Lucas est impressionné.

- Un calibre 12 à deux coups! s'exclame le jeune connaisseur en la matière.

La vieille dame place deux cartouches dans les doubles canons et referme le fusil en un claquement. Elle pointe l'arme au ciel et bang! un coup retentissant comme celui d'un canon éclate en se répercutant dans la forêt.

Le hibou a été touché. Il vacille.

- Je l'ai eu ce sale oiseau de malheur! se réjouit la bonne vieille.

Le hibou bat péniblement de l'aile en perdant de l'altitude. En le suivant des yeux, tous le voient chuter puis finalement s'écraser lourdement non loin de l'enclos des chèvres.

- Allons voir! lance Kalmia en entraînant les autres au pas de course.

Lorsqu'ils arrivent près du hibou, ils ont le temps de le voir reprendre la forme de l'ogre.

- C'est bel et bien Ogribou, constate Kalmia.

L'ogre a des blessures à l'épaule gauche. Le sang coule sur sa peau graisseuse. Il paraît souffrir.

- Que fais-tu ici, Ogribou? l'interroge d'emblée la sorcière.

L'interpellé tremblote de peur.

- C'est ma mère qui l'a voulu...

- Ogressive, cette maudite plaie!

- Elle pense que tu trames quelque chose, raconte l'ogre en portant sa main sur ses blessures.

- Tu es seul ou il y a quelqu'un d'autre avec toi?

Ogribou hésite à répondre. Kalmia pointe le fusil sous son nez.

- Réponds ou je tire!

- Ogrigri s'en vient. J'étais parti en éclaireur.

- Ogrigri, dis-tu?

La sorcière se calme. Ne voulait-elle pas organiser une rencontre avec ce dernier? Finalement, ce n'est peut-être pas une si mauvaise chose qu'il ait été forcé de venir jusqu'ici...

- Relève-toi maintenant! ordonne Kalmia. Je vais panser tes blessures.

Ogribou obéit. Il est surpris de voir que Kalmia, celle qu'il connaît comme étant l'ennemie jurée de Barbarée, veuille lui porter secours.

Les enfants sont dégoûtés à la vue de ce mastodonte à la face hideuse qui marche devant eux aux côtés de Kalmia.

Irina en frissonne de tout son être. Il était l'un des deux ogres qui l'avaient séquestrée.

Les voyant venir, Coquette, qui se reposait aux côtés de Massif, un bandage à la cheville, se lève en un bond et s'exclame :

- Ogribou! Mais qu'est-ce qu'il fait là?

Kalmia brosse un tableau de la situation. Massif se redresse. Il est aux aguets. Sa maîtresse vient de les informer qu'Ogrigri va bientôt arriver.

Les blessures de l'ogre sont superficielles. Quelques plombs ont transpercé la chair, mais comme l'ogre a la couenne dure, Kalmia peut facilement les extraire. Elle colmate le tout avec une pommade de son cru et termine avec un bandage approprié.

- Voilà, Ogribou. Tu es sauvé.

L'ogre baisse la tête en signe de reconnaissance. Les choses auraient pu mal tourner pour lui. Il jette un œil timide sur cette vieille femme qu'on lui a toujours décrite comme une personne à fuir. Il remarque en elle un trait de caractère qu'il n'a jamais perçu chez sa mère : la bonté. Il ne peut s'empêcher de s'exprimer :

- Ma mère dit toujours que tu es dangereuse et qu'il ne faut pas te fréquenter. Pourquoi dit-elle cela?

Kalmia est étonnée par la question.

- Ta mère est mauvaise, Ogribou. Elle ne jure que par Barbarée. Et Barbarée ne cherche qu'à faire le mal autour d'elle.

L'ogre baisse les yeux. Kalmia a raison; lui et ses frères baignent dans une atmosphère de terreur et de domination.

- Nous sommes esclaves de la sorcière, confie Ogribou. Elle nous tient sous sa coupe. Si l'un de nous essaie de se rebeller, elle nous châtie. Barbarée a droit de vie ou de mort sur nous, les ogres, et notre mère se réjouit qu'il en soit ainsi.

- Tu ne crois pas que cela a assez duré? Tu n'aimerais pas retrouver ta liberté? Tous les ogres ne voudraient-ils pas être libérés de ce joug?

- Oui, nous le voudrions!

- Alors, qu'attendez-vous?

- La sorcière est trop puissante. Mère n'a qu'à lui demander de réduire à néant l'un de nous et elle le fera aussitôt. Nous vivons en sursis.

- Comme ces enfants…

Kalmia désigne les cinq jeunes attroupés autour de Massif.

En les apercevant, l'ogre ressent des pulsions dévorantes qui s'éveillent en lui. La sorcière voit luire l'instinct du prédateur dans l'œil globuleux du monstre.

- Ne les regarde pas de cette façon! le fustige la vieille. Ce ne sont pas des sangliers ou des lapereaux! Ce sont des humains! Comme moi d'ailleurs et comme Barbarée!

Ogribou tressaille devant l'autorité de Kalmia.

À partir de maintenant, reprend cette dernière en se calmant, toi et tes frères, vous allez cesser de pourchasser ces enfants. Ils veulent retourner chez eux. Vous allez nous aider à les renvoyer dans leur monde avant qu'Ogressive ne les attrape.

- Mère ne sait pas qu'ils sont là, révèle Ogribou.

- Ah non?

Kalmia est étonnée. Elle était certaine du contraire.

- Mais alors que faisait-elle ce matin près de la rivière avec vous autres?

Ogribou explique qu'Ogressive a entraîné toute la bande parce qu'elle croyait que des enfants s'étaient introduits dans sa cabane pour lui dérober des pierres.

- Vous ne lui avez-vous pas avoué pour les enfants?

Ogribou fixe le sol. Il craint de répondre. Puis, honteux, il murmure :

- On voulait les garder pour nous.

- Vous vouliez les garder pour vous... répète Kalmia.

Personne n'aura ces enfants! Tu m'entends, Ogribou? Personne!

L'ogre tremble de peur.

- Per... per... personne... personne... bredouille l'ogre en opinant de la tête.

- Non, personne!

- Kalmia, je crois qu'Ogrigri arrive! lance subitement Coquette en trépignant.

- Où est-il?

La biche lui indique l'orée du bois, qui se trouve approximativement à une vingtaine de mètres d'eux.

La sorcière porte sa vue au loin et croit apercevoir Ogrigri à demi-dissimulé derrière un épineux.

- Il faut qu'il vienne ici, explique Kalmia à Ogribou. Fais-lui signe d'approcher.

Ce dernier redresse l'échine et fait de grands gestes pour appeler son frère.

Ogrigri est hésitant, craintif. Il voit tout ce monde réuni près de la cabane et il ne se sent pas rassuré, mais Ogribou ne cesse de l'inviter à venir le rejoindre…

Finalement, l'ogre contourne l'arbre et décide d'avancer en se dandinant de sa lourde charpente à travers les buissons qui garnissent la clairière.

Plus il s'approche, plus il constate que son frère a l'air confiant; plus même, il réalise que la sorcière et son ours semblent pacifiques.

- Viens, Ogrigri, n'aie pas peur, l'invite Kalmia en lui parlant avec douceur comme on le fait pour apprivoiser un animal.

Quand Ogrigri arrive auprès d'eux, Ogribou le prend par la main et le rassure :

- Aie confiance, personne ne te fera de mal.

À la vue des cinq enfants, tout comme Ogribou l'avait ressenti, l'appétit d'Ogrigri se réveille. D'instinct, son frère devine ce qu'il pense et en lui tapant la tête à coups de poing, il lui jette au visage :

- Arrête de les regarder! Ils ne sont pas pour toi! Ni pour moi non plus! Ils ne sont à personne! Tu entends, à personne!

Dans d'autres circonstances, témoins d'une telle scène, les autres auraient ri à gorge déployée.

- Cesse de me taper! riposte Ogrigri en bousculant son frère.

Ogribou raconte qu'il faut aider les enfants à retourner chez eux et qu'ils doivent se libérer de l'emprise de leur mère et de Barbarée.

À la grande surprise de tous, Ogrigri est plus facile à convaincre qu'ils ne l'avaient pensé.

- Tu crois que tu pourrais faire réapparaître l'arc-en-ciel, Ogrigri? interroge Kalmia.

- Je ne sais pas. Je ne l'ai jamais fait. Je n'ai jamais renvoyé des enfants dans leur monde.

Les jeunes sont affreusement déçus. Ils avaient espéré que le miracle se produise enfin. La sorcière insiste auprès d'Ogrigri.

- Tu es magicien, ne me dis pas que tu ne peux rien faire! Ces enfants ont besoin de retourner chez eux pour réintégrer leur foyer. Tu peux faire ça pour eux!

- Je veux bien tenter quelque chose…

L'ogre s'écarte un peu de la bande et il se concentre en fermant les yeux. D'un coup et, à la surprise générale, il prend l'apparence d'un être fabuleux, une sorte de grand magicien aux allures empruntées aux contes de fées.

Puis, du dessous de sa longue cape noire, il fait surgir une baguette magique. Il marche alors jusqu'en haut de la côte en invitant les autres à le suivre. La rivière serpente tout en bas. Dans de grands gestes théâtraux, le magicien agite la baguette et la dirige promptement sur le cours d'eau.

Tous croient qu'un arc-en-ciel va apparaître.

Mais à leur grand désespoir, rien ne survient. La magie n'opère pas. Ogrigri explique :

- L'arc-en-ciel apparaît seulement lorsque je veux attirer des enfants ici. Je regrette, je ne peux rien faire.

- Ce n'est peut-être pas la bonne rivière? suggère Irina qui se veut très confiante.

- Cette rivière est la même qui coule au pied de la montagne, répond Kalmia.

- Pourtant, insiste Ogribou en s'adressant à son frère, tu disais que l'arc-en-ciel pouvait durer une journée. C'est donc que tu le faisais apparaître volontairement?

- Je sais, mais la présence des enfants va à l'encontre du rituel. Pour que le charme opère, il faut que ce soit pour les amener ici et non pour les renvoyer chez eux. Vous comprenez?

- Nous comprenons trop bien, répond Éthan très déçu.

- Ainsi nous ne quitterons jamais cette contrée? déplore Célia qui ne peut accepter une telle réalité.

Kalmia se sent totalement dépassée. Elle croyait que seul Ogrigri pouvait sauver les jeunes. Qu'allait-il advenir d'eux maintenant?

Ogrigri reprend la forme d'un ogre. Ils retournent tous près de la cabane.

Coquette ne peut s'empêcher d'exprimer un commentaire :

- C'est fâcheux… Qui d'autre aurait le pouvoir d'agir à la place d'Ogrigri?

Et c'est là que Kalmia répond :

- Barbarée, peut-être?

- Quoi? La sorcière noire? reprend Franc-Boisié avec véhémence.

- Elle seule peut agir. C'est elle qui a doté Ogrigri de ses pouvoirs. Elle peut donc corrigé ses manquements. Barbarée a sûrement voulu qu'Ogrigri ne puisse jamais renvoyer des enfants qui étaient passés de l'autre côté du miroir. Cela lui garantissait un contrôle total sur le sort de ceux-ci.

- Tout ça pour plaire à l'ogresse, observe Franc-Boisié.

- En gage de remerciement, je suppose, ajoute la sorcière.

- Oui, pour avoir troqué l'âme de sa progéniture contre de fabuleux pouvoirs, explique le chicot.

Ogrigri et Ogribou se lancent des regards entendus. Ces propos sonnent étrangement à leurs oreilles. Et même s'ils ont l'air bête, ils sont bien plus intelligents qu'on ne saurait le dire.

Ogrigri s'enquiert auprès de Kalmia :

- Explique-moi ce que cela signifie…

- À votre naissance, Ogressive a échangé vos âmes contre vos pouvoirs. C'est Barbarée qui a orchestré tout ça.

- Nous n'avons plus d'âme?

- Non. La preuve, regardez vos frères qui ont été dépossédés de leurs pouvoirs. Ils sont tous devenus légumes.

- Mais c'est une abomination! s'indigne Ogribou. Il faut se révolter! Je veux récupérer mon âme! Et toi, Ogrigri?

- Moi aussi!

Les ogres sont outrés. Pour leur montrer qu'il est grand temps de se libérer du joug d'Ogressive et de Barbarée, la bonne sorcière poursuit dans les confidences :

- Hier, au pied de la falaise, que s'est-il passé? leur demande-t-elle avec une pointe de mystère.

- Il y a eu une tornade, les informe Ogribou. Mère a été littéralement propulsée dans les airs. Je croyais qu'elle allait être tuée.

- Et père a parlé, reprend Ogrigri.

- Qu'a-t-il dit? questionne Kalmia qui connaît déjà la réponse.

- Il a dit qu'il n'était pas tombé accidentellement dans le vide, que quelqu'un l'avait poussé.

- Vraiment? Vous savez de qui il parlait?

Les deux ogres se regardent, confus. Puis Ogribou ose dire :

- Mère a été malmenée par le vent après les aveux de Père. On aurait dit qu'il voulait s'en prendre à elle…

Kalmia dévoile alors enfin ce lourd secret qui pèse depuis tant d'années sur la famille des ogres.

Elle leur raconte qu'elle était là quand Ograisseux a fait une chute mortelle et qu'il lui a confié que c'était Ogressive qui l'avait poussé.

- Pourquoi aurait-elle fait cela? s'enquiert aussitôt Ogrigri qui ne veut pas croire une telle affirmation.

- Pour dominer, répond Kalmia. Ogressive a éliminé votre père, car il était bon et généreux. Il s'opposait au marchandage que votre mère entretenait avec Barbarée. Ogressive voulait régner en maître et être couverte de richesses. C'est Barbarée qui lui a fourni tous ces trésors.

Les ogres sont dépités, attristés, face à cette vérité qui dépasse jusque-là tout ce qu'ils n'auraient jamais osé croire.

- Qu'allez-vous faire maintenant? les interroge la sorcière.

- Nous allons tout raconter à nos frères, répond Ogrigri, et nous ferons comme nous avions prévu.

- C'est-à-dire?

- On va se rebeller contre elles!

- Qui donc?

- Notre mère et la sorcière noire!

- Et les enfants?

- Quoi?

- Quel sort leur réservez-vous?

Les deux ogres posent un regard trouble sur les jeunes. Bien qu'ils auraient envie de les manger sur-le-champ, ils déclarent :

- Barbaré rêve d'avoir un enfant, dévoile Ogrigri. Elle aimerait l'initier à la magie noire. Et notre gloutonne de mère n'attend que le moment où elle pourra les attraper pour planter ses crocs dans leur chair…

Irina revoit les images de son cauchemar.

- Cependant, intervient Ogribou, ni l'une ni l'autre n'auront le bonheur de voir leurs souhaits se réaliser, car nous renverrons ces enfants chez eux.

- Ogribou a raison, renchérit Ogrigri. Nous trouverons une solution.

- Vous croyez que vous pourrez convaincre les autres ogres de renoncer à poursuivre les enfants? demande Franc-Boisié.

- Quand ils apprendront que Mère a comploté avec la sorcière noire, ils se rangeront de notre côté. La grande difficulté sera d'amener Barbarée à coopérer puisque c'est elle qui détient la clé de la liberté de ces enfants.

- Il doit bien y avoir un moyen… songe Kalmia.

La noirceur s'installe lentement dans la montagne. Ogressive se prélasse à l'extérieur dans un immense hamac suspendu sous un arbre. Elle a demandé à Ogrisant de lui préparer une absinthe. Ce dernier s'applique à la tâche, près de la rivière qui coule derrière la cabane de l'ogresse. Deux longues torches sont allumées. Ogrisant est penché sur une table et près de lui, Ogrigri et Ogricole lui tiennent compagnie.

À leur retour, Ogrigri et Ogribou ont raconté à leurs frères ce qui s'était passé chez Kalmia. D'abord, il y eut quelques contestations à l'idée de ne plus chasser les enfants, puis en apprenant qu'Ogressive avait poussé leur père en bas de la falaise, tous furent d'accord sur un point : il fallait que leur mère paie pour son crime. Bien évidemment, cette dernière n'a rien appris de leur aventure chez Kalmia; les frères ont prétendu n'avoir rencontré personne sur leur chemin.

Mais ce soir, Ogrigri a eu une idée géniale :

- Il faut forcer la dose, suggère-t-il à Ogrisant.

- Cela peut la tuer, observe ce dernier qui fait couler goutte-à-goutte de l'eau très froide sur le miel.

Placé dans une cuillère perforée, le nectar sucré tombe lentement sur le liquide dans lequel ont macéré l'anis vert et le fenouil.

- Il faut l'étourdir solidement, renchérit Ogricole. J'en ai plus qu'assez de cultiver de l'anis et du fenouil pour la voir s'enivrer et ensuite me traiter de grosse légume!

- Tu as raison, Ogricole, elle a fini de nous dicter notre conduite! soutient Ogrigri avec fermeté.

Ogrisant termine sa tâche en faisant miroiter le fameux liquide devant la flamme.

- C'est prêt! annonce-t-il vainqueur. Allons à la rencontre de... sa Majesté.

Les trois conspirateurs remontent la côte et s'amènent près de la grosse dégoûtante qui roupille dans le hamac tressé.

- Mère, voici votre absinthe.

Ogrisant a parlé avec force. L'ogresse s'est réveillée en sursaut.

- Ne me fais plus peur comme ça, gros tas de graisse! Et donne-moi ce verre!

- Avec plaisir, chère Mère adorée.

La main baguée d'Ogressive s'empare du verre avec avidité. Toutefois, il lui a semblé détecter une pointe de sarcasme dans la voix de son rejeton. Et que font ces deux autres avec lui?

- Que faites-vous là? demande-t-elle sans ambages à Ogrigri et à Ogricole. Tu ne devrais pas être en train de me concocter un bouillon, toi? ajoute-t-elle en s'adressant à Ogricole.

- Il est encore tôt, Mère. La nuit vient à peine de tomber. Buvez votre boisson et je me mettrai à la tâche tout à l'heure.

L'ogresse trempe les lèvres dans le liquide enivrant.

Levant une main avec nonchalance, elle ajoute :

- Ah! et puis fais donc comme tu voudras. Moi, je me délecte de ce breuvage divin. Laissez-moi seule!

Ayant été chassés cavalièrement, les trois ogres s'en retournent auprès des autres attroupés devant la cabane d'Ogrigri.

- Ça y est, commente Ogrigri, elle a commencé à boire. Dès qu'elle aura terminé, on passe à l'action.

- Vous croyez qu'elle va dormir? interroge Ogrivole.

- Elle dormira, répond Ogrisant. J'ai augmenté le dosage. L'effet sera fulgurant.

- Et quand devrons-nous intervenir? questionne encore Ogrivole.

- On le saura bien assez tôt, l'informe Ogrisant. Pour ce faire, il faut aller l'épier. Venez! Suivez-moi!

Les huit ogres prennent le pas en escaladant la côte au clair de lune. Ils se massent derrière les buissons et ils observent leur mère. Cette dernière a déjà vidé la moitié du verre. À la lumière des torches qui l'éclairent, ses fils peuvent voir que ses yeux sont injectés de sang. Ogressive gesticule et ricane toute seule dans son hamac en léchant le pourtour du verre qui miroite.

Les ogres sont aux aguets. Cette fois, il n'y aura pas de tergiversation, car ils se sont tous mis d'accord pour exécuter le plan. Ogressive doit payer pour tous ses crimes.

Ils entendent leur mère rigoler et babiller comme un bébé.

- Elle va bientôt s'effondrer, les informe Ogrisant. Tenons-nous prêts.

Et voilà, le verre est vide. Il tombe sur le sol. Le bras ballant de l'ogresse leur indique qu'elle vient de sombrer dans un très profond sommeil.

- Il faut y aller maintenant! décrète aussitôt Ogrigri.

Toute la bande se rue vers la grosse femme qui gît dans le hamac. Les yeux fermés, elle est entrée dans un sommeil de plomb.

Les ogres la soulèvent par les bras et l'arrachent de peine et de misère à son lit...

Il est temps d'aller dormir. Kalmia a préparé le grand lit pour les filles; les garçons dormiront sur des matelas de feuillages de moussus posés au sol.

Pour la première fois, ils auront l'esprit en paix et la nuit n'en sera que plus paisible.

Kalmia a opté pour le canapé du salon. Il est toujours très sage de faire le guet. On ne sait jamais si par malheur les ogres s'étaient mis en tête de tout dévoiler à leur mère... bien que ce soit improbable.

La nuit sera calme et paisible. Coquette et Massif dorment près du perron et Franc-Boisié, Craquante et Crépite rôdent dans les parages.

Quelle belle journée lumineuse! Irina accourt sur le grand perron bas pour saluer la splendeur du soleil qui se lève à peine. Les autres arrivent par derrière, les yeux encore alourdis de sommeil.

- J'ai dormi comme un loir, observe Éthan en s'étirant comme un chat.

Les autres prétendent en avoir fait autant.

Kalmia est déjà en train de ramasser les œufs au poulailler.

Lorsqu'elle revient auprès d'eux, elle leur annonce toute fière :

- On va manger une bonne omelette ce matin.

Ils sont tous ravis.

- On aura aussi du pain et de la confiture? interroge Irina affamée.

- Oui, petite, du pain, de la confiture et peut-être même du bacon.

- Du bacon! Ici, dans la montagne? s'étonne Lucas.

Kalmia leur explique qu'elle fait fumer le bacon à partir de la chair du sanglier.

- Le sanglier a sensiblement le même goût que le porc. Vous verrez, c'est délicieux.

La bonne vieille dame dépose les œufs sur la table située à l'extérieur et elle se prépare à allumer le feu.

Pendant ce temps, au sommet de la montagne, se joue un drame épouvantable.

- Je jure que je vais tous vous faire pendre l'un après l'autre! hurle Ogressive de sa voix menaçante.

Les ogres sont tous attroupés près de la cabane de leur mère et ils rigolent comme des gamins qui ont fait un mauvais coup.

Ogressive a été enfermée dans la tourelle.

Sa grosse face joufflue est logée entre les barreaux de bois et elle clame à tue-tête :

- Sortez-moi vite d'ici avant que je n'appelle Barbarée! Sinon quand elle arrivera, je vous ferai tous déposséder de vos pouvoirs et vous ne serez plus que des loques!

- Vous nous jetterez en bas de la falaise comme vous l'avez fait avec notre père? lui lance crûment Ogrigri.

- Comment oses-tu m'accuser...

- Kalmia nous a tout raconté, la coupe Ogrigri. Elle était là quand cela s'est produit. Quel crime odieux! Vous n'êtes qu'un monstre!

- Vous m'avez dit que Kalmia n'était pas là hier...

- On a menti, répond Ogribou. Nous n'avons plus confiance en vous. Nous vous renions. Vous n'êtes plus notre mère!

- Oui, reprend Ogrigri poussé par l'adrénaline... Et nous aiderons les enfants à retourner chez eux!

- Les enfants? Il y en a vraiment, alors?

Ogrigri a parlé sur le coup de l'émotion. Les autres lui tapent dessus.

- Il ne fallait pas le dire, le réprimande Ogribou. Cela devait rester secret.

- Mère ne peut plus rien faire aux enfants, elle est emprisonnée et elle le restera, précise Ogrigri pour se racheter.

- Mère non, mais Barbarée, elle, peut intervenir.

Justement, alertée par les cris de l'ogresse, la sorcière noire a compris qu'il se passait des choses anormales chez les ogres.

La vieille femme termine son repas du matin, son horrible compagnon à côté d'elle.

- On va aller voir ce qui se passe là-bas, chuchote-t-elle à Cannibale tout en lui jetant des miettes de son déjeuner. Je te parie qu'elle s'est encore chamaillée avec ses foutus rejetons. Qu'est-ce que t'en penses, Cannibale?

- Ouais, cette grosse obèse a un petit pois à la place du cerveau, grince la vilaine bête.

Barbarée ricane. Les frasques d'Ogressive l'amusent toujours tellement. Mais qu'a-t-elle pu faire cette fois-ci pour que sa voix résonne d'aussi loin?

Pour la première fois de toute leur misérable existence, les ogres n'ont pas à courir dans tous les azimuts pour quérir de la nourriture à leur mère.

Ils sont tous assis au pied de l'arbre où est enfermée Ogressive et ils dégustent un succulent bouillon préparé par Ogricole. La vie leur paraît soudainement si paisible…

L'ogresse a cessé de vociférer, mais elle continue quand-même à lancer des paroles acerbes.

- Vous me le paierez très cher! Vous ne perdez rien pour attendre, bande de gros tas de merde!

- Taisez-vous! On vous a assez entendue! lui ordonne Ogrisant en pointant un doigt dans sa direction.

- Comment oses-tu me fustiger de la sorte? C'est toi qui m'as droguée? L'absinthe était beaucoup plus forte que d'ordinaire. J'ai perdu conscience…

- Cela ne vous a pas empêchée de vous en délecter comme une démone. Et vous en payez le prix. Tant pis pour vous. Vous payez le prix pour autre chose également…

- Quoi?

- L'assassinat de notre père. Pour cela, vous deviendrez notre esclave.

- Qu'est-ce que j'entends?

Ogressive saisit les barreaux à pleines mains. Ses jolies bagues brillent de tous leurs feux.

Ogrigri se lève et observe le délicieux chatoiement produit par les pierres précieuses sous l'effet du soleil du matin. Il exprime avec tout l'aplomb dont il se sent investi :

- Désormais, ces bijoux nous appartiennent. On va prendre la part qui nous revient. N'est-ce pas, mes frères?

Les autres acquiescent.

- Ces trésors sont à moi! s'objecte l'ogresse en essayant de briser les barreaux qui la retiennent prisonnière.

- Nous en laisserons une généreuse part pour les enfants, poursuit Ogrigri sur la même lancée. Après tout, je leur avais promis qu'ils trouveraient un trésor grâce à ce plan dans la bouteille. Ils le méritent bien. N'est-ce pas, mes frères?

Tout le monde est d'accord sauf Ogressive qui fulmine dans sa cage.

C'est alors qu'elle se met à crier le nom de Barbarée à tue-tête.

- Barbarée! Barbarée! Viens vite, je suis séquestrée! Barbarée! Barbarée!

- Qu'as-tu à crier de la sorte, résonne aussitôt la voix grincheuse de la sorcière noire.

Cette dernière vient d'apparaître à l'embouchure du sentier. En apercevant l'ogresse dans la tourelle, Barbarée s'esclaffe et rit comme une folle. Cannibale en fait autant.

Finalement, comme si ces rires devenaient contagieux, même les ogres se mettent à rigoler en se roulant sur le sol.

Ogressive est atterrée. Barbarée se moque de son état de captivité.

- Cessez de rire! hurle l'ogresse. Barbarée, fais-moi sortir d'ici et punis ces bons à rien! Je veux qu'ils soient tous départis de leurs pouvoirs et jetés dans l'abîme.

- Comme Ograisseux? questionne Barbarée qui a cessé de ricaner.

- Oui, comme Ograisseux! Ce va-nu-pieds voulait m'empêcher de régner et il n'acceptait pas le marchandage avec toi. Si je ne l'avais pas éliminé, tu n'aurais jamais eu l'âme de mes rejetons et ton maître t'aurait anéantie. C'est grâce à moi si tu exerces une telle domination. Alors, fais-moi sortir d'ici au plus vite!

On ne dicte pas la conduite à la sorcière noire. En plantant son regard cruel dans celui d'Ogressive, celle-ci rétorque :

- Personne ne me dit quoi faire! Tu m'as bien entendue, grosse bouse de caribou nauséabonde? Tu resteras là où tu es! Je t'avais prévenue, Ogressive. Je t'avais dit qu'un jour où l'autre tes propres rejetons allaient se retourner contre toi. Ce jour-là est arrivé. Le sort en a décidé ainsi, moi je ne peux rien faire. C'est ton destin. Ta vie est maintenant entre les mains de ta progéniture. Pour ma part, je n'en ai rien à faire qu'ils t'obéissent ou non. J'ai reçu d'eux ce que j'avais à recevoir.

- Nos âmes? interroge Ogrigri.

- Oui, vos âmes, répond la vilaine sorcière. Vous n'en avez pas besoin, surtout que je les ai échangées contre de fabuleux pouvoirs. N'est-ce pas merveilleux?

- Des pouvoirs qui ne nous servent plus à rien, rétorque Ogrivole.

- Depuis que notre mère est devenue notre esclave, explique Ogrisant, nous n'en avons plus rien à faire de cette magie.

Barbarée ricane à nouveau. A-t-elle bien entendu ou est-ce le souffle du vent léger qui lui murmure des paroles aussi farfelues que possible?

- Tu as bien précisé, Ogrisant, qu'Ogressive était devenue votre esclave?

- Tout à fait.

Cette fois, la sorcière noire rit à gorge déployée.

Elle lève les yeux sur la captive et, l'apercevant agrippée aux barreaux, son gros visage en premier plan, elle ne peut que trouver la situation mourante d'ironie.

Quand elle se calme enfin, Barbarée annonce qu'elle en a assez vu et qu'elle repart. Ogressive la supplie d'intervenir, mais déjà la longue silhouette noire disparaît dans la forêt avec le carcajou à sa suite.

Les ogres sont grandement soulagés. La sorcière noire n'a rien tenté contre eux. Ogressive est complètement décontenancée.

Livrée entre les mains de ses propres rejetons, elle n'a d'autre choix que d'essayer de se montrer repentante.

- Je vous en prie, laissez-moi sortir. Je vous promets que je ne vous traiterai plus en esclaves. Je serai bonne avec vous et je pourvoirai moi-même à mes propres besoins. Pitié, donnez-moi la chance de me racheter.

- C'est trop tard, Mère, répond Ogrigri. Nous avons trop souffert à cause de vous. Et la mort de notre père ne pourra jamais être rachetée. Votre crime pèsera toujours sur vos épaules et nous nous chargerons de vous faire porter votre croix jusqu'à votre dernier souffle.

- Ne dis pas ça, Ogrigri. Je suis votre mère. Vous me devez respect!

- Quand on échange l'âme de ses petits contre des richesses, on ne peut pas se considérer comme une mère. Vous êtes un monstre, Mère... infâme.

Ogressive s'affaisse sur le plancher de bois et conteste par des propos virulents :

- Je finirai bien par sortir de cette damnée cage; ce jour-là, je me vengerai et vous le regretterez amèrement!

Déjà, les ogres se dispersent et la laisse seule à ses divagations.

Tremblant et les brindilles ont retrouvé la trace des enfants. Ils ont su d'instinct que Kalmia les avait emmenés chez elle pour les protéger. Ils amorcent le dernier tournant du sentier qui mène au domaine de Kalmia.

La bonne sorcière est en train d'enseigner à Éthan l'art de soigner avec les plantes. Le jeune homme est fasciné par les connaissances de la vieille femme. Elle lui raconte que tous les maux peuvent être traités de façon naturelle et que la flore regorge de médicaments.

- Un jour, je deviendrai botaniste, explique le jeune homme, et je vouerai ma vie à guérir les gens avec les plantes. On appelle ça la phytothérapie.

- Quel joli nom! Vivras-tu en communion directe avec la nature comme moi?

- Vous voulez dire dans une cabane en forêt?

- Oui.

- Je construirai ma maison à la campagne, c'est certain. Oui, je désire plus que tout faire corps avec la nature. Elle est si riche et si reposante.

Les filles, qui sont assises sur le bord du perron, écoutent ce qu'ils disent. Célia intervient :

- À la naissance, mon frère a reçu un don. Celui de connaître par leur nom chacune des plantes. Je l'envie. Moi, je ne sais pas encore ce que je ferai plus tard.

- Tu as bien le temps d'y penser, Célia, reprend Kalmia.

-Tu deviendras sûrement collectionneuse, avance Irina en rigolant.

- Collectionneuse de papillons? Non, je ne crois pas. On ne gagne pas sa vie avec ce genre de passe-temps.

- Alors tu travailleras dans un insectarium, là où l'on retrouve les plus beaux papillons qui soit.

Célia sourit. Ses jolis yeux verts se mettent à briller d'intensité.

- Peut-être... murmure-t-elle, pensive.

- Moi, reprend Irina avec cynisme, je suis foutue. Je n'ai pas la moindre idée de ce que l'avenir me réserve. Au train où je suis partie, je vais probablement devenir aussi grosse que l'ogresse avant l'âge de trente ans.

Ces paroles sont bien fantaisistes, mais Kalmia la rassure :

- Tu es encore si jeune, Irina. Donne-toi le temps d'y penser. Vous êtes tous encore à l'âge des jeux et de l'insouciance. C'est une période de la vie qu'il faut savourer pleinement.

Lucas et Nicolas ne sont pas en vue. La sorcière s'inquiète subitement de leur absence.

- Quelqu'un sait où sont les deux autres?

- Nicolas était près de l'enclos des chèvres tout à l'heure, répond Irina.

Kalmia porte sa vue au loin dans l'espoir de l'apercevoir.

- J'ai cru voir Lucas près de la rivière, les informe Éthan, des feuilles de plantain dans les mains.

Les filles se lèvent pour appeler les deux garçons.

Elles crient leurs noms et scrutent le bord de la rivière et tout autre endroit où ils pourraient se trouver. Mais rien. Ils ne répondent pas aux appels.

- Ils ont disparu! lance sèchement Irina en arrivant près de Kalmia au pas de course.

Célia confirme ses dires.

- Bon, on va partir à leur recherche, décide la vieille dame sans perdre une seconde.

- Encore des problèmes... laisse tomber mollement Coquette qui se prélassait dans les herbes parfumées qui embaument la petite clairière. Tremblant arrive à l'instant, accompagné des brindilles. Franc-Boisié les informe de l'absence des deux garçons.

En fait, les deux garnements ont voulu explorer plus à fond le territoire qui les entoure et, pour ce faire, Nicolas a entraîné Lucas sur des sentiers très peu fréquentés.

Maintenant, ils ont perdu leur chemin et ils ne savent plus où ils sont.

- Arrête-toi, Nicolas, propose Lucas. On va essayer de se repérer avec le soleil.

Les garçons lèvent les yeux au ciel.

- Je ne sais pas comment faire, avoue Lucas. Tu le sais, toi?

Nicolas l'intrépide, celui qui essaie toujours d'entraîner les autres sur des voies inexplorées, veut se montrer très perspicace :

- C'est par là! indique-t-il en pointant sur la gauche.

- Tu es sûr que c'est dans cette direction qu'il faut aller?

- Bien sûr. Fais-moi confiance et suis-moi.

Les deux amis reprennent le pas.

Ils amorcent l'ascension d'une pente. Lucas fait remarquer :

- Je crois que nous faisons erreur. La cabane de Kalmia n'est pas construite sur la montagne.

- Oui, elle l'est... disons... en flanc de montagne.

- Je ne me souviens pas d'être passé par ici la première fois.

- Continuons de grimper, on finira bien par retrouver notre chemin.

- Je l'espère…

Kalmia, Massif, Tremblant et Franc-Boisié sont partis à la recherche des deux disparus. Sous les recommandations de la sorcière, Éthan et les filles sont restés au camp avec Coquette, les autres chicots et les brindilles.

Tout ce beau monde est assis sur les bords du rivage et ils écoutent chanter la rivière.

En leur for intérieur, les jeunes prient pour que leurs amis reviennent sains et saufs.

De temps en temps, Kalmia crie le nom de Lucas et de Nicolas, mais ces cris demeurent sans réponse.

- Ils ont fait du chemin depuis qu'on s'est aperçu de leur disparition, exprime la vieille femme qui s'est arrêtée au milieu du sentier encombré de broussailles.

- Ils sont passés par ici, soutient Massif en reniflant le sol.

- Je comprends pourquoi ils se sont perdus, ajoute Kalmia en soulignant le fait que cette voie est presque impraticable.

- Même une ourse y perdrait ses petits, reprend Massif pour faire de l'esprit.

- C'est bien joli tout ça, intervient Tremblant, mais il va falloir accélérer le pas. Ces deux insouciants ne le savent pas, mais ils se dirigent probablement au sanctuaire.

- … des ogres? questionne Kalmia avec appréhension.

- C'est le seul que je connaisse.

- Il y a tous ces ours également près du lac aux Ours, reprend Franc-Boisié.

- Les ours, je m'en charge, exprime Massif avec courage.

La sorcière a la tête pleine d'images d'horreur. Elle fouette l'air pour les dissiper et incite les autres à reprendre le pas :

- On n'a pas le temps de bavarder. Il faut vite les rattraper. Repartons!

Les garçons ont beaucoup marché. Ils ne savent plus du tout où ils se trouvent. De toute évidence, ils ne retrouveront pas leur route. Lucas commence à en avoir assez d'errer ici et là sans que jamais ils ne voient poindre l'ébauche de la clairière où habite Kalmia.

- C'est fini! J'en ai plus qu'assez! lance Lucas en s'assoyant sur un tronc renversé. Nous sommes perdus et nous ne retrouverons jamais notre chemin. Je refuse de faire un pas de plus.

Nicolas s'arrête et observe son ami, l'anxiété dans son regard.

- On doit continuer à marcher sinon personne ne viendra ici pour nous secourir.

- Tout ça c'est de ta faute, Nicolas Lecompte! Tu m'as entraîné dans cette maudite forêt tout comme tu l'as fait avant qu'on trouve cette damnée bouteille! Tu es de mauvais conseil!

Lucas est furieux.

- Je n'ai pas voulu ce qui arrive. C'est une malchance, c'est tout.

- Cesse de te défendre et avoue tes fautes! Ta sœur t'a souvent reproché d'être trop intrépide, mais tu te moques de ce qu'elle dit. Pourtant, Irina a la tête sur les épaules.

L'autre consent enfin à reconnaître ses torts.

- Bon, tu as gagné. C'est vrai, j'ai été téméraire et je m'en excuse. Qu'est-ce qu'on fait maintenant?

- On va prendre la direction que j'aurais choisie, répond Lucas en se relevant.

- D'accord. Et quelle direction suggères-tu?

Le jeune garçon pivote sur lui-même et décide qu'il faut poursuivre en flanc de montagne.

- Si on continue à grimper, soutient-il, on va finir pas arriver chez l'ogresse. Les chicots nous ont souvent parlé qu'elle vivait au sommet de cette montagne.

- Je suis d'accord. Pars, je vais te suivre.

Les garçons reprennent le pas.

Cependant, la direction qu'ils ont choisi de prendre ne mène peut-être pas à la cabane de Kalmia...

Une fois de plus, les ogres se sont réunis, mais cette fois-ci, c'est pour décider du sort de leur mère. Ils sont attroupés près de la rivière derrière la cabane de l'ogresse.

- Que va-t-on faire d'elle? interroge Ogriflamme.

Ils sont tous incertains de la sentence qu'ils réservent à Ogressive. Ogrigri avance comme hypothèse :

- On doit la soumettre à l'esclavage et faire en sorte qu'elle soit à notre service.

- Oui, approuve vivement Ogricole. C'est elle qui dorénavant préparera nos bouillons et éviscérera les truites.

- C'est elle aussi qui ira voler le miel dans les ruches, reprend Ogrivol. Elle comprendra enfin pourquoi j'en reviens toujours le corps couvert de boursouflures.

- Elle ira chasser le faisan et le dindon sauvage, renchérit Ogrippeur. Ça lui fera du bien de marcher un peu dans la montagne.

- Oui, elle dégraissera!

C'est entendu. Ogressive sera désormais au service de sa progéniture. Fini le temps où les ogres ne vivaient que pour pourvoir aux besoins de leur mère. Les rôles seront maintenant inversés.

Ils retournent auprès d'elle. En les voyant arriver, Ogressive s'empresse de se ruer dans les barreaux de la cage et d'implorer :

- Pitié, faites-moi sortir! Je promets de ne pas me venger. Barbarée m'a laissée tomber, je ne peux rien contre vous.

- Nous allons vous libérer, Mère impitoyable, lui répond Ogrigri.

Déjà, Ogriflamme monte dans l'échelle pour aller ouvrir la grille.

Ogressive s'empresse d'introduire sa lourde charpente dans l'ouverture puis, dans des gestes précis et prudents, elle descend dans l'échelle.

- Enfin, je suis libre, proclame-t-elle lorsqu'elle touche terre.

- Saisissez-là! ordonne aussitôt Ogrigri.

Les autres se ruent sur elle pour l'immobiliser. Pendant ce temps et sous les cris de protestation de la créature éléphantesque, Ogrigri court chercher une longue liane très solide. Il la noue autour du cou d'Ogressive telle une laisse pour les chiens.

- Suis-moi maintenant! ordonne Ogrigri en tirant sur la liane.

- Quoi! Tu me tutoies! proteste Ogressive en s'arc-boutant.

- Oui, tu n'es plus notre mère. Celle qui nous a mis au monde n'existe plus depuis qu'on sait qu'elle a tué notre père. Allez, suis-moi, esclave!

Ogrigri déploie toute sa force pour obliger la vilaine à le suivre.

Il l'entraîne jusqu'au potager et là, il lui intime l'ordre :

- Baisse-toi et ramasse des légumes pour le bouillon que tu vas nous faire!

- Vas-y, grosse... légume, relance Ogricole qui en a gros sur le cœur. Ramasses-en beaucoup parce qu'on a très faim!

L'ogresse n'a d'autre choix que d'obtempérer. Tout en maugréant, elle se penche et tire sur des carottes et des navets qu'elle entasse entre les rangs.

Les autres ogres regardent la scène et rient à gorge déployée.

Pendant que l'ogresse s'active à la tâche, ses longs colliers tombant devant elle, Ogrigri remet la laisse à Ogricole et annonce qu'il va aller jeter un œil sur le trésor qui leur appartient désormais.

- Pas mes pierres précieuses! se récrie farouchement Ogressive.

- Elles ne sont plus à toi! décrète fermement Ogrigri.

Ce dernier part d'un pas assuré et entre dans la cabane. Ogressive s'effondre sur le sol.

- Ramasse! lui crie Ogricole en tirant sur la laisse.

Ogrigri est fasciné devant autant de richesses. Les merveilleuses pierres qu'il a sous les yeux le charment à un point qu'il ne saurait dire. Il s'empare de quelques joyaux montés en colliers et les passent autour de son cou.

Il s'admire devant la glace et il exulte de joie. Ces pierres semblent avoir le pouvoir de magnétiser, de fasciner. L'ogre ne comprend pas ce qui se passe. Soudainement, il éprouve une envie irrépressible de tout garder pour lui seul.

Rapidement, il enfouit le trésor en entier dans un sac de jute et il s'enfuit dans la forêt.

***

Le temps file et les deux disparus demeurent introuvables. Kalmia et sa bande commencent réellement à s'inquiéter de leur sort. Tremblant croit qu'ils se sont aventurés dans le sanctuaire.

- Le lac aux Ours n'est pas très loin sur la droite, commente le chicot. S'ils sont passés par ici, il est fort probable qu'ils arriveront bientôt près du lac.

Massif renifle le sol de plus belle. Il a du mal à détecter les odeurs. Celles des ours qui rôdent dans les lieux prennent le dessus sur toute autre.

- Il y a beaucoup d'ours ici, fait observer Massif. Soyez sur vos gardes.

- Des ours… les jeunes ne sont pas en mesure de se défendre contre eux, exprime Kalmia dont le regard est chargé d'inquiétude.

- Lucas nous accompagnait quand on est allé chercher la plante magique, raconte Tremblant.

- C'était la nuit, intervient Franc-Boisié. On n'y voyait presque rien. Je doute qu'il puisse se souvenir.

Kalmia soutient qu'ils ne doivent pas avoir escaladé la montagne.

- Ils savent que mon camp se situe sur le flanc et non sur la montagne.

Finalement, ils optent pour continuer d'avancer en longeant la côte par le flanc.

Lorsque Ogrisant entre dans la cabane d'Ogressive, il se surprend à constater que tous les trésors ont disparu. Et bien qu'il crie le nom d'Ogrigri, ce dernier ne répond pas. Ogrisant va jusqu'au camp de son frère pour voir s'il y est, mais il réalise assez vite qu'il n'y est pas.

- Ogrigri s'est enfui avec tout le trésor! annonce Ogrisant aux autres.

- Le traître! grommelle Ogricole qui surveille les activités d'Ogressive.

Cette dernière a entendu ce qu'a dit Ogrisant. Elle risque :

- Les bijoux sont envoûtés. Cet imbécile en paiera le prix comme moi je l'ai fait.

- Que veux-tu dire? interroge Ogricole.

- Quiconque se porte acquéreur de ce trésor perd tout sens de la réalité. Ces pierres sont magiques, ensorcelées, et personne ne peut volontairement s'en départir.

- Qui a ensorcelé ces pierres? Barbarée?

- Qui d'autre?

- Que va-t-il faire maintenant? s'informe Ogricole qui juge l'acte d'Ogrigri de très mauvais augure.

- Il deviendra aussi avide et insatiable que moi, laisse tomber l'ogresse avec un air de satisfaction.

- Il faut vite le retrouver, intervient Ogrisant, et récupérer le trésor pour le détruire à jamais.

- Ne faites pas cela sinon la vengeance du maître serait terrible.

- Le maître? Qui est-il?

- Celui qui possède vos âmes et qui les a troquées contre vos pouvoirs et toutes ces richesses. Barbarée aussi a marchandé...

- Avec celui que tu appelles le maître?

- Oui. Détruire le trésor ou ramener vos âmes serait comme annuler le marché. Ce serait une faute très grave.

Ogrisant et Ogricole sentent la menace peser sur eux.

- Que peut-on faire alors?

- Ce n'est pas à moi de vous le dire. Puisque que vous m'avez reniée, je n'interviendrai pas dans cette affaire. Débrouillez-vous tout seuls!

Ogressive se réjouit de leur malheur.

- Ne t'occupe pas d'elle, intervient Ogricole. On se charge de ramener Ogrigri à la raison.

- Encore faut-il le retrouver, reprend Ogrisant.

Ogricole ordonne à l'ogresse de ne pas traîner et d'aller préparer les légumes pour leur faire un bouillon.

De son côté, Ogrigri court depuis un bon moment avec le sac de joyaux à l'épaule, laissant tomber çà et là quelques pierres sur son passage. Il s'arrête enfin, sachant qu'il est bien loin du sanctuaire. Il s'assoit sur une grosse roche près d'un ruisseau et il ouvre le sac. La brillance qui émane de l'intérieur l'éblouit et le chavire. L'ogre plonge vivement les mains dans le lot de pierres précieuses. Il les fait couler entre ses doigts comme Ogressive se plaisait à le faire puis, complètement sous le charme, il se questionne sérieusement sur la suite des évènements. Que vont dire les autres quand ils apprendront qu'il a volé le trésor? Ils seront sûrement très en colère. Ils le rejetteront et le considèreront comme un traître. C'est pourquoi Ogrigri décide qu'il ne doit plus jamais retourner auprès des siens. Il vivra désormais dans une autre contrée pour chérir son trésor et régner en roi.

Pendant qu'il médite à tout ça, quelqu'un approche. Trop absorbé dans ses délires, l'ogre n'entend rien venir. Il s'agit de Lucas et de Nicolas. Ils sont à l'extrémité ouest du lac aux Ours. Heureusement pour eux, les garçons aperçoivent Ogrigri avant que lui-même les repère.

- Ne bouge plus! murmure Lucas à son ami.

Lucas a été le premier à entrevoir la lourde silhouette d'Ogrigri à travers les feuilles. Nicolas s'accroupit tout comme l'a fait son ami.

- Tu as vu quelque chose? interroge Nicolas qui cherche à voir ce qui a attiré l'attention de Lucas. Puis il aperçoit l'ogre assis sur le rocher, les mains enfouies dans le sac.

- Qu'est-ce qu'il fait? demande Lucas.

- Je le reconnais, annonce Nicolas. Il était là hier chez Kalmia.

Lucas observe attentivement, puis il avance :

- Tu as raison, il avait surgi de la forêt. C'est le magicien.

- Ogrigri... je crois que c'est comme ça qu'il s'appelle.

- Tu crois qu'il nous reconnaîtrait?

- Probablement, mais j'aurais trop peur qu'il s'en prenne à nous.

- Il a dit qu'il ferait tout en son pouvoir pour nous aider à rentrer chez nous.

- Et tu le crois? questionne Lucas.

- Hier, je le croyais, mais maintenant je ne sais plus quoi penser.

- Moi, je pense qu'il faut quand même prendre le risque. Il n'y a personne avec lui et il pourra nous aider à retrouver notre route. Il sait où se trouve le camp de Kalmia.

- Et s'il se jette sur nous?

- On s'enfuira avant qu'il n'ait le temps de nous toucher.

- Tu oublies qu'il est magicien.

- C'est vrai... songe Lucas soudainement devenu hésitant.

Puis l'inattendu se produit : un ours, gigantesque et apparemment en furie, se dresse dans leur dos en grognant de toutes ses forces. Les garçons poussent un cri et foncent droit sur Ogrigri. En les voyant surgir, l'ogre se relève à la hâte. Il les reconnaît immédiatement et voit aussitôt la bête arriver au pas de course.

- Venez vous abriter ici!

Ogrigri les invite à se blottir derrière lui. En apercevant l'ogre, l'ours stoppe sa course et baisse la tête. L'animal agit comme s'il était soudainement dominé par Ogrigri. Ce dernier n'y comprend plus rien.

L'ours manifeste des signes de soumission par des gémissements et des cris plaintifs.

Les émeraudes, les rubis, les diamants brillent de tous leurs feux à travers l'ouverture béante du sac. L'ogre réalise alors que son pouvoir de domination est directement lié au trésor.

Les garçons prennent conscience de la présence de toutes ces richesses. Ils sont estomaqués. Voilà le fameux trésor dont parlait Tremblant!

Finalement, Ogrigri caresse la tête de l'ours et le somme de s'en aller, ce que la bête fait aussitôt.

- Enfin! il s'en va! laisse tomber Nicolas en un long soupir de soulagement.

Ogrigri regarde les garçons et exprime :

- Quelle audace! Vous n'avez pas peur de vous retrouver tout seuls ici avec tous ces ours qui rôdent?

- Nous sommes égarés, répond Nicolas qui est désolé.

- Vous ne retrouvez plus le chemin pour retourner chez Kalmia?

- Non.

- Il ne faut pas rester ici, les prévient Ogrigri en posant sur eux un regard trouble. Je ne sais pas ce que je pourrais faire… Je ne suis pas dans mon état normal.

L'ogre semble absorbé dans un monde irréel. Cela inquiète les jeunes.

- Dites-nous seulement comment faire pour retourner chez Kalmia.

Ogrigri leur explique qu'ils doivent redescendre la côte et longer le flanc de la montagne dans la direction ouest.

- Vous marchez actuellement vers le sanctuaire. Il serait très périlleux pour vous de vous y aventurer.

- Mais les ogres sont devenus pacifiques maintenant, fait observer Lucas.

- Les avez-vous convaincus de nous aider? interroge Nicolas.

- Ils sont tous d'accord pour qu'on cesse de vous pourchasser et ils acceptent qu'on vous renvoie dans votre monde. Cependant, Barbarée tient à avoir l'un de vous.

- Elle ne sait pas que nous sommes ici, prétend Nicolas.

- Elle le saura. Mère l'a appris et elle le lui dira.

Ogrigri raconte qu'ils ont fait de leur mère une esclave et qu'elle ne peut plus rien contre eux.

- Le danger, c'est Barbarée, soutient l'ogre.

Lucas est fasciné par les joyaux. Il ose demander :

- C'est à toi toutes ces richesses?

- Oui, désormais elles m'appartiennent et… je leur appartiens.

- Que fais-tu tout seul ici avec ce sac rempli de pierres précieuses? lui demande Nicolas.

- Je ne le sais pas, mais je ne peux plus retourner auprès des miens. D'ailleurs, je vous conseille fortement de repartir. Je sens monter en moi des pulsions qui pourraient vous être fatales.

Dans l'œil avide de l'Ogre, les garçons croient percevoir les signes d'une folie à venir.

- Nous partons, s'empresse de dire Nicolas en tirant son ami par le bras.

L'ogre les voit dévaler la côte à grandes enjambées.

Ogrigri se remet à caresser le contenu de son sac.

Après avoir couru sur une bonne distance, les deux garnements s'arrêtent et poussent un cri pour répondre à celui lancé par Kalmia.

- Par ici! entendent les garçons.

Ils se lancent en direction de la voix et tout le monde se retrouve enfin.

- Dieu soit loué! exprime la sorcière avec soulagement, vous êtes sains et saufs. Il ne faut pas traîner, retournons vite chez moi.

Chemin faisant, Nicolas et Lucas racontent aux autres ce qui s'est passé avec Ogrigri. Ils leur parlent du sac rempli de joyaux et de la drôle d'attitude de l'ogre.

- Ogrigri est sous l'influence d'un charme, en conclut Tremblant. Barbarée avait ensorcelé ce trésor pour que celui qui le possède puisse exercer une domination.

- C'est pour cette raison qu'Ogressive régnait sur tout, en déduit Kalmia.

- Oui, et cela l'a menée jusqu'au meurtre.

- On a besoin d'Ogrigri, soutient la bonne vieille. Même si Barbarée est la seule qui peut renvoyer les enfants chez eux, elle devra quand même passer par Ogrigri pour que cela se fasse.

- Tu as raison, Kalmia, approuve Tremblant. L'arc-en-ciel appartient à Ogrigri.

- Mais, qu'est-ce qu'on va faire? interroge Lucas qui sent son enthousiasme le quitter.

- On va devoir échafauder un plan, répond Franc-Boisié.

***

Le plan devra être infaillible. Tout le monde a été mis au courant des intentions de Tremblant. C'est lui qui a tout orchestré.

Le cochon sur la broche a été dépouillé de sa chair en presque totalité. Les enfants se sont régalés une fois de plus. Il est maintenant 18 heures et Kalmia lave la vaisselle aidée des deux filles. Les garçons discutent de la tournure des évènements avec Tremblant et Franc-Boisié.

Tremblant soutient qu'il faut se mettre en marche dès la nuit tombée. Selon lui, il faudra se montrer d'une extrême prudence.

Pour la première fois, les enfants croient qu'ils rentreront enfin chez eux et que cette nuit sera probablement la dernière qu'ils passeront dans ce monde parallèle. Irina a le cœur gros : Kalmia est si bonne pour eux! La petite lui confie avec les yeux humides :

- Je vais beaucoup m'ennuyer de vous, Kalmia. Vous avez été si bonne pour nous.

- C'est vrai, abonde Célia qui essuie une assiette... Sans vous, nous n'aurions peut-être pas survécu.

- Les ogres nous auraient dévorés, reprend Irina en appuyant ses dires de ses grands yeux globuleux.

- Ne parlez pas comme ça, mes chéries, leur répond la sorcière qui se sent émue. Je n'ai fait qu'écouter mon cœur. De plus, nous trouverons peut-être un moyen de rester en contact.

- Que voulez-vous dire? s'enquiert Irina.

- Je ne sais pas, il y a peut-être un moyen pour qu'on puisse continuer de communiquer entre nous.

- Ce serait merveilleux! en convient Célia.

Franc-Boisié exprime ses doutes face au plan de Tremblant.

- Je ne souhaite qu'une chose, que les ogres veuillent bien collaborer.

- Ogrigri et Ogribou nous ont promis de nous aider. C'est le temps ou jamais pour eux de tenir cette promesse.

- On verra bien s'ils ont une parole, mais Ogrigri s'est enfui.

Coquette s'approche d'eux en agitant ses longues oreilles pointues.

- Vous croyez qu'on peut se fier à ces monstres? Moi, j'en doute! Ils sont si pervers et malfamés! En fait, ils sont comme leur mère, des êtres ignobles!

- Ne les juge pas trop vite, Coquette, ils en ont peut-être assez de vivre en esclaves.

- Il serait temps qu'ils réagissent! Moi, si j'avais eu leur corpulence et leur force, je ne me serais jamais enfui devant le loup. Je l'aurais attaqué de plein front. Comme un buffle! Je lui aurais montré à ce sale canidé ce qu'il en coûte de s'en prendre à moi!

Coquette lève la tête pour se montrer brave et fière tout en agitant le petit bout de sa queue.

Les chicots rigolent de la voir aussi hardie.

Dans la montagne, un lourd silence règne autour du feu où sont réunis les sept ogres encore dignes de porter ce nom. Ogrigri manque toujours à l'appel et cette absence se traduit par un silence mortuaire. Ogrigri est en quelque sorte le pilier de la bande. Sans lui, tous les autres se sentent démunis. Après tout, c'est lui le plus doué de tous.

Le dindon sauvage est délicieux. Ogrippeur l'a attrapé et c'est Ogressive qui l'a déplumé, éviscéré et fait cuire sur la broche.

L'ogresse se goinfre d'une généreuse portion de chair qu'a bien daigné lui offrir Ogrisant.

Maintenant que les rôles ont changé, les ogres se servent d'abord, ensuite Ogressive a droit à sa part.

La brunante étend ses grandes ailes sombres et enveloppantes sur la montagne. À la clarté de la lune, Kalmia, Tremblant, et Franc-Boisié s'amènent dans le sanctuaire. Les chicots connaissent le chemin le plus court pour se rendre à la cabane d'Ogribou.

- J'espère qu'il sera là, confie Kalmia qui n'est pas trop rassurée au sujet du plan qu'ils ont imaginé.

- On le saura assez tôt, répond Franc-Boisié qui marche en avant, obéissant aux méandres du sentier qui sillonne en flanc de montagne.

Déjà, ils entendent des voix lointaines. Les ogres ne sont pas très loin. Tremblant s'arrête et explique :

- Il faut d'abord parlementer avec Ogribou pour savoir s'il tiendra ou non sa parole et s'il a convaincu les autres de nous aider. C'est une étape très importante. La suite dépendra de sa réponse.

Reprenant le pas avec courage, les trois valeureux arrivent finalement près de la cabane d'Ogribou après quelques minutes de marche.

Il y a de la lumière à l'intérieur. Kalmia propose d'aller frapper à la porte.

- Après tout, c'est à moi qu'il a fait cette promesse, leur rappelle-t-elle.

La vieille femme pose le pied sur le perron et toc, toc, toc...

- Qui est là?

- C'est moi, Ogribou. C'est Kalmia. Ouvre s'il te plaît.

La porte s'ouvre.

- Kalmia... soupire l'ogre complètement hébété. Je n'ai rien fait de mal. Et j'ai eu l'assentiment des autres...

- N'aie pas peur. Je ne suis pas là pour te faire quoi que ce soit. Toutefois, je suis soulagée de voir que tu as convaincu les autres de nous aider.

- Oui, ils sont tous d'accord avec l'idée de renvoyer les enfants chez eux.

- C'est formidable!

Kalmia fait signe aux chicots d'approcher.

- On peut entrer, Ogribou? lui demande la sorcière.

L'ogre ouvre tout grand la porte et les fait entrer tous les trois.

Ogribou est alors informé du plan qui a été échafaudé.

Quand ils ont fini de tout lui raconter, les quatre sortent de la cabane et Ogribou s'en va quérir l'assistance d'Ogrivole et d'Ogrisant. Ce dernier prend soin d'apporter avec lui une fiole contenant une poudre aux vertus particulières.

Ils sont maintenant prêts à exécuter le plan. Ils partent tous les six en empruntant un sentier très peu fréquenté.

Au creuset de la pipe que fume Barbarée, la braise rougeoyante perce le noir. La vieille femme aux allures inquiétantes se berce sur le perron avec Cannibale à ses côtés. Elle songe à ce qui s'est passé chez les ogres ce matin. Elle en rit encore en revoyant la grosse empâtée emprisonnée dans sa cage et ses stupides rejetons amassés autour d'elle, jubilant de leur méfait.

- Je savais bien qu'un jour elle commettrait l'irréparable, formule-t-elle à haute voix.

Cannibale, qui sommeille, marmonne en songe :

- De la chair de sanglier, de la dinde sauvage, une biche ragoûtante…

Barbarée le touche du bout pied. Le carcajou ouvre à peine les yeux. Il murmure :

- Laisse-moi dormir, sorcière…

- Comment! Tu oses m'appeler, sorcière! Et sur ce ton!

- Va dormir ailleurs!

Barbarée le chasse d'un solide coup de pied. Cannibale fait un bond et s'enfuit sans demander son reste.

Il trottine çà et là en maugréant contre sa maîtresse. Il décide de marcher dans un sentier qui, il le sait, conduit à la rivière.

Justement, ce sentier est le même qu'empruntent Kalmia et sa troupe.

- J'ai cru entendre un bruissement, les informe Kalmia en s'arrêtant net. Les autres font de même et prêtent l'oreille.

Effectivement, il y a quelque chose qui vient vers eux.

- Cachons-nous aux abords du sentier.

Les ogres, les chicots et la sorcière se dissimulent derrière les hautes fougères.

Des bruits de pas rapides se font entendre. Cette chose approche. Et puis brusquement, sous les rayons de la lune, la face de Cannibale apparaît. La bête arrête son pas tout près de ceux qui sont cachés. Elle épie les sombres alentours, renifle l'air quand soudain elle voit luire les pupilles des ogres dans les broussailles. L'animal déguerpit aussitôt.

- Vite, il faut le rattraper! crie Kalmia en sortant de sa cachette.

Toute la bande part en courant. Ogrisant mène les devants. À travers les ombres projetées au sol, l'ogre peut percevoir la forme trapue de l'animal fuyant au-devant de lui. Ogrisant accélère la cadence. Il se rapproche de plus en plus de sa cible.

Cannibale ne comprend pas pourquoi ce foutu ogre le poursuit de la sorte.

Dans sa course, Ogrisant décapuchonne la fiole qu'il avait apportée avec lui et lorsqu'il juge qu'il est assez près du carcajou, il lance à la volée le contenu du petit flacon.

Un nuage de poudre aux couleurs fluorescentes retombe sur Cannibale, l'endort et le paralyse sur place instantanément.

Les autres arrivent par derrière, heureux de constater que la première partie de leur plan a fonctionné à merveille.

Aidés d'une longue perche enfilée entre les pattes ficelées de la bête, les ogres portent la bête sur leurs épaules.

Ils retournent au camp d'Ogribou. Là, Kalmia écrit un mot à l'intention de Barbarée. Et lorsqu'elle a fini, elle commande à Franc-Boisié :

- Porte ce message à la sorcière noire, mais assure-toi qu'elle ne le trouve pas avant le matin.

Le chicot obéit.

Les ogres s'en vont déposer le carcajou très loin dans une grotte dont eux seuls connaissent l'existence.

***

Au matin, sur le perron bas, Barbarée crie le nom de Cannibale. Cette sale bête butée refuse de se montrer. La sorcière noire aurait-elle été trop brusque avec lui ? Ce carcajou a besoin d'être éduqué après tout.

Lassée de guetter l'arrivée de son compagnon, Barbarée décide de vaquer à ses occupations matinales. Elle se rend au puits d'où elle tire un seau d'eau. En regardant bien, elle voit sur la margelle un morceau d'écorce de bouleau blanc coincé sous une pierre. Elle lit le message qui y est inscrit :

« Barbarée, si tu veux revoir Cannibale vivant, tu dois venir nous rencontrer à la cabane d'Ogrisant à 10 heures. Ne cherche pas à savoir où se trouve ton compagnon. Pour l'instant, il est en sécurité et rien de mal ne lui sera fait tant que tu suivras nos instructions. »

Et c'est signé : « Une âme charitable…»

- Kalmia… soupire la méchante en chiffonnant le bout d'écorce.

S'il arrive quoi que ce soit à son animal, Barbarée jure devant le Maître que sa vengeance sera terrible.

Déjà, toute la bande est en marche pour se rendre au rendez-vous. Il y a Kalmia, Tremblant et Franc-Boisié. Ils s'en vont retrouver les ogres à la cabane d'Ogrisant. Il est maintenant 9 heures du matin.

De leur côté, Coquette, les brindilles, Crépite et Craquante ont été mandatés pour retrouver la trace d'Ogrigri. Le plan échafaudé par Tremblant ne peut aboutir sans le concours de l'ogre.

Quant aux enfants, ils ont reçu l'ordre de rester au camp de Kalmia sous la surveillance de Massif et de ne pas en bouger pour aucune raison. Le dénouement final doit avoir lieu à cet endroit.

Ogressive s'est levée aux aurores. Sa progéniture semble affairée, nerveuse. Elle voit les ogres courir dans toutes les directions comme si une menace pesait sur eux.

Toujours en laisse et attachée à un arbre, elle s'interroge sur l'étrange attitude des siens. Et voilà que la redoutable Barbarée surgit de la forêt.

- Quel bon vent t'amène de si bonne heure? l'interroge la grosse.

- Un vent mauvais, Ogressive! Très mauvais!

La sorcière semble furieuse. Ogressive la laisse passer sans répliquer. Elle la voit marcher jusqu'au bord de la côte puis disparaître en descendant sur le flanc nord.

Une petite allée tracée dans les herbes longe le versant et mène directement aux cabanes des ogres. Barbarée connaît le chemin qui mène à celle d'Ogrisant. Elle s'y rend d'un pas déterminé, la rage au cœur.

Ogressive s'empare d'un caillou aux arêtes tranchantes et commence à taillader les liens qui l'enchaînent.

La sorcière noire arrive à destination. La petite cabane d'Ogrisant paraît déserte. Pas un bruit, pas un mouvement, c'est le silence total.

On frappe à la porte :

- Ogrisant! Ouvre-moi immédiatement!

Barbarée a parlé avec autorité en cognant très fort sur les planches de bois.

La porte s'ouvre en grinçant. Kalmia est dans l'embrasure, prête à affronter son ennemie jurée.

- Toi, sale emmerdeuse! lui lance aussitôt au visage Barbarée.

- Pareillement! rétorque la bonne vieille dame.

- Où est Cannibale?

- Il va bien.

- Je veux le voir!

Kalmia sort à l'extérieur, suivie de Tremblant et de Franc-Boisié. Surgissant de la forêt, six ogres arrivent de toutes parts. Ils forment un cercle autour de Barbarée.

- Qu'est-ce que c'est que cette mascarade? demande cette dernière en faisant courir un regard circulaire sur eux.

- Nous voulons retrouver nos âmes, répond Ogrisant.

- Oui, abonde Ogricole avec vivacité, nous en avons assez de vivre comme des bêtes!

C'est alors qu'Ogribou s'amène avec Ogratteux, Ogrinoir, Ogriloup et Ogrimonde.

- Tu dois sauver nos frères, exige Ogribou en faisant allusion aux quatre ogres devenus impotents.

Barbarée réfléchit un instant, puis elle s'écrie dans un langage clair et chargé de hargne :

- Je veux voir Cannibale!

- Pas avant que tu aies rendu leur âme aux ogres, réplique Kalmia. Ogrillon veille sur ton animal et tu connais la propension de cet ogre à faire griller tout ce qu'il capture... Alors si j'étais toi, je m'empresserais d'obéir.

Barbarée refuse de s'en laisser imposer. Elle lève un bras dans l'intention de les foudroyer de sa magie. D'un coup, le sol s'ameublit et les ogres s'enlisent dans des sables mouvants. Kalmia réagit aussitôt : une liane venue de nulle part se noue aux chevilles et aux poignets de Barbarée, la privant de tout mouvement.

- Libère-moi, vipère! crie la forcenée en se contorsionnant comme un serpent.

Kalmia ordonne à Barbarée de sauver les ogres sinon Franc-Boisié ira avertir Ogrillon qu'il peut allumer le feu.

La sorcière noire imagine son animal favori en train de griller au-dessus des flammes. Elle ne peut supporter une telle réalité. Elle formule la requête suivante :

- Détache-moi, Kalmia, et je les sauverai!

Les ogres ont à peine la tête sortie du sol, suppliant qu'on les épargne.

Finalement, les liens tombent aux pieds de Barbarée. Enfin libre, elle étend ses bras devant elle pour cibler les ogres et ceux-ci commencent alors à émerger de la terre. Une force semble les pousser vers le haut.

- Tous les ogres que je vais libérer de leurs pouvoirs, se doivent d'être présents prétend Barbarée. Je ne pourrai rien faire pour Ogrillon ni pour Ogrigri s'ils ne sont pas là.
- Ogrillon pourra attendre, réplique Ogrisant. Et Ogrigri manque à l'appel.
- D'accord...
Barbarée s'écarte quelque peu du groupe et dit aux ogres de se placer en rang d'oignons.
- Je vais d'abord retirer leurs pouvoirs à ceux qui l'ont encore, puis je rendrai leur âme à tous.
Kalmia parle avec fermeté :
- N'essaie surtout pas de nous mentir, Barbarée, car il nous fera grandement plaisir d'envoyer ton sale carcajou *in infernum*!

La sorcière noire ne réplique pas. Elle concentre plutôt ses énergies pour désenchanter les ogres. Elle ferme les yeux, lance un appel à une quelconque puissance au-dessus d'elle et elle touche chacun des ogres sur le front. Un à un, ils sont libérés de l'envoûtement de façon différente. Tout se passe à la vitesse de l'éclair : en ululant, un gros hibou s'échappe du corps d'Ogribou et s'envole au-dessus de la montagne. Une boule de feu embrase le corps tout entier d'Ogriflamme et va s'éteindre dans le cosmos. Puis, un nuage vaporeux et enveloppant, qui étourdit Ogrisant, s'émane de lui en se volatilisant dans l'air. Déployant ses chants mélodieux et poussant son cri, une grive musicienne quitte l'enveloppe corporelle d'Ogrivole pour gagner l'asile de la forêt. De longs sarments sinueux sortent de la bouche, des narines et des oreilles d'Ogrippeur et s'étirent jusqu'à s'attacher aux branches d'un arbre sur lequel ils s'enroulent à la manière d'une vipère.

Les doigts d'Ogricole se changent en carottes, ses oreilles en laitues frisées et son nez en radis. L'ogre s'ébroue tel un cheval fringant et tous les légumes ainsi apparus disparaissent comme par enchantement.

Les dix ogres ont maintenant été libérés de leur enchantement.

- Rends-leur leur âme à présent! ordonne Kalmia à la sorcière noire.

- Je veux d'abord m'assurer que Cannibale est bel et bien vivant, proteste Barbarée.

- Plus tard! De toute façon, tu auras une autre action à poser après avoir rendu aux ogres ce qui leur a été volé à la naissance.

- Le Maître ne sera pas content, réplique la méchante.

- On ne transige pas avec le mal, lui fait remarquer Kalmia. On paie toujours pour ses crimes, tu devrais savoir ça. Pour ce qui est de Cannibale, tu le verras seulement quand tu auras accompli le dernier souhait.

- Quel est-il?

- Il est trop tôt pour te le dire. Rends-leur leur âme à présent!

Muette et soulevant le pan de sa longue robe noire, la sorcière se met alors à défiler devant les ogres en les effleurant avec le tissu drapé. À son passage, chaque visage qu'elle touche se voit transformé, transfiguré, exprimant un réel ravissement.

Lorsque le rituel est terminé, c'est la cohue dans la foule. Les ogres ne tarissent plus de bavardages, de rigolades et d'accolades. Ils sont éberlués de voir qu'ils ne sont plus sous l'emprise d'aucune entité que ce soit.

Les ogres semblent aussi frais qu'au jour de leur naissance.

Kalmia est heureuse de ce dénouement. Maintenant, il reste une autre tâche très importante à remplir : mettre la main sur Ogrigri pour enfin renvoyer les enfants chez eux.

Justement, ce dernier erre depuis que le soleil s'est levé. Il va çà et là sans vraiment savoir quelle direction prendre. Le sac sur son épaule lui semble de plus en plus lourd, mais il ne s'en départirait pour rien au monde.

Les sentiments d'Ogrigri ont changé, il n'éprouve plus l'envie d'aider les enfants à retourner chez eux. Maintenant, il ne désire qu'une chose : trouver un endroit magnifique où construire sa cabane pour s'installer à demeure. Il souhaite régner en roi sur son domaine.

Coquette et les autres n'ont pas encore trouvé la trace de l'ogre. Ils savent que le temps est compté et que la première partie du plan de Tremblant a probablement réussi. Il est grand temps de passer à la deuxième étape.

- Où est passé ce foutu ogre? interroge Coquette à la cantonade, piaffant, impatiente de le retrouver.

- Il a peut-être décidé d'aller de l'autre côté de la rivière? lance Filine comme hypothèse.

- Alors, nous serions bien loin de le coincer ici, observe la biche en trépignant.

Ils sont actuellement à quelques pas de l'emplacement de la tombe d'Ograisseux.

Subitement, un bruit sourd attire leur attention. Il s'agit d'une lourde pierre qui est tombée du haut de la falaise.

- Il y a quelque chose là-haut, en déduit Coquette qui avance pour mieux voir au-dessus de la crête. Et c'est là qu'elle entrevoit la forme trapue et géante d'Ogrigri.

- Par les cornes de mes ancêtres! Il est là!

Coquette désigne l'ogre tout là-haut.

De son perchoir, Ogrigri aperçoit la biche. Étrangement, son appétit se réveille. Il lui apparaît soudain que cette dernière serait divinement délicieuse sur la broche. Malgré la promesse qu'il a faite à Kalmia, ses instincts de chasseur prennent le pas. Il ouvre tout grands les bras comme un oiseau qui déploie ses ailes et il se lance dans le vide.

Magie! Deux grandes ailes noires prennent forme et le portent jusqu'en bas. Les autres sont étonnés et soulagés à la fois de le voir arriver. N'a-t-il pas promis de les aider à renvoyer les enfants chez eux?

- C'est Ogrigri! exprime Coquette avec bonheur.

Ce dernier pose le pied au sol et reprend ses allures habituelles. Il tient toujours le sac sur son épaule.

Bizarre! La biche perçoit un éclat de malice dans son œil. Ogrigri nourrirait-il de mauvaises intentions?

- Ogrigri, se risque Coquette, comme il me fait plaisir de te voir! Nous t'avons cherché partout. Il faut vite venir avec nous, Kalmia te réclame. Les enfants doivent rentrer chez eux. Tu te souviens de ta promesse?

- Cette promesse ne tient plus! répond l'ogre au grand désarroi de tous.

- Que dis-tu? Tu avais donné ta parole…

- La parole d'un ogre ne vaut pas un clou, tu ne savais pas cela?

- Ogribou a tenu la sienne, lui.

- Comment peux-tu en être aussi sûre? Tu l'as vu aujourd'hui?

- Non… bredouille la biche. En fait, elle espère qu'Ogribou et les autres ont collaboré comme il était convenu.

Les brindilles et les chicots se sont faits si discrets qu'Ogrigri n'a même pas remarqué leur présence. L'ogre exprime ses plus viles pensées :

- Tu sais, Coquette, que ma mère a réclamé cent fois ta capture. Elle n'a jamais eu l'honneur de planter ses crocs dans ta chair tendre. Ogriloup a perdu la bataille contre toi à chacune de ses tentatives. Tu es très forte, il faut bien l'avouer, mais ce matin, je sens que mes crocs s'allongent, que mes ongles poussent et que mon estomac hurle.

Comme il l'a dit, les ongles d'Ogrigri s'allongent telles des lames, ses crocs poussent jusqu'à devenir aussi longs que les défenses d'un sanglier et son estomac émet de tels gargouillis qu'ils donneraient la frousse à n'importe qui!

Devant cette vision d'horreur, Coquette fait volte-face et bondit pour s'échapper, mais en un tour de magie, l'ogre lui barre la route en apparaissant devant elle. La biche change de direction aussi vite et tente de fuir vers la forêt.

Ogrigri lui barre à nouveau la route. Impossible pour Coquette de s'échapper. L'ogre est trop fort, trop rapide. Tout en apparaissant et disparaissant de la sorte, il fait tomber du sac quelques pierres précieuses. Les brindilles s'empressent d'aller les ramasser. Filine reconnaît immédiatement le trésor qui appartenait à Ogressive.

Tremblant leur a déjà parlé des joyaux et de la fascination qu'ils exercent.

Alarmée, la biche s'arrête devant un mur de roc et pousse des cris de détresse. C'est à ce moment que Crépite et Craquante entrent en jeu. Presque invisibles tous deux, ils trottent jusqu'à l'ogre et s'emparent du sac rempli de joyaux.

Dépourvu de son trésor, Ogrigri prend subitement peur. Il réalise l'odieux de ses actes. Ses ongles et ses crocs se rétractent. Coquette, qui est acculée à la paroi rocheuse, voit alors s'évanouir l'envie qui habitait la pupille de l'œil d'Ogrigri.

- Qu'est-ce que j'allais faire? questionne l'ogre tout hébété.
- Tu t'apprêtais à me manger, gros salaud! rétorque la biche qui lui pousse des cailloux du bout de son sabot.
- Tout ça, intervient Filine, c'est dû au contenu de ce sac.
- Les pierres précieuses de Mère... souffle Ogrigri d'une voix à peine audible.
- Jusqu'à nouvel ordre, ce sac demeurera en notre possession, l'informe Crépite. Ces joyaux sont envoûtés. Ils ont le pouvoir de dominer la volonté de son possesseur.
- Ils ne t'envoûtent pas toi, Crépite? demande Coquette.
- Je suis un chicot, un végétal; les pierres n'ont aucun effet sur nous. N'est-ce pas?

Crépite s'adresse à Craquante ainsi qu'aux brindilles. Celles-ci acquiescent aux affirmations de Crépite.

- Très bien alors, reprend Coquette en faisant quelques pas, allons maintenant retrouver les autres.
- Les autres? s'enquiert Ogrigri qui semble ne rien comprendre.

- Kalmia, Tremblant et tous les autres, voyons! Je viens de te dire qu'on avait besoin de toi pour renvoyer les enfants chez eux!

- Où sont les enfants?

Coquette trace un portrait du plan qui a été échafaudé et prétend qu'à l'heure actuelle, ils doivent tous attendre impatiemment à la cabane de Kalmia. Elle ne manque pas de préciser que les ogres ont probablement retrouvé leur âme, à l'exception d'Ogrillon.

- C'est lui qui a la garde de Cannibale? interroge l'ogre.

- Précisément. Allons-y! Il ne faut plus tarder. Barbarée doit brûler d'impatience de revoir son affreux compagnon et elle doit fulminer à l'idée de devoir participer à un tel coup monté.

Ogressive a finalement rompu les liens qui la tenaient captive. Elle marche depuis un bon moment dans le but de fuir le sanctuaire. Puisque ses rejetons l'ont bannie à jamais, elle n'a plus rien a y faire. Chemin faisant, elle trouve sur sa route quelques pierres précieuses tombées du sac d'Ogrigri. Elle les ramasse et les enfouit dans sa poche. Ses instincts de convoitise prennent de l'ampleur à la mesure de ce qu'elle entasse.

La colère et la vengeance grondent dans son cœur noir. Ogressive trouvera bien le moyen de reconquérir son trésor et son pouvoir de domination. Au bout d'un long moment, alors qu'elle se penche à nouveau pour cueillir un rubis, elle s'aperçoit qu'elle a atteint le haut de la falaise maudite.

Ogressive s'approche du bord et contemple la tombe d'Ograisseux tout en bas. « Puisses-tu pourrir en enfer, mauviette! » exprime la méchante avec toute la hargne dont elle est capable.

Puis elle ricane telle une affreuse sorcière. Elle se retourne brusquement, inspectant les alentours. Il lui semble avoir entendu des bruissements. Ne voyant rien, elle comprend qu'il s'agit de son imagination. Elle porte à nouveau son regard en direction de la tombe du disparu et continue de le maudire intérieurement. Elle songe aussi aux ogres et à la façon dont elle pourra tirer vengeance sur eux. En même temps, elle s'approche dangereusement du bord de la falaise pour ramasser une émeraude tombée au sol. « Ogrigri est venu jusqu'ici, » songe-t-elle.

La suite se passe à une vitesse fulgurante. Un ours, probablement le même qui a surpris Lucas et Nicolas, surgit des buissons et se dresse face à Ogressive. Cette dernière est horrifiée, affolée et recule d'un pas. Son énorme pied fait rouler une pierre dans l'abîme. La méchante créature vascille. La bête s'élance sur elle. L'ogresse glisse et tombe dans le vide. Un cri déchirant retentit dans le sanctuaire.

Ogressive vient s'écraser lourdement sur la tombe de celui qu'elle a jadis poussé à la mort. Du haut de la crête rocheuse, l'ours jette un œil dédaigneux sur la dépouille et s'en va.

C'est comme si Ogressive avait prémédité sa propre mort, car n'avait-elle pas longtemps laissé croire qu'Ograisseux était tombé dans le vide à cause d'un ours?

Ogrillon a bien du mal à contenir les ardeurs de son prisonnier. La bête est enfermée dans une cage construite de perches de bois vert entrelacées. De ses mâchoires puissantes et de ses crocs bien implantés, Cannibale tente de mettre en pièces la structure précaire. L'ogre frappe sur les barreaux pour que le carcajou cesse de mordiller les liens unissant les perches les unes aux autres.

- Vas-tu cesser de vouloir tout casser! lui somme Ogrillon. On va te libérer bientôt. Tu retrouveras ton infâme maîtresse dès que j'aurai reçu l'ordre de te relâcher. En attendant, tiens-toi tranquille!

L'animal se recroqueville et pose un regard malin sur l'ogre. On dirait que cette affreuse bête s'apprête à réagir de façon violente.

Dans la grotte où ils sont, l'air est lourd, humide et tout partout, des chauves-souris rasent le plafond de la sombre caverne.

L'ogre se doute qu'à l'heure présente, tous ses frères, mis à part Ogrigri, doivent avoir retrouvé leur âme. Il lui tarde de connaître le même bonheur. Et pendant qu'il songe à un avenir plus serein que tout ce qu'il a connu jusqu'à maintenant, un bruit infernal retentit dans les murs de roc. La cage vient d'éclater en morceaux. Cannibale s'est libéré.

- Tu as bien cru que j'allais moisir ici selon ton gré, grogne la bête hargneuse qui avance sur l'ogre.

- Comment as-tu fait pour sortir?

- J'ai des pouvoirs que tu ne peux même pas soupçonner. D'ailleurs, personne ne sait que je suis aussi puissant, mais ils l'apprendront bien assez tôt. Tu m'excuseras, on m'attend!

Cannibale lance ces dernières paroles ironiques en ficelant chevilles et poignets d'Ogrillon d'un seul mouvement de la tête. Puis, l'ignoble créature s'enfuit de la grotte par l'ouverture béante.

- On va attendre ici encore bien longtemps? maugrée la sorcière noire, assise sur une souche devant la cabane de Kalmia.

Terrorisés par sa présence infecte, les enfants se sont amassés sur le perron. Massif repose près d'eux ainsi que Tremblant et Franc-Boisié. Kalmia répond à la question de Barbarée.

- On attendra tant et aussi longtemps que les autres ne nous auront pas ramené Ogrigri.

Barbarée ne souffle mot. Elle fait courir un regard méprisant sur les jeunes.

- Une belle brochette! constate-t-elle avec cynisme. Je ne sais pas sur qui mon choix se serait arrêté. Tu ne le sais peut-être pas, Kalmia, mais j'avais le projet de garder l'un de ces enfants pour moi. Je voulais lui passer le flambeau. Seul un humain aurait pu me succéder et acquérir mes pouvoirs.

- Et Ogrigri, n'est-il pas aussi un magicien?

- Un bien piètre magicien. Vois par toi-même, il ne peut même pas, sans mon aide, faire apparaître l'arc-en-ciel et renvoyer ces enfants d'où ils viennent. Ogrigri n'est qu'une pâle imitation de ce qu'est un vrai sorcier. Moi, j'aurais tout enseigné à mon successeur. Peut-être que j'aurais choisi une fille. Comment savoir? Toi, petite, tu me regardes avec de gros yeux globuleux et méprisants. Tu aurais peut-être été mon premier choix.

Barbarée s'est adressée à Irina.

Cette dernière, qui n'a jamais eu la langue dans sa poche, rétorque :

- J'aurais préféré me faire dévorer toute crue par l'ogresse que de devenir ton esclave, vieille pourriture!

La sorcière noire s'esclaffe, puis elle fait la remarque suivante :

- Tu as du caractère. J'aime ça. Tu aurais été parfaite. Je t'aurais brisée en un rien de temps et tu serais devenue ma copie conforme.

La grosse fille ne croit pas un mot de ce que cette monstrueuse personne raconte; elle préfère la laisser dire plutôt que de gaspiller ses énergies.

- Ou bien j'aurais choisi ce beau garçon, commente à nouveau la sorcière en fixant Éthan. Avec de si beaux yeux marron, de beaux cheveux bouclés et ta forte carrure, tu aurais pu charmer n'importe qui. Tu serais devenu un sorcier dangereusement envoûtant. Rien n'aurait pu te résister. Tu es sûr que mon offre ne t'intéresse pas? Barbarée se veut ironique.

- Pas le moins du monde! répond le jeune garçon en fuyant le regard fourbe de la vieille.

- Dommage…

Haut dans le ciel, le soleil leur fait comprendre que le temps a passé et qu'Ogrigri n'est toujours pas là. Les enfants prient pour que tout se passe comme prévu. Tremblant les a assurés qu'ils rentreraient chez eux aujourd'hui même.

Sans compter Ogrigri et Ogrillon, tous les ogres sont devenus pacifiques.

Et puis soudain, le miracle se produit : Ogrigri montre sa face à l'orée du bois. Les enfants sont en liesse. Hourra! Ils vont pouvoir rentrer chez eux.

- C'est lui! Je le reconnais! clame Irina à pleine voix.

- Oui et Coquette marche à ses côtés. C'est bien lui! confirme Kalmia tout heureuse de ce constat.

Barbarée est mi-figue mi-raisin. Elle est contente que l'ogre se montre enfin pour qu'elle puisse récupérer Cannibale, mais en même temps, elle fulmine à la pensée qu'elle doive se plier jusqu'au bout aux ordres de son ennemie jurée.

- Amène-toi qu'on en finisse! exprime la vilaine en supportant le regard vainqueur de Kalmia.

Lorsqu'ils arrivent enfin auprès d'eux, Coquette raconte qu'il n'a pas été simple de retrouver Ogrigri et, encore moins de l'approcher.

- Cet imbécile voulait me manger! déclare-t-elle à la consternation générale.

Barbarée préfère ricaner, comme elle sait si bien le faire.

- Bon, ne perdons plus de temps, intervient Kalmia avec détermination. Barbarée, rends à Ogrigri tous ses pouvoirs pour qu'il puisse faire apparaître l'arc-en-ciel!

La sorcière noire se lève et, dans un long soupir, elle formule à haute voix :

- Je lance cet appel aux forces du mal dont je suis la gardienne! Je commande à mon maître d'intercéder auprès d'Ogrigri pour qu'il reçoive l'absolue liberté d'exercer son pouvoir! Qu'il soit touché immédiatement par la magie!

Au même moment, une décharge électrique d'une force inouïe et venant de la forêt foudroie l'ogre et le jette au sol.

Barbarée n'y comprend plus rien. Elle croyait que la force viendrait d'en haut. Tout le monde porte sa vue sur l'orée du bois puisque la décharge électrique en a surgi.

C'est alors qu'ils voient venir vers eux Cannibale, le carcajou maudit, gambadant dans les herbes.

- Cannibale... murmure la sorcière noire qui en perd son latin.

- Comment a-t-il pu se libérer? questionne Kalmia.

Ogrigri se réveille et se lève péniblement.

- Qu'est-ce qui s'est passé? demande-t-il en titubant.

- Rien, répond Tremblant qui sent l'urgence d'agir. Suis-nous, Ogrigri! Venez les enfants, allons vite à la rivière!

La venue du carcajou n'augure rien de bon. À l'exception de Barbarée, tous s'empressent de dévaler la côte pour aller près du cours d'eau.

Est-ce que la magie a opéré? Ogrigri pourra-t-il faire apparaître l'arc-en-ciel?

À présent que Cannibale est de nouveau libre, Kalmia craint que Barbarée n'intervienne pour empêcher l'aboutissement final.

Précisément comme elle le pense, la méchante sorcière dresse sa sombre silhouette au-dessus de la côte et elle lève les bras pour faire appel à nouveau aux forces supérieures.

Sa voix puissante et grinçante résonne à tue-tête. Ogrigri n'est plus en mesure de se concentrer sur sa propre magie.

- Je commande au maître d'annuler...

Voilà qu'une chose inimaginable se passe. Tel un fétu de paille, Barbarée est soulevée dans les airs, comme suspendue dans le vide, tête première, ses longs cheveux lui couvrant le visage.

Cannibale se pointe au-dessus du côteau et, à la surprise générale, il se transforme en un être très grand et très noir. On dirait... un démon!

- Faites-moi redescendre! crie Barbarée en fouettant l'air de ses bras.

- Tais-toi, misérable créature! lui répond le démon. Tu as échoué sur tous les plans! J'ai perdu toutes les âmes que tu m'avais données! Tu n'es plus digne de me servir ni de continuer à régner dans cette vie! Ta place est auprès de ceux qui m'ont trahi!

- Non! Laissez-moi une chance, Maître!

- Tu iras retrouver ton sale carcajou dans ce lieu qu'on appelle l'enfer! C'est tout ce que tu as mérité!

Comme si un fil invisible la tirait par en haut à la vitesse de l'éclair, Barbarée est hissée dans le cosmos, portée par ses cris.

L'être des noirceurs disparaît en laissant place à Cannibale qui, lui aussi, est aussitôt aspiré dans le néant.

Le calme revient. Tout le monde se regarde, ayant peine à croire à ce qui vient de se passer. Tremblant rompt le silence :

- Nous avons été épargnés, constate-t-il en manifestant sa joie.

- Oui, confirme Kalmia en éclatant d'un rire franc. Les enfants sautillent de joie. Coquette fait des cabrioles, les autres chicots et les brindilles font une farandole.

Ogrigri est resté coi. Il n'a pas retrouvé son âme et Barbarée n'est plus là...

- Que vais-je devenir? laisse-t-il tomber subitement, les yeux remplis d'inquiétude. Tous mes frères ont retrouvé leur âme sauf moi.

Tremblant intervient :

- Tu as besoin de ce pouvoir afin de renvoyer les enfants dans leur monde. Pense au bonheur qu'ils connaîtront grâce à toi.

Ogrillon non plus n'a pas récupéré son âme.

Ogrigri approuve en hochant la tête bien malgré lui.

- Voyons d'abord si la magie a opéré, observe Kalmia en toute lucidité.

Ogrigri place ses mains au-devant de lui, juste au-dessus du courant de la rivière. Il se concentre et, magie! Un arc-en-ciel d'une beauté indescriptible apparaît. Les enfants en ont le souffle coupé. Ils vont pouvoir enfin rentrer chez eux.

Irina et Célia se retournent et voient tous leurs amis autour d'elles : Coquette, Kalmia, les chicots, les brindilles et Massif. Elles fondent en larmes.

- Vous avez été tellement bons pour nous, exprime Irina en caressant le bout du nez de Coquette.

- Oui, renchérit Célia qui se jette au cou de Kalmia... sans vous nous n'aurions pas survécu.

Les garçons aussi ont le cœur très gros.

- Tremblant et toi, Franc-Boisié, vous nous avez fait vivre des choses extraordinaires, explique Éthan avec des sanglots dans la gorge. Nous ne vous oublierons jamais!

Nicolas et Lucas soutiennent les propos de leur ami.

Massif lèche la main de Nicolas. Ce dernier articule avec peine :

- Mon bon gros ours, comme tu vas me manquer. Et toi Coquette, la coquine, le boute-en-train… comment pourrons-nous vivre sans ta gentillesse?

Et puis, à la stupeur générale, Ogrillon arrive au pas de course. Ils aperçoivent sa lourde charpente sur la côte.

- Viens nous retrouver, Ogrillon, l'invite Kalmia.

Ce dernier descend la pente raide et arrive en trottinant.

- J'ai retrouvé mon âme! acclame-t-il tout heureux.

- C'est impossible! conteste Ogrigri. Barbarée a disparu!

- Je sais, reprend Ogrillon, mais les liens que Cannibale avaient noués à mes chevilles et à mes poignets avant de partir sont disparus d'un coup. Cela s'est produit il y a quelques minutes. Et aussitôt mon âme m'a été rendue!

- Pour se venger de son maître, Barbarée a rendu leur âme à tous les ogres pendant son ascension en enfer… suppose Kalmia.

- Pourtant, je détiens toujours mon pouvoir, observe Ogrigri qui n'y comprend plus rien.

- Moi, je comprends, intervient Tremblant. Ton âme t'a été rendue, Ogrigri, mais tu conserves toujours ton pouvoir. Aurais-tu envie de dévorer l'un de ces enfants actuellement?

- Pas le moins du monde, répond l'ogre en ressentant une profonde sympathie pour ces cinq petits humains.

- C'est donc que tu as une âme.

Une idée brillante jaillit alors du tout petit cerveau de Filine.

- Je sais ce qu'il faut faire!

« Quoi? »

L'interrogation a fusé de toutes parts.

- On va entretenir une correspondance avec votre monde. Puisque Ogrigri conserve ses pouvoirs, il n'aura qu'à envoyer, de temps en temps, une bouteille dans la rivière et celle-ci portera un message, une sorte de missive.

- Oui! abonde Irina avec enthousiasme; vous nous enverrez des nouvelles d'ici!

- Est-ce possible, Ogrigri? interroge Kalmia qui veut être rassurée.

- C'est possible, bien sûr!

L'ogre explique que le message arrivera au même endroit où ils ont trouvé la bouteille initiale.

Les enfants sont fous de joie. Ils conserveront un lien avec leurs nouveaux amis.

- Maintenant, les enfants, il faut penser à partir, intervient à nouveau Kalmia. Vos parents s'inquiètent et ils ont très hâte de vous revoir.

Filine se penche sur le sac rempli de joyaux avec l'intention d'en donner une partie aux enfants.

- Racine de chicorée pourrie! s'exclame-t-elle. Ce sac ne contient plus que des cailloux!

Ogrigri raconte qu'il s'était approprié le trésor de sa mère et que les pierres l'avaient envoûté.

- Maligne s'esclaffe et pointe Filine.

- Qu'as-tu à rire de la sorte, pauvre idiote? l'interroge Filine.

- Regarde au bout de tes tiges, il y a des cailloux, répond son amie qui rit de plus belle.

L'autre s'empresse de se débarrasser de ces toutes petites pierres qu'elle a sur elle. Ogrigri s'aperçoit alors que les colliers qu'il porte encore autour du cou ne sont plus qu'une enfilade de cailloux.

- Désolé, les enfants, déplore l'ogre en jetant les colliers dans la rivière, je n'ai pas tenu ma promesse. Contrairement à ce que je vous avais mentionné sur le message dans la bouteille, il n'y aura pas de trésor au bout du parcours.

- Oh oui! il y en a un, le corrige Célia, et c'est l'amitié. Je ne regretterai jamais cette aventure. Elle a enrichi mon cœur pour la vie.

- Tu vois, Célia, s'empresse d'ajouter Nicolas avec aplomb, j'avais raison de vouloir vous entraîner au-delà de la clairière.

- Peut-être, mais je ne suis pas sûre que nos parents penseront la même chose.

Finalement, les enfants entrent dans la rivière et, tout en souriant et saluant de la main leurs amis, ils avancent ensemble et traversent l'arc-en-ciel.

Le miracle se produit. Ils arrivent de l'autre côté du phénomène irisé et ils aperçoivent dans l'eau une bouteille vide coincée entre les roches.

- C'est notre rivière! s'écrie Irina toute heureuse.

- Oui, je reconnais la bouteille qui contenait le message, confirme Nicolas.

Sans plus attendre, ils grimpent la côte et, cordés tous les cinq en rang d'oignons, ils voient leurs parents courir vers eux, les bras tout grands ouverts.

***

Les jours passent. Les enfants ont repris le cours normal de leur vie. Leurs parents ne se sont pas montrés trop sévères face à leur disparition, mais ils ne peuvent croire ce qu'ils racontent lorsqu'il est question de ce monde parallèle. Pour des adultes, l'aventure qu'ont vécue les enfants est du domaine de l'impossible et de l'imaginaire. Les parents croient que leurs enfants se sont simplement égarés en forêt et qu'ils ont imaginé toute cette belle histoire d'ogres et de leur sanctuaire, uniquement pour s'aider à surmonter leur épreuve. Le premier message d'Ogrigri est resté dans la forêt des ogres, alors ils n'ont rien pour prouver ce qu'ils avancent.

Chaque jour qui passe pousse les jeunes à venir rôder près de la rivière. Ils espèrent toujours y trouver une bouteille contenant un nouveau message.
Aujourd'hui, tandis qu'ils se retrouvent tous les cinq dans la clairière où ils vont souvent, en capturant un beau papillon, Célia propose :

- On va voir à la rivière?

Les garçons se prélassent dans les herbes tandis qu'Irina avale des petites fraises sauvages.

- Vas-y, toi, répond Éthan. On va t'attendre ici.

Avec d'infinies précautions, Célia enferme un papillon aux ailes bleues dans le bocal et dépose son matériel par terre.

- Très bien, j'y vais.

Elle se rend jusqu'au bord de la côte et scrute la rivière en contre-bas. Au premier coup d'œil, elle ne voit rien de particulier, mais elle choisit quand-même de descendre.

Aussitôt qu'elle pose le pied sur les berges, un miroitement familier attire son attention. Voilà ce qu'ils attendaient depuis plus de deux semaines : une bouteille contenant un message.

La jolie fille se précipite à l'eau et s'empare de sa trouvaille. Il y a un morceau d'écorce enroulé à l'intérieur. Célia remonte jusqu'à la clairière en quatrième vitesse.

- Ça y est! s'écrie-t-elle en levant bien haut la bouteille pour que les autres la voient.

Tous accourent vers Célia, excités au possible.

- Ouvre-la vite! l'incite Irina.

Célia retire le bouchon de liège et secoue la bouteille pour y faire sortir le morceau d'écorce enroulé.

- Je l'ai, formule-t-elle tout en émoi, dépliant le petit rouleau. La jeune fille commence la lecture :

Bonjour les enfants,

C'est moi, Kalmia. J'espère que tout va bien pour vous. Comme convenu, je vous envoie des nouvelles de notre monde. D'abord, tout se passe bien pour moi et pour Massif. Notre vie n'a jamais été aussi sereine depuis qu'on sait que la sorcière noire ne hante plus nos forêts. Pour ce qui est des ogres, ils vivent tous en accord dans le sanctuaire et chacun veille à ses besoins personnels. Ogressive est morte. Elle a fait une chute mortelle du haut de la falaise. On croit qu'un ours l'a fait tomber. Son corps repose sous la terre dans les profondeurs de la forêt. Le sort a voulu qu'elle meure d'une façon qu'elle-même avait vue en images. Mais c'est une longue histoire...

Pour Coquette, la vie est merveilleuse. La coquine m'a convaincue de lui aménager un potager. Il est garni de carottes et de délicieuses laitues, comme elle les aime tant. Sa vie à elle a beaucoup changé depuis que le loup a cessé de la pourchasser.
Mais le miracle, c'est Tremblant, Franc-Boisié, Crépite, Craquante et les brindilles.
Tout ce beau monde a été enraciné dans la zone des ancêtres.
Les chicots sont redevenus de beaux épineux éclatants de santé et les brindilles, de fabuleux sureaux aux couleurs flamboyantes. C'est un réel ravissement d'aller les visiter à cet endroit.
Vous vous demandez sûrement comment ils ont pu retrouver leur vivacité? Je vais vous le raconter.

Quelques jours après votre départ, une pluie torrentielle s'est abattue sur nos forêts. Les rivières sont même sorties de leur lit. C'était désolant à voir. Je croyais que d'autres épineux et d'autres sureaux allaient être déracinés et anéantis comme ce fut le cas jadis. Toutefois, au grand bonheur de tous, cette pluie cessa enfin.
Un soleil radieux se leva au cinquième jour. Tremblant, et ses amis s'étaient réfugiés dans la zone des ancêtres en attendant

la fin du déluge. Les brindilles aussi étaient là et espéraient ne pas être emportées par les eaux qui débordaient du lit de la rivière.

Le sol était détrempé, boueux, et tous ceux qui y posaient le pied s'enfonçaient. Ce fut le cas pour les chicots et les brindilles. Ce matin-là, alors que le soleil luisait de tous ses feux, en voulant s'arracher au sol, Tremblant et toute sa bande s'aperçurent qu'ils étaient enracinés. Ils n'en croyaient pas leurs yeux. Déjà, de petites poussent colorées venaient tacher la surface de leurs branches autrefois presque desséchées. Ce fut l'euphorie totale. Enfin leur souhait était réalisé : ils allaient reprendre vie et espérer grandir aux côtés de leurs ancêtres. Massif et moi, nous fûmes les premiers à les retrouver dans la zone, reprenant vie, retrouvant leurs belles couleurs.

Ils se joignent à moi pour vous souhaiter beaucoup de bonheur avec les vôtres. Nous formulons un désir fou, c'est de vous revoir un jour. Je sais que cela n'est pas raisonnable, mais l'invitation est lancée. Ogrigri a dit qu'il pourrait vous faire traverser l'arc-en-ciel n'importe quand.

Si cela vous intéresse, vous n'avez qu'à glisser votre réponse dans la bouteille qui vous a apporté ce message. Quand vous la rejetterez à l'eau, Ogrigri affirme qu'elle voguera jusqu'à nous.

Je vous laisse le soin d'y songer. Le merveilleux dans tout ça, c'est qu'on reste liés pour toute la vie, n'est-ce pas? Je vous embrasse tous très fort et nous espérons une réponse.

Affectueusement, Kalmia, et ses amis.

Les enfants sont heureux de constater que la paix règne au sanctuaire des Ogres et que tous ont trouvé le bonheur qu'ils espéraient.

Retourner en ces lieux... certainement... mais pas maintenant. Les parents des jeunes ne pourraient pas supporter qu'ils disparaissent une fois de plus. À moins que ce soit pour une courte durée... Il faut d'abord y réfléchir... La tentation est si grande...

Fin

www.ingramcontent.com/pod-product-compliance
Lightning Source LLC
Chambersburg PA
CBHW020220260626
47156CB00002B/472